कहानी-संग्रह

कव्वे और काला पानी

लेखक की कृतियाँ

कहानी-संग्रह

परिन्दे (1959), जलती झाड़ी (1965), पिछली गर्मियों में (1968), बीच बहस में (1973), कव्वे और काला पानी (1983), प्रतिनिधि कहानियाँ (1988), सूखा तथा अन्य कहानियाँ (1995), थिगलियाँ (2024)

उपन्यास

वे दिन (1964), लाल टीन की छत (1974), एक चिथड़ा सुख (1979), रात का रिपोर्टर (1989), अन्तिम अरण्य (2000)

यात्रा-संस्मरण/डायरी

चीड़ों पर चाँदनी (1963), हर बारिश में (1970), धुंध से उठती धुन (1997)

निबन्ध

शब्द और स्मृति (1976), कला का जोखिम (1981), ढलान से उतरते हुए (1985), भारत और यूरोप : प्रतिश्रुति के क्षेत्र (1991), इतिहास स्मृति आकांक्षा (1991), शताब्दी के ढलते वर्षों में (1995), दूसरे शब्दों में (1997), आदि, अन्त और आरम्भ (2001), साहित्य का आत्म-सत्य (2006), सर्जना पथ के सहयात्री (2006)

नाटक

तीन एकान्त (1976)

अनुवाद

पराजय : अलेक्सांद्र फेदेयेव (1954), बचपन : टाल्स्टॉय (1954), कुप्रीन की कहानियाँ : अलेक्सांद्र कुप्रिन (1955), रोमियो जूलियट और अँधेरा : यान ओत्चानाशेक (1964), खेल-खेल में : चेक कहानियाँ (1966), इतने बड़े धब्बे : चेक कहानियाँ (1966), झोंपड़ीवाले और अन्य कहानियाँ : मिहाइल सदौवेन्यु (1966), कारेल चापेक की कहानियाँ (1966), बाहर और परे : इर्षी फ्रीड (1967), आर.यू.आर. : कारेल चापेक (1972), एमके : एक गाथा : जोसेफ़ श्कवोरेस्की (1973)

पत्र

प्रिय राम, प्रिय निर्मल (2006), देहरी पर पत्र (2009), चिट्ठियों के दिन (2009)

साक्षात्कार

संसार में निर्मल वर्मा (2006)

संचयन

दूसरी दुनिया (1978)

कव्वे और काला पानी

निर्मल वर्मा

राजकमल प्रकाशन

पहली बार **राजकमल** से 1983 में प्रकाशित

ISBN : 978-93-6086-811-6

मूल्य : ₹795

पुनर्नवा संस्करण : अप्रैल, 2024

प्रकाशक : राजकमल प्रकाशन प्रा. लि.
1-बी, नेताजी सुभाष मार्ग, दरियागंज
नई दिल्ली-110 002

शाखाएँ : अशोक राजपथ, साइंस कॉलेज के सामने, पटना-800 006
पहली मंजिल, दरबारी बिल्डिंग, महात्मा गांधी मार्ग, प्रयागराज-211 001
1, अनमोल सोराबजी सन्तुक लेन, धोबी तलाव, मरीन लाइंस, मुम्बई-400 002

वेबसाइट : www.rajkamalprakashan.com
ई-मेल : info@rajkamalprakashan.com

मुद्रक : विकास कंप्यूटर एंड प्रिंटर्स
ट्रॉनिका सिटी-201 102

KAVVE AUR KALA PANI
Short Stories by Nirmal Verma

भोपाल के भले, भोले, अभूले दिनों की याद में

कहानियों का क्रम समय के अनुसार है। जो पहले लिखी गई, वह पहले और बादवाली बाद में।

'धूप का एक टुकड़ा' का नाट्य-मंचन हुआ था, इसलिए वह दो अन्य कहानियों के साथ 'तीन एकान्त' में शामिल की गई थी। इसी तरह 'दूसरी दुनिया' कुछ दूसरे संकलनों में आ चुकी है, किन्तु लेखक के कहानी-संग्रह में दोनों कहानियाँ पहली बार प्रकाशित हो रही हैं।

क्रम

कव्वे और काला पानी

धूप का एक टुकड़ा

क्या मैं इस बेंच पर बैठ सकती हूँ?...नहीं, आप उठिए नहीं—मेरे लिए यह कोना ही काफ़ी है। आप शायद हैरान होंगे कि मैं दूसरी बेंच पर क्यों नहीं जाती? इतना बड़ा पार्क—चारों तरफ़ ख़ाली बेंचें—मैं आपके पास ही क्यों धँसना चाहती हूँ? आप बुरा न मानें, तो एक बात कहूँ—जिस बेंच पर आप बैठे हैं, वह मेरी है। जी हाँ, मैं यहाँ रोज़ बैठती हूँ।... नहीं, आप ग़लत न समझें। इस बेंच पर मेरा कोई नाम नहीं लिखा है। भला म्यूनिसिपैलिटी की बेंचों पर नाम कैसा? लोग आते हैं, घड़ी-दो घड़ी बैठते हैं, और फिर चले जाते हैं। किसी को याद भी नहीं रहता कि फलाँ दिन फलाँ आदमी यहाँ बैठा था। उसके जाने के बाद बेंच पहले की तरह ही ख़ाली हो जाती है। जब कुछ देर बाद कोई नया आगन्तुक आकर उस पर बैठता है, तो उसे पता भी नहीं चलता कि उससे पहले वहाँ कोई स्कूल की बच्ची या अकेली बुढ़िया या नशे में धुत्त जिप्सी बैठा होगा।...नहीं जी, नाम वहीं लिखे जाते हैं, जहाँ आदमी टिककर रहे—

तभी घरों के नाम होते हैं, या फिर क़ब्रों के—हालाँकि कभी-कभी मैं सोचती हूँ कि क़ब्रों पर नाम भी न रहें, तो भी ख़ास अन्तर नहीं पड़ता। कोई जीता-जागता आदमी जान-बूझकर दूसरे की क़ब्र में घुसना पसन्द नहीं करेगा!

आप उधर देख रहे हैं—घोड़ा-गाड़ी की तरफ़? नहीं, इसमें हैरानी की कोई बात नहीं। शादी-ब्याह के मौक़ों पर लोग अब भी घोड़ा-गाड़ी इस्तेमाल करते हैं...मैं तो हर रोज़ देखती हूँ। इसीलिए मैंने यह बेंच अपने लिए चुनी है। यहाँ बैठकर आँखें सीधी गिरजे पर जाती हैं—आपको अपनी गर्दन टेढ़ी नहीं करनी पड़ती। बहुत पुराना गिरजा है। इस गिरजे में शादी करवाना बहुत बड़ा गौरव माना जाता है। लोग आठ-दस महीने पहले से अपना नाम दर्ज करवा लेते हैं। वैसे सगाई और शादी के बीच इतना लम्बा अन्तराल ठीक नहीं। कभी-कभी बीच में मन-मुटाव हो जाता है, और ऐन विवाह के मुहूर्त पर वर-वधू में से कोई भी दिखाई नहीं देता। उन दिनों यह जगह सुनसान पड़ी रहती है। न कोई भीड़, न कोई घोड़ा-गाड़ी। भिखारी भी ख़ाली हाथ लौट जाते हैं। ऐसे ही एक दिन मैंने सामनेवाली बेंच पर एक लड़की को देखा था। अकेली बैठी थी और सूनी आँखों से गिरजे को देख रही थी।

पार्क में यही एक मुश्किल है। इतने खुले में सब अपने-अपने में बन्द बैठे रहते हैं। आप किसी के पास जाकर सान्त्वना के दो शब्द भी नहीं कह सकते। आप दूसरों को देखते हैं, दूसरे आपको। शायद इससे भी कोई तसल्ली मिलती होगी। यही कारण है, अकेले कमरे में जब तकलीफ़ दुश्वार हो जाती है, तो अक्सर लोग बाहर चले आते हैं। सड़कों पर। पब्लिक पार्क में। किसी पब में। वहाँ आपको कोई तसल्ली न भी दे, तो भी आपका दुख एक जगह से मुड़कर दूसरी तरफ़ करवट ले लेता है। इससे तकलीफ़ का बोझ कम नहीं होता; लेकिन आप उसे कुली के सामान की तरह एक कन्धे से उठाकर दूसरे कन्धे पर रख देते हैं।

यह क्या कम राहत है? मैं तो ऐसा ही करती हूँ—सुबह से ही अपने कमरे से बाहर निकल आती हूँ। नहीं, नहीं—आप ग़लत न समझें—मुझे कोई तकलीफ़ नहीं। मैं धूप की ख़ातिर यहाँ आती हूँ—आपने देखा होगा, सारे पार्क में सिर्फ़ यही एक बेंच है, जो पेड़ के नीचे नहीं है। इस बेंच पर एक पत्ता भी नहीं झरता—फिर इसका एक बड़ा फ़ायदा यह भी है कि यहाँ से मैं सीधे गिरजे की तरफ़ देख सकती हूँ—लेकिन यह शायद मैं आपसे पहले ही कह चुकी हूँ।

आप सचमुच सौभाग्यशाली हैं। पहले दिन यहाँ आए—और सामने घोड़ा-गाड़ी! आप देखते रहिए—कुछ ही देर में गिरजे के सामने छोटी-सी भीड़ जमा हो जाएगी। उनमें से ज़्यादातर लोग ऐसे होते हैं, जो न वर को जानते हैं, न वधू को। लेकिन एक झलक पाने के लिए घंटों बाहर खड़े रहते हैं। आपके बारे में मुझे मालूम नहीं, लेकिन कुछ चीज़ों को देखने की उत्सुकता जीवन-भर ख़त्म नहीं होती। अब देखिए, आप इस पेरेंबुलेटर के आगे बैठे थे। पहली इच्छा यह हुई, झाँककर भीतर देखूँ, जैसे आपका बच्चा औरों से अलग होगा। अलग होता नहीं। इस उम्र में सारे बच्चे एक जैसे ही होते हैं—मुँह में चूसनी दबाए लेटे रहते हैं। फिर भी जब मैं किसी पेरेंबुलेटर के सामने से गुज़रती हूँ, तो एक बार भीतर झाँकने की ज़बरदस्त इच्छा होती है। मुझे यह सोचकर काफ़ी हैरानी होती है कि जो चीज़ें हमेशा एक जैसी रहती हैं, उनसे ऊबने के बजाय आदमी सबसे ज़्यादा उन्हीं को देखना चाहता है, जैसे प्रेम में लेटे बच्चे या नव-विवाहित जोड़े की घोड़ा-गाड़ी या मुर्दों की अरथी। आपने देखा होगा, ऐसी चीज़ों के इर्द-गिर्द हमेशा भीड़ जमा हो जाती है।

अपना बस हो या न हो, पाँव ख़ुद-ब-ख़ुद उनके पास खिंचे चले आते हैं। मुझे कभी-कभी यह सोचकर बड़ा अचरज होता है कि जो चीज़ें हमें अपनी ज़िन्दगी को पकड़ने में मदद देती हैं, वे चीज़ें हमारी पकड़ के बाहर हैं। हम न उनके बारे में कुछ सोच सकते हैं, न किसी दूसरे को बता सकते हैं। मैं आपसे पूछती हूँ—क्या आप अपनी जन्म की घड़ी के बारे में कुछ याद कर सकते हैं, या अपनी मौत के बारे में किसी को कुछ बता सकते हैं, या अपने विवाह के अनुभव को हू-ब-हू अपने भीतर दुहरा सकते हैं?...आप हँस रहे हैं? नहीं, मेरा मतलब कुछ और था। कौन ऐसा आदमी है, जो अपने विवाह के अनुभव को याद नहीं कर सकता! मैंने सुना है, कुछ ऐसे देश हैं, जहाँ जब तक लोग नशे में धुत्त नहीं हो जाते, तब तक विवाह करने का फ़ैसला नहीं लेते...और बाद में उन्हें उसके बारे में कुछ याद नहीं रहता। नहीं जी, मेरा मतलब ऐसे अनुभव से नहीं था। मेरा मतलब था, क्या आप उस क्षण को याद कर सकते हैं, जब आप एकाएक यह फैसला कर लेते हैं कि आप अलग न रहकर किसी दूसरे के साथ रहेंगे—ज़िन्दगी-भर? मेरा मतलब है, क्या आप सही-सही उस बिन्दु पर अँगुली रख सकते हैं, जब आप अपने भीतर के अकेलेपन को थोड़ा-सा सरकाकर किसी दूसरे को वहाँ आने देते हैं?...जी हाँ...उसी तरह जैसे कुछ देर पहले आपने थोड़ा-सा सरककर मुझे बेंच पर आने दिया था और अब मैं आपसे ऐसे बातें कर रही हूँ, मानो आपको बरसों से जानती हूँ।

लीजिए, अब दो-चार सिपाही भी गिरजे के सामने खड़े हो गए। अगर इसी तरह भीड़ जमा होती गई, तो आने-जाने का रास्ता भी रुक जाएगा।

आज तो ख़ैर धूप निकली है, लेकिन सर्दी के दिनों में भी लोग ठिठुरते हुए खड़े रहते हैं। मैं तो बरसों से यह देखती आ रही हूँ...कभी-कभी तो यह भ्रम होता है कि पन्द्रह साल पहले मेरे विवाह के मौक़े पर जो लोग जमा हुए थे, वही लोग आज भी हैं, वही घोड़ा-गाड़ी, वही इधर-उधर घूमते हुए सिपाही...जैसे इस दौरान कुछ भी नहीं बदला है! जी हाँ—मेरा विवाह भी इसी गिरजे में हुआ था। लेकिन यह मुद्दत पहले की बात है। तब सड़क इतनी चौड़ी नहीं थी कि घोड़ा-गाड़ी सीधे गिरजे के दरवाज़े पर आकर ठहर सके। हमें उसे गली के पिछवाड़े रोक देना पड़ा था... और मैं अपने पिता के साथ पैदल चलकर यहाँ तक आई थी। सड़क के दोनों तरफ़ लोग खड़े थे और मेरा दिल धुक-धुक कर रहा था कि कहीं सबके सामने मेरा पाँव न फिसल पड़े। पता नहीं, वे लोग अब कहाँ होंगे, जो उस रोज़ भीड़ में खड़े मुझे देख रहे थे! आप क्या सोचते हैं...अगर उनमें से कोई आज मुझे देखे, तो क्या पहचान सकेगा कि बेंच पर बैठी यह अकेली औरत वही लड़की है, जो सफ़ेद पोशाक में पन्द्रह साल पहले गिरजे की तरफ़ जा रही थी? सच बताइए, क्या पहचान सकेगा? आदमियों की तो बात मैं नहीं जानती, लेकिन मुझे लगता है कि वह घोड़ा मुझे ज़रूर पहचान लेगा, जो उस दिन हमें खींचकर लाया था...जी हाँ, घोड़ों को देखकर मैं हमेशा हैरान रह जाती हूँ। कभी आपने उनकी आँखों में झाँककर देखा है? लगता है, जैसे वे किसी बहुत ही आत्मीय चीज़ से अलग हो गए हैं, लेकिन अभी तक अपने अलगाव के आदी नहीं हो सके हैं। इसीलिए वे आदमियों की दुनिया में सबसे अधिक उदास रहते हैं। किसी चीज़ का आदी न हो पाना, इससे बड़ा और कोई दुर्भाग्य नहीं। वे लोग जो आख़िर तक आदी नहीं हो पाते या तो घोड़ों की तरह उदासीन हो जाते हैं, या मेरी तरह धूप के एक टुकड़े की खोज में एक बेंच से दूसरी बेंच का चक्कर लगाते रहते हैं।

क्या कहा आपने? नहीं, आपने शायद मुझे ग़लत समझ लिया। मेरे कोई बच्चा नहीं—यह मेरा सौभाग्य है। बच्चा होता, तो शायद मैं कभी अलग नहीं हो पाती। आपने देखा होगा, आदमी और औरत में प्यार न भी रहे, तो भी बच्चे की ख़ातिर एक-दूसरे के साथ जुड़े रहते हैं। मेरे साथ कभी ऐसी रुकावट नहीं रही। इस लिहाज़ से मैं बहुत सुखी हूँ—अगर सुख का मतलब है कि हम अपने अकेलेपन को ख़ुद चुन सकें। लेकिन चुनना एक बात है, आदी हो सकना बिलकुल दूसरी बात। जब शाम को धूप मिटने लगती है, तो मैं अपने कमरे में चली जाती हूँ। लेकिन जाने से पहले मैं कुछ देर उस पब में ज़रूर बैठती हूँ, जहाँ वह मेरी प्रतीक्षा करता था। जानते हैं, उस पब का नाम? बोनापार्ट—जी हाँ, कहते हैं, जब नेपोलियन पहली बार इस शहर में आया, तो उस पब में बैठा था—लेकिन उन दिनों मुझे इसका कुछ पता नहीं था। जब पहली बार उसने मुझसे कहा कि हम बोनापार्ट के सामने मिलेंगे, तो मैं सारी शाम शहर के दूसरे सिरे पर खड़ी रही, जहाँ नेपोलियन घोड़े पर बैठा है। आपने कभी अपनी पहली डेट इस तरह गुज़ारी है कि आप सारी शाम पब के सामने खड़े रहें और आपकी मंगेतर पब्लिक-स्टेचू के नीचे! बाद में जो उसका शौक़ था, वह मेरी आदत बन गई। हम दोनों हर शाम कभी उस जगह जाते, जहाँ मुझे मिलने से पहले वह बैठता था, या उस शहर के उन इलाक़ों में घूमने निकल जाते, जहाँ मैंने बचपन गुज़ारा था। यह आपको कुछ अजीब नहीं लगता कि जब हम किसी व्यक्ति को बहुत चाहने लगते हैं, तो न केवल वर्तमान में उसके साथ रहना चाहते हैं, बल्कि उसके अतीत को भी निगलना चाहते हैं, जब वह हमारे साथ नहीं था! हम इतने लालची और ईर्ष्यालु हो जाते हैं कि

हमें यह सोचना भी असहनीय लगता है कि कभी ऐसा समय रहा होगा, जब वह हमारे बग़ैर जीता था, प्यार करता था, सोता-जागता था। फिर अगर कुछ साल उसी एक आदमी के साथ गुज़ार दें, तो यह कहना भी असम्भव हो जाता है कि कौन-सी आदत आपकी अपनी है, कौन-सी आपने दूसरे से चुराई है...जी हाँ, ताश के पत्तों की तरह वे इस तरह आपमें घुल-मिल जाती हैं कि आप किसी एक पत्ते को उठाकर नहीं कह सकते कि यह पत्ता मेरा है, और वह पत्ता उसका।

देखिए, कभी-कभी मैं सोचती हूँ कि मरने से पहले हममें से हर एक को यह छूट मिलनी चाहिए कि हम अपनी चीर-फाड़ ख़ुद कर सकें। अपने अतीत की तहों को प्याज़ के छिलकों की तरह एक-एक करके उतारते जाएँ...आपको हैरानी होगी कि सब लोग अपना-अपना हिस्सा लेने आ पहुँचेंगे, माँ-बाप, दोस्त, पति...सारे छिलके दूसरों के, आख़िर की सूखी डंठल आपके हाथ में रह जाएगी, जो किसी काम की नहीं, जिसे मृत्यु के बाद जला दिया जाता है, या मिट्टी के नीचे दबा दिया जाता है। देखिए, अक्सर कहा जाता है कि हर आदमी अकेला मरता है। मैं यह नहीं मानती। वह उन सब लोगों के साथ मरता है, जो उसके भीतर थे, जिनसे वह लड़ता था या प्रेम करता था। वह अपने भीतर पूरी एक दुनिया लेकर जाता है। इसीलिए हमें दूसरों के मरने पर जो दुख होता है, वह थोड़ा-बहुत स्वार्थी क़िस्म का दुख है, क्योंकि हमें लगता है कि इसके साथ हमारा एक हिस्सा भी हमेशा के लिए ख़त्म हो गया है।

अरे देखिए—वह जाग गया। ज़रा पेरेंबुलेटर हिलाइए, धीरे-धीरे हिलाते जाइए। अपने-आप चुप हो जाएगा...मुँह में चूसनी इस तरह

दबाकर लेटा है, जैसे छोटा-मोटा सिगार हो! देखिए—कैसे ऊपर बादलों की तरफ़ टुकुर-टुकुर ताक रहा है! मैं जब छोटी थी, तब लकड़ी लेकर बादलों की तरफ़ इस तरह घुमाती थी, जैसे वे मेरे इशारों पर ही आकाश में चल रहे हों...आप क्या सोचते हैं? बच्चे इस उम्र में जो कुछ देखते हैं या सुनते हैं, वह क्या बाद में उन्हें याद रहता है? रहता ज़रूर होगा... कोई आवाज़, कोई झलक, या कोई आहट, जिसे बड़े होकर हम उम्र के जाले में खो देते हैं। लेकिन किसी अनजाने मौक़े पर, ज़रा-सा इशारा पाते ही हमें लगता है कि इस आवाज़ को कहीं हमने सुना है, यह घटना या ऐसी ही कोई घटना पहले कभी हुई है...और फिर उसके साथ-साथ बहुत-सी चीज़ें अपने-आप खुलने लगती हैं, जो हमारे भीतर अरसे से जमा थीं, लेकिन रोज़मर्रा की दौड़-धूप में जिनकी तरफ़ हमारा ध्यान जाता नहीं, लेकिन वे वहाँ हैं, घात लगाए कोने में खड़ी रहती हैं—मौक़े की तलाश में—और फिर किसी घड़ी सड़क पर चलते हुए या ट्राम की प्रतीक्षा करते हुए या रात को सोने और जागने के बीच वे अचानक आपको पकड़ लेती हैं और तब आप कितना ही हाथ-पाँव क्यों न मारें, कितना ही क्यों न छटपटाएँ, वे आपको छोड़ती नहीं। मेरे साथ एक रात ऐसे ही हुआ था...।

हम दोनों सो रहे थे और तब मुझे एक अजीब-सा खटका सुनाई दिया—बिलकुल वैसे ही, जैसे बचपन में मैं अपने अकेले कमरे में हड़बड़ाकर जाग उठती थी और सहसा यह भ्रम होता था कि दूसरे कमरे में माँ और बाबू नहीं हैं—और मुझे लगता था कि अब मैं उन्हें कभी नहीं देख सकूँगी और तब मैं चीख़ने लगती थी। लेकिन उस रात मैं चीख़ी-चिल्लाई नहीं।

मैं बिस्तर से उठकर देहरी तक आई, दरवाज़ा खोलकर बाहर झाँका, बाहर कोई न था। वापस लौटकर उसकी तरफ़ देखा। वह दीवार की तरफ़ मुँह मोड़कर सो रहा था, जैसे वह हर रात सोता था। उसे कुछ भी सुनाई नहीं दिया था। तब मुझे पता चला कि वह खटका कहीं बाहर नहीं, मेरे भीतर हुआ था। नहीं, मेरे भीतर भी नहीं, अँधेरे में एक चमगादड़ की तरह वह मुझे छूता हुआ निकल गया था—न बाहर, न भीतर, फिर भी चारों तरफ़ फड़फड़ाता हुआ। मैं पलंग पर आकर बैठ गई, जहाँ वह लेटा था और धीरे-धीरे उसकी देह को छूने लगी। उसकी देह के उन सब कोनों को छूने लगी, जो एक ज़माने में मुझे तसल्ली देते थे। मुझे यह अजीब-सा लगा कि मैं उसे छू रही हूँ और मेरे हाथ ख़ाली-के-ख़ाली वापस लौट आते हैं। बरसों पहले की गूँज, जो उसके अंगों से निकलकर मेरी आत्मा में बस जाती थी, अब कहीं न थी। मैं उसी तरह उसकी देह को टोह रही थी, जैसे कुछ लोग पुराने खँडहरों पर अपने नाम खोजते हैं, जो मुद्दत पहले उन्होंने दीवारों पर लिखे थे। लेकिन मेरा नाम वहाँ कहीं न था। कुछ और निशान थे, जिन्हें मैंने पहले कभी नहीं देखा था; जिनका मुझसे दूर का भी वास्ता न था। मैं रात-भर उसके सिरहाने बैठी रही और मेरे हाथ मुर्दा होकर उसकी देह पर पड़े रहे...मुझे यह भयानक-सा लगा कि हम दोनों के बीच जो ख़ालीपन आ गया था, वह मैं किसी से नहीं कह सकती। जी हाँ—अपने वकील से भी नहीं, जिन्हें मैं अरसे से जानती थी।

वे समझे, मैं सठिया गई हूँ। कैसा खटका! क्या मेरा पति किसी दूसरी औरत के साथ जाता था? क्या वह मेरे प्रति क्रूर था? जी हाँ... उसने प्रश्नों की झड़ी लगा दी और मैं थी कि एक इडियट की तरह उनका मुँह ताकती रही। और तब मुझे पहली बार पता चला कि अलग होने के लिए कोर्ट, कचहरी जाना ज़रूरी नहीं है। अक्सर लोग कहते हैं कि अपना दुख दूसरों के साथ बाँटकर हम हल्के हो जाते हैं।

मैं कभी हल्की नहीं होती। नहीं जी, लोग दुख नहीं बाँटते, सिर्फ़ फ़ैसला करते हैं—कौन दोषी है और कौन निर्दोष...मुश्किल यह है, जो एक व्यक्ति आपकी दुखती रग को सही-सही पहचान सकता है, उसी से हम अलग हो जाते हैं...इसीलिए मैं अपने मुहल्ले को छोड़कर शहर के इस इलाक़े में आ गई, यहाँ मुझे कोई नहीं जानता। यहाँ मुझे देखकर कोई यह नहीं कहता कि देखो, यह औरत अपने पति के साथ आठ वर्ष रही और फिर अलग हो गई। पहले जब कोई इस तरह की बात कहता था, तो मैं बीच सड़क पर खड़ी हो जाती थी।

इच्छा होती थी, लोगों को पकड़कर शुरू से आख़िर तक सबकुछ बताऊँ, कैसे हम पहली शाम अलग-अलग एक-दूसरे की प्रतीक्षा करते रहे थे—वह पब के सामने, मैं मूर्ति के नीचे। कैसे उसने पहली बार मुझे पेड़ के तने से सटाकर चूमा था, कैसे मैंने पहली बार डरते-डरते उसके बालों को छुआ था। जी हाँ, मुझे यह लगता था कि जब तक मैं उन्हें यह सच नहीं बता दूँगी, तब तक उस रात के बारे में कुछ नहीं कह सकूँगी, जब पहली बार मेरे भीतर खटका हुआ था और बरसों बाद यह इच्छा हुई थी कि मैं दूसरे कमरे में भाग जाऊँ, जहाँ मेरे माँ-बाप सोते थे... लेकिन वह कमरा ख़ाली था। जी, मैंने कहीं पढ़ा था कि बड़े होने का मतलब है कि अगर आप आधी रात को जाग जाएँ और कितना ही क्यों न चीख़ें-चिल्लाएँ, दूसरे कमरे से कोई नहीं आएगा। वह हमेशा ख़ाली रहेगा। देखिए, उस रात के बाद मैं कितनी बड़ी हो गई हूँ!

लेकिन एक बात मुझे अभी तक समझ में नहीं आती। भूचाल या बमबारी की ख़बरें अख़बारों में छपती हैं। दूसरे दिन सबको पता चल जाता है कि जहाँ बच्चों का स्कूल था, वहाँ खँडहर हैं; जहाँ खँडहर थे, वहाँ उड़ती धूल। लेकिन जब लोगों के साथ ऐसा होता है, तो किसी को कोई ख़बर नहीं होती...उस रात के बाद दूसरे दिन मैं सारे शहर में अकेली घूमती रही और किसी ने मेरी तरफ़ देखा भी नहीं...

जब मैं पहली बार इस पार्क में आई थी, इसी बेंच पर बैठी थी, जिस पर आप बैठे हैं। और जी हाँ, उस दिन मुझे बहुत आश्चर्य हुआ कि मैं उसी गिरजे के सामने बैठी हूँ, जहाँ मेरा विवाह हुआ था...तब सड़क इतनी चौड़ी नहीं थी कि हमारी घोड़ा-गाड़ी सीधे गिरजे के सामने आ सके। हम दोनों पैदल चलकर यहाँ आए थे...।

आप सुन रहे हैं, ओर्गन पर संगीत? देखिए, उन्होंने दरवाज़े खोल दिये हैं। संगीत की आवाज़ यहाँ तक आती है। इसे सुनते ही मुझे पता चल जाता है कि उन्होंने एक-दूसरे को चूमा है, अँगूठियों की अदला-बदली की है। बस, अब थोड़ी-सी देर और है—वे अब बाहर आनेवाले हैं। लोगों में अब इतना चैन कहाँ कि शान्ति से खड़े रहें, अगर आप जाकर देखना चाहें, तो निश्चिन्त होकर चले जाएँ। मैं तो यहाँ बैठी ही हूँ। आपके बच्चे को देखती रहूँगी। क्या कहा आपने? जी हाँ, शाम होने तक यहीं रहती हूँ। फिर यहाँ सर्दी हो जाती है। दिन-भर मैं यह देखती रहती हूँ कि धूप का टुकड़ा किस बेंच पर है—उसी बेंच पर जाकर बैठ जाती हूँ। पार्क का कोई ऐसा कोना नहीं, जहाँ मैं घड़ी-आध घड़ी नहीं बैठती। लेकिन यह बेंच मुझे सबसे अच्छी लगती है। एक तो इस पर पत्ते नहीं झरते और दूसरे...अरे, आप जा रहे हैं?

दूसरी दुनिया

बहुत पहले मैं एक लड़की को जानता था। वह दिन-भर पार्क में खेलती थी। उस पार्क में बहुत-से पेड़ थे, जिनमें मैं बहुत कम को पहचानता था। मैं सारा दिन लाइब्रेरी में रहता था और जब शाम को लौटता था, तो वह उन पेड़ों के बीच बैठी दिखाई देती थी। बहुत दिनों तक हम एक-दूसरे से नहीं बोले। मैं लन्दन के उस इलाक़े में सिर्फ़ कुछ दिनों के लिए ठहरा था। उन दिनों मैं एक जगह से दूसरी जगह बदलता रहता था, सस्ती जगह की तलाश में।

वे काफ़ी ग़रीबी के दिन थे।

वह लड़की भी काफ़ी ग़रीब रही होगी, यह मैं आज सोचता हूँ। वह एक आधा-उधड़ा स्वेटर पहने रहती, सिर पर कत्थई रंग का टोप, जिसके दोनों तरफ़ उसके बाल निकले रहते। कान हमेशा लाल रहते और नाक का ऊपरी सिरा भी—क्योंकि वे अक्तूबर के अन्तिम दिन थे—सर्दियाँ शुरू होने से पहले के दिन और ये शुरू के दिन कभी-कभी असली सर्दियों से भी ज़्यादा क्रूर होते थे।

सच कहूँ तो ठंड से बचने के लिए ही मैं लाइब्रेरी आता था। उन दिनों मेरा कमरा बर्फ़ हो जाता था। रात को सोने से पहले मैं अपने सब स्वेटर और जुराबें पहन लेता था, रज़ाई पर अपने कोट और ओवरकोट जमा कर लेता था—लेकिन ठंड फिर भी नहीं जाती थी। यह नहीं कि कमरे में हीटर नहीं था, किन्तु उसे जलाने के लिए उसके भीतर एक शिलिंग डालना पड़ता था। पहली रात जब मैं उस कमरे में सोया था, तो रात-भर उस हीटर को पैसे खिलाता रहा—हर आध घंटे बाद उसकी जठराग्नि शान्त करनी पड़ती थी। दूसरे दिन, मेरे पास नाश्ते के पैसे भी नहीं बचे थे। उसके बाद मैंने हीटर को अलग छोड़ दिया। मैं रात-भर ठंड से काँपता रहता, लेकिन यह तसल्ली रहती कि वह भी भूखा पड़ा है। वह मेज़ पर ठंडा पड़ा रहता—मैं बिस्तर पर—और इस तरह हम दोनों के बीच शीत-युद्ध जारी रहता।

सुबह होते ही मैं जल्दी-से-जल्दी लाइब्रेरी चला आता। पता नहीं, कितने लोग मेरी तरह वहाँ आते थे—लाइब्रेरी खुलने से पहले ही दरवाज़े पर लाइन बनाकर खड़े हो जाते थे। उनमें से ज़्यादातर बूढ़े लोग होते थे जिन्हें पेंशन बहुत कम मिलती थी, किन्तु सर्दी सबसे ज़्यादा लगती थी। मेज़ों पर एक-दो किताबें खोलकर वे बैठ जाते। कुछ ही देर बाद मैं देखता, मेरे दाएँ-बाएँ सब लोग सो रहे हैं। कोई उन्हें टोकता नहीं था। एक-आध घंटे बाद लाइब्रेरी का कोई कर्मचारी वहाँ चक्कर लगाने आ जाता, खुली किताबों को बन्द कर देता और उन लोगों को धीरे से हिला देता, जिनके खर्राटे दूसरों की नींद या पढ़ाई में ख़लल डालने लगे हों।

ऐसी ही एक ऊँघती दोपहर में मैंने उस लड़की को देखा था—लाइब्रेरी की लम्बी खिड़की से। उसने अपना बस्ता एक बेंच पर रख दिया था और ख़ुद पेड़ों के पीछे छिप गई थी। वह कोई धूप का दिन न था, इसलिए मुझे कुछ हैरानी हुई थी कि इतनी ठंड में वह लड़की बाहर खेल रही है।

वह बिलकुल अकेली थी। बाक़ी बेंचें ख़ाली पड़ी थीं। और उस दिन पहली बार मुझे यह जानने की तीव्र उत्सुकता हुई थी कि वे कौन-से खेल हैं, जिन्हें कुछ बच्चे अकेले में खेलते हैं।

दोपहर होते ही वह पार्क में आती, बेंच पर अपना बैग रख देती और फिर पेड़ों के पीछे भाग जाती। मैं कभी-कभी किताब से सिर उठाकर उसकी ओर देख लेता। पाँच बजने पर सरकारी अस्पताल का गजर सुनाई देता। घंटे बजते ही, वह लड़की जहाँ भी होती, दौड़ते हुए अपनी बेंच पर आ बैठती। वह बस्ते को गोद में रखकर चुपचाप बैठी रहती, जब तक दूसरी तरफ़ से एक महिला न दिखाई दे जाती। मैं कभी उन महिला का चेहरा ठीक से न देख सका। वह हमेशा नर्स की सफ़ेद पोशाक में आती थीं। और इससे पहले कि बेंच तक पहुँच पातीं—वह लड़की अपना धीरज खोकर भागने लगती और उन्हें बीच में ही रोक लेती। वे दोनों गेट की तरफ़ मुड़ जातीं और मैं उन्हें उस समय तक देखता रहता जब तक वे आँखों से ओझल न हो जातीं।

मैं यह सब देखता था, हिचकॉक के हीरो की तरह, खिड़की से बाहर, जहाँ यह पैंटोमिम रोज़ दुहराया जाता था। यह सिलसिला शायद सर्दियों तक चलता रहता, यदि एक दिन अचानक मौसम ने करवट न ली होती।

एक रात सोते हुए मुझे सहसा अपनी रज़ाई और उस पर रखे हुए कोट बोझ जान पड़े। मेरी देह पसीने से लथपथ थी, जैसे बहुत दिनों बाद बुख़ार से उठ रहा हूँ। खिड़की खोलकर बाहर झाँका, तो न धुंध, न कोहरा, लन्दन का आकाश नीली मखमली डिबिया-सा खुला था, जिसमें किसी ने ढेर-से तारे भर दिये थे। मुझे लगा, जैसे यह गर्मियों की रात है और मैं विदेश में न होकर अपने घर की छत पर लेटा हूँ।

अगले दिन खुलकर धूप निकली थी, मैं अधिक देर तक लाइब्रेरी में नहीं बैठ सका। दोपहर होते ही मैं बाहर निकल पड़ा और घूमता हुआ उस रेस्तराँ में चला आया, जहाँ मैं रोज़ खाना खाने जाया करता था। वह एक सस्ता यहूदी रेस्तराँ था। वहाँ सिर्फ़ डेढ़ शिलिंग में कोशर गोश्त, दो रोटियाँ और बियर का एक छोटा गिलास मिल जाता था। रेस्तराँ की यहूदी मालकिन, जो युद्ध से पहले लिथूनिया से आई थीं, एक ऊँचे स्टूल पर बैठी रहतीं। काउंटर पर एक कैश-बॉक्स रखा रहता और उसके नीचे एक सफ़ेद सियामी बिल्ली ग्राहकों को घूरती रहती। मुझे शायद वह थोड़ा-बहुत पहचानने लगी थी, क्योंकि जितनी देर मैं खाता रहता, उतनी देर वह अपनी हरी आँखों से मेरी तरफ़ टुकुर-टुकुर ताकती रहती। ग़रीबी और ठंड और अकेलेपन के दिनों में बिल्ली का सहारा भी बहुत होता है, यह मैं उन दिनों सोचा करता था। मैं यह भी सोचता था कि किसी दिन मैं भी ऐसा ही हिन्दुस्तानी रेस्तराँ खोलूँगा और एकसाथ तीन बिल्लियाँ पालूँगा।

रेस्तराँ से बाहर आया, तो दोबारा लाइब्रेरी जाने की इच्छा मर गई। लम्बी मुद्दत बाद उस दिन घर से चिट्ठियाँ और अख़बार आए थे। मैं उन्हें पार्क की खुली धूप में पढ़ना चाहता था। मुझे हल्का-सा आश्चर्य हुआ, जब मेरी नज़र पार्क के फूलों पर गई। वे बहुत छोटे फूल थे, जो घास के बीच अपना सिर उठाकर खड़े थे। इन्हीं फूलों के बारे में शायद जीसस ने कहा था, 'लिलीज़ ऑफ द फ़ील्ड'—ऐसे फूल, जो आनेवाले दिनों के बारे में नहीं सोचते।

वे गुज़री हुई गर्मियों की याद दिलाते थे।

मैं घास के बीच उन फूलों पर चलने लगा।

बहुत अच्छा लगा। आनेवाले दिनों की दुश्चिन्ताएँ झरने लगीं। मैं हल्का-सा हो गया। मैंने अपने जूते उतार दिये और घास पर नंगे पाँव चलने लगा। मैं बेंच के पास पहुँचा ही था कि मुझे अपने पीछे एक चीख़ सुनाई दी। कोई तेज़ी से भागता हुआ मेरी तरफ़ आ रहा था। पीछे मुड़कर देखा, तो वही लड़की दिखाई दी। वह पेड़ों से निकलकर बाहर आई और मेरा रास्ता रोककर खड़ी हो गई।

"यू आर कॉट," उसने हँसते हुए कहा, "अब आप जा नहीं सकते।"

मैं समझा नहीं। जहाँ खड़ा था, वहीं खड़ा रहा।

"आप पकड़े गए..." उसने दोबारा कहा, "आप मेरी ज़मीन पर खड़े हैं।"

मैंने चारों तरफ़ देखा, घास पर फूल थे, किनारे पर ख़ाली बेंचें थीं, बीच में तीन एवरग्रीन पेड़ और एक मोटे तनेवाला ओक खड़ा था। उसकी ज़मीन कहीं दिखाई न दी।

"मुझे मालूम नहीं था," मैंने कहा और मुड़कर वापस जाने लगा।

"नहीं, नहीं...आप जा नहीं सकते," बच्ची एकदम मेरे सामने आकर खड़ी हो गई। उसकी आँखें चमक रही थीं, "वे आपको जाने नहीं देंगे।"

"कौन नहीं जाने देगा?" मैंने पूछा।

उसने पेड़ों की तरफ़ इशारा किया, जो अब सचमुच सिपाही-से दिखाई दे रहे थे, लम्बे हट्टे-कट्टे पहरेदार। मैं बिना जाने उनके अदृश्य फन्दे में चला आया था।

कुछ देर तक हम चुपचाप आमने-सामने खड़े रहे। उसकी आँखें बराबर मुझ पर टिकी थीं—उत्तेजित और सतर्क। जब उसने देखा, मेरा भागने का कोई इरादा नहीं है, तो वह कुछ ढीली पड़ी।

"आप छूटना चाहते हैं?" उसने कहा।

"कैसे?" मैंने उसकी ओर देखा।

"आपको इन्हें खाना देना होगा। ये बहुत दिन से भूखे हैं।" उसने पेड़ों की ओर संकेत किया। वे हवा में सिर हिला रहे थे।

"खाना मेरे पास नहीं है," मैंने कहा।

"आप चाहें, तो ला सकते हैं," उसने आशा बँधाई, "ये सिर्फ़ फूल-पत्ते खाते हैं।"

मेरे लिए यह मुश्किल नहीं था। वे अक्तूबर के दिन थे और पार्क में फूलों के अलावा ढेरों पत्ते बिखरे रहा करते थे। मैं नीचे झुका ही था कि उसने लपककर मेरा हाथ रोक लिया।

"नहीं, नहीं—यहाँ से नहीं। यह मेरी ज़मीन है। आपको वहाँ जाना होगा।" उसने पार्क के फेंस की ओर देखा। वहाँ मुरझाए फूलों और पत्तों का ढेर लगा था। मैं वहाँ जाने लगा कि उसकी आवाज़ सुनाई दी :

"ठहरिए—मैं आपके साथ आती हूँ, लेकिन अगर आप बचकर भागेंगे तो...यहीं मर जाएँगे।" वह रुकी, मेरी तरफ़ देखा, "आप मरना चाहते हैं?"

मैंने जल्दी से सिर हिलाया। वह इतना गर्म और उजला दिन था कि मरने की मेरी कोई इच्छा नहीं थी।

हम फेंस तक गए। मैंने रूमाल निकाला और फूल-पत्तियों को बटोरने लगा। मुक्ति पाने के लिए आदमी क्या कुछ नहीं करता।

वापस लौटते हुए वह चुप रही। मैं कनखियों से उसकी ओर देख लेता था। वह काफ़ी बीमार-सी बच्ची जान पड़ती थी। उन बच्चों की तरह गम्भीर, जो हमेशा अकेले में अपने साथ खेलते हैं। जब वह चुप रहती थी, तो होंठ बिचक जाते थे—नीचे का होंठ थोड़ा-सा बाहर निकल आता, जिसके ऊपर दबी हुई नाक बेसहारा-सी दिखाई देती थी। बाल बहुत छोटे थे—और बहुत काले—गोल छल्लों में धुली हुई रुई की तरह बँटे हुए, जिन्हें छूने को अनायास हाथ आगे बढ़ जाता था। लेकिन वह अपनी दूरी में हर तरह की छुअन से परे जान पड़ती थी।

"अब आप इन्हें खाना दे सकते हैं," उसने कहा। वह पेड़ों के पास आकर रुक गई थी।

"क्या वे मुझे छोड़ देंगे?" मैं कोई गारंटी, कोई आश्वासन पाना चाहता था।

इस बार वह मुस्कराई—और मैंने पहली बार उसके दाँत देखे—एकदम सफ़ेद और चमकीले—जैसे अक्सर नीग्रो लड़कियों के होते हैं।

मैंने वे पत्तियाँ रूमाल से बाहर निकालीं, चार हिस्सों में बाँटीं और बराबर-बराबर से पेड़ों के नीचे डाल दीं।

मैं स्वतंत्र हो गया था—कुछ ख़ाली-सा भी।

मैंने जेब से चिट्ठियाँ और अख़बार निकाले और उस बेंच पर बैठ गया, जहाँ उसका बैग रखा था। वह काले चमड़े का बैग था, भीतर किताबें ठुँसी थीं, ऊपर की जेब से आधा कुतरा हुआ सेब बाहर झाँक रहा था।

वह ओझल हो गई। मैंने चारों तरफ़ ध्यान से देखा, तो उसकी फ्रॉक का एक कोना झाड़ियों से बाहर दिखाई दिया। वह एक खरगोश की तरह दुबककर बैठी थी—मेरे ही जैसे, किसी भूले-भटके यात्री पर झपटने के लिए। किन्तु बहुत देर तक पार्क से कोई आदमी नहीं गुज़रा। हवा चलती तो पेड़ों के नीचे जमा की हुई पत्तियाँ घूमने लगतीं—एक भँवर की तरह—और वह अपने शिकार को भूलकर उनके पीछे भागने लगती।

कुछ देर बाद वह बेंच के पास आई, एक क्षण मुझे देखा, फिर बस्ते की जेब से सेब निकाला। मैं अख़बार पढ़ता रहा और उसके दाँतों के बीच सेब की कुतरन सुनता रहा।

अचानक उसकी नज़र मेरी चिट्ठियों पर पड़ी, जो बेंच पर रखी थीं। उसके हिलते हुए जबड़े रुक गए।

"यह आपकी हैं?"

"हाँ।" मैंने उसकी ओर देखा।

"और यह?"

उसने लिफ़ाफ़े पर लगे टिकट की ओर उँगली उठाई। टिकट पर हाथी की तसवीर थी, जिसकी सूँड़ ऊपर हवा में उठी थी। वह अपने दाँतों के बीच हँसता-सा दिखाई दे रहा था।

"तुम कभी जू गई हो?" मैंने पूछा।

"एक बार पापा के साथ गई थी। उन्होंने मुझे एक पेनी दी थी और हाथी ने अपनी सूँड़ से उस पेनी को मेरे हाथ से उठाया था।"

"तुम डरी नहीं?"

"नहीं, क्यों?" उसने सेब कुतरते हुए मेरी ओर देखा।

"पापा तुम्हारे साथ यहाँ नहीं आते?"

"एक बार आए थे। तीन बार पकड़े गए।"

वह धीमे से हँसी—जैसे मैं वहाँ न हूँ, जैसे कोई अकेले में हँसता है, जहाँ एक स्मृति पचास तहें खोलती है।

अस्पताल की घड़ी का गजर सुनाई दिया, तो हम दोनों चौंक गए। लड़की ने बेंच से बस्ता उठाया और उन पेड़ों के पास-पास गई, जो चुप खड़े थे। बच्ची हर पेड़ के पास जाती थी, छूती थी, कुछ कहती थी, जिसे सिर्फ़ पेड़ सुन पाते थे। आख़िर में वह मेरे पास आई और मुझसे हाथ मिलाया, जैसे मैं भी उन पेड़ों में से एक हूँ।

उसकी निगाहें पीछे मुड़ गईं। मैंने देखा, कौन है? वह महिला दिखाई दीं। वह नर्सोंवाली सफ़ेद पोशाक हरी घास पर चमक रही थी। बच्ची उन्हें देखते ही भागने लगी। मैंने ध्यान से देखा—यह वही महिला थीं, जिन्हें मैं लाइब्रेरी की खिड़की से देखता था। छोटा क़द, कन्धे पर थैला और बच्ची-जैसे ही काले घुँघराले बाल। वे मुझसे काफ़ी दूर थीं, लेकिन उनकी आवाज़ सुनाई दे जाती थी—अलग-अलग शब्द नहीं,

सिर्फ़ दो स्वरों की एक आहट। वे घास पर बैठ गई थीं। बच्ची मुझे भूल गई थी।

मैंने जूते पहने। अख़बार और चिट्ठियाँ जेब में रख दीं। अभी समय काफ़ी है, मैंने सोचा। एक-दो घंटे लाइब्रेरी में बिता सकता हूँ। पार्क के जादू से अलग, अपने अकेले कोने में।

मैं बीच पार्क में चला आया। पेड़ों की फुनगियों पर आग सुलगने लगी थी। समूचा पार्क सोने में गल रहा था। बीच में पत्तों का दरिया था, हवा में हिलता हुआ।

कौन...कौन है? कोई मुझे बुला रहा था और मैं चलता गया, रुका नहीं। कभी-कभी आदमी ख़ुद अपने को बुलाने लगता है, बाहर से भीतर—और भीतर से कुछ भी नहीं होता। लेकिन यह बुलावा और दिनों की तरह नहीं था। यह रुका नहीं, इसलिए अन्त में मुझे ही रुकना पड़ा। इस बार कोई शक नहीं हुआ। सचमुच कोई चीख़ रहा था, "स्टॉप, स्टॉप...!" मैंने पीछे मुड़कर देखा, लड़की खड़ी होकर दोनों हाथ हवा में हिला रही थी।

सच! मैं फिर पकड़ा गया था—दोबारा से। बेवक़ूफ़ों की तरह मैं उसकी ज़मीन पर चला आया था, चार पेड़ों से घिरा हुआ। इस बार माँ और बेटी, दोनों हँस रही थीं।

वे झूठी गर्मियों के दिन थे। ये दिन ज़्यादा देर नहीं टिकेंगे, इसे सब जानते थे। लाइब्रेरी उजाड़ रहने लगी। मेरे पड़ोसी, बूढ़े पेंशनयाफ़्ता लोग, अब बाहर धूप में बैठने लगे। आकाश इतना नीला दिखाई देता कि लन्दन की धुंध भी उसे मैला न कर पाती। उसके नीचे पार्क एक हरे टापू-सा लेटा रहता।

ग्रेता (यह उसका नाम था) हमेशा वहाँ दिखाई देती थी। कभी दिखाई न देती, तो भी बेंच पर उसका बस्ता देखकर पता चल जाता कि वह यहीं कहीं है, किसी कोने में दुबकी है। मैं बचता हुआ आता, पेड़ों से, झाड़ियों से, घास के फूलों से। हर रोज़ वह कहीं-न-कहीं, एक अदृश्य भयानक फन्दा छोड़ जाती और जब पूरी सतर्कता के बावजूद मेरा पाँव उसमें फँस जाता, तो वह बदहवास चीख़ती हुई मेरे सामने आ खड़ी होती। मैं पकड़ लिया जाता। छोड़ दिया जाता। फिर पकड़ लिया जाता...।

यह खेल नहीं था। वह एक पूरी दुनिया थी। उस दुनिया से मेरा कोई वास्ता नहीं था—हालाँकि मैं कभी-कभी उसमें बुला लिया जाता था। ड्रामे में एक एक्स्ट्रा की तरह। मुझे हमेशा तैयार रहना पड़ता था, क्योंकि वह मुझे किसी भी समय बुला सकती थी। एक दोपहर हम दोनों बेंच पर बैठे थे, अचानक वह उठ खड़ी हुई।

"हलो मिसेज़ टामस...!" उसने मुस्कराते हुए कहा, "आज आप बहुत दिन बाद दिखाई दीं—यह मेरे इंडियन दोस्त हैं, इनसे मिलिए।"

मैं अवाक् उसे देखता रहा। वहाँ कोई न था।

"आप बैठे हैं? इनसे हाथ मिलाइए," उसने मुझे कुछ झिड़कते हुए कहा।

मैं खड़ा हो गया, ख़ाली हवा से हाथ मिलाया। ग्रेता खिसककर मेरे पास बैठ गई, ताकि कोने में मिसेज़ टामस बैठ सकें।

"आप बाज़ार जा रही थीं?" उसने ख़ाली जगह को देखते हुए कहा, "मैं आपका थैला देखकर समझ गई। नहीं, माफ़ कीजिए, मैं आपके साथ नहीं आ सकती। मुझे बहुत काम करना है। इन्हें देखिए (उसने पेड़ों की तरफ़ इशारा किया), ये सुबह से भूखे हैं, मैंने अभी तक इनके लिए खाना भी नहीं बनाया—आप चाय पिएँगी या कॉफ़ी? ओह—आप घर से पीकर आई हैं? क्या कहा—मैं आपके घर क्यों नहीं आती?

आजकल वक़्त कहाँ मिलता है! सुबह अस्पताल जाना पड़ता है, दोपहर को बच्चों के साथ—आप तो जानती हैं। मैं इतवार को आऊँगी। आप जा रही हैं…"

उसने खड़े होकर दोबारा हाथ मिलाया। मिसेज़ टामस शायद जल्दी में थीं। विदा लेते समय उन्होंने मुझे देखा नहीं। बदले में मैं बेंच पर ही बैठा रहा।

कुछ देर तक हम चुपचाप बैठे रहे। फिर सहसा वह चौंक पड़ी।

"आप कुछ सुन रहे हैं?" उसने मेरी कुहनी को झिंझोड़ा।

"कुछ भी नहीं," मैंने कहा।

"फ़ोन की घंटी—कितनी देर से बज रही है। ज़रा देखिए, कौन है?"

मैं उठकर बेंच के पीछे गया, नीचे घास से एक टूटी टहनी उठाई और ज़ोर से कहा, "हलो!"

"कौन है?" उसने कुछ अधीरता से पूछा।

"मिसेज़ टामस," मैंने कहा।

"ओह—फिर मिसेज़ टामस!" उसने एक थकी-सी जम्हाई ली, धीमे क़दमों से पास आई, मेरे हाथ से टहनी खींचकर कहा, "हलो, मिसेज़ टामस—आप बाज़ार से लौट आईं? क्या-क्या लाईं? मीट-बॉल्स, फिश-फिंगर्स, आलू के चिप्स?" उसकी आँखें आश्चर्य से फैलती जा रही थीं। वह शायद चुन-चुनकर उन सब चीज़ों का नाम ले रही थी, जो उसे सबसे अधिक अच्छी लगती थीं।

फिर वह चुप हो गई—जैसे मिसेज़ टामस ने कोई अप्रत्याशित प्रस्ताव उसके सामने रखा हो। "ठीक है मिसेज़ टामस, मैं अभी आती हूँ—नहीं, मुझे देर नहीं लगेगी। मैं अभी बस-स्टेशन की तरफ़ जा रही हूँ—गुड बाई, मिसेज़ टामस!"

उसने चमकती आँखों से मेरी ओर देखा।

"मिसेज़ टामस ने मुझे डिनर पर बुलाया है—आप क्या करेंगे?"

"मैं सोऊँगा।"

"पहले इन्हें कुछ खिला देना...नहीं तो ये रोएँगे।" उसने पेड़ों की ओर इशारा किया, जो ठहरी हवा में निस्पन्द खड़े थे।

वह तैयार होने लगी। अपने बिखरे बालों को सँवारा, पाउडर लगाने का बहाना किया—हथेली का शीशा बनाकर उसमें झाँका—धूप और पेड़ों की छाया के बीच वह सचमुच सुन्दर जान पड़ रही थी।

जाते समय उसने मेरी तरफ़ हाथ हिलाया। मैं उसे देखता रहा, जब तक वह पेड़ों और झाड़ियों के घने झुरमुट में ग़ायब नहीं हो गई।

ऐसा हर रोज़ होने लगा। वह मिसेज़ टामस से मिलने चली जाती और मैं बेंच पर लेटा रहता। मुझे अकेला नहीं लगता था। पार्क की अजीब, अदृश्य आवाज़ें मुझे हरदम घेरे रहतीं। मैं एक दुनिया से निकलकर दूसरी दुनिया में चला आता। वह पार्क के सुदूर कोनों में भटकती फिरती। मैं लाइब्रेरी की किताबों का सिरहाना बनाकर बेंच पर लेट जाता। लन्दन के बादलों को देखता—वे घूमते रहते और जब कभी कोई सफ़ेद टुकड़ा सूरज पर अटक जाता, तब पार्क में अँधेरा-सा घिर जाता।

ऐसे ही एक दिन जब मैं बेंच पर लेटा था, मुझे अपने नज़दीक एक अजीब-सी खड़खड़ाहट सुनाई दी। मुझे लगा, मैं सपने में मिसेज़ टामस को देख रहा हूँ। वे मेरे पास—बिलकुल पास—आकर खड़ी हो गई हैं, मुझे बुला रही हैं।

मैं हड़बड़ाकर उठ बैठा।

सामने बच्ची की माँ खड़ी थीं। उन्होंने ग्रेता का हाथ पकड़ रखा था और कुछ असमंजस में वे मुझे निहार रही थीं।

"माफ़ कीजिए," उन्होंने सकुचाते हुए कहा, "आप सो तो नहीं रहे थे?"

मैं कपड़े झाड़ता हुआ उठ खड़ा हुआ।

"आज आप जल्दी आ गईं?" मैंने कहा। उनकी सफ़ेद पोशाक, काली बेल्ट और बालों पर बँधे स्कार्फ को देखकर मेरी आँखें चुँधिया-सी गईं। लगता था, वे अस्पताल से सीधी यहाँ चली आ रही थीं।

"हाँ, मैं जल्दी आ गई," वे मुस्कराने लगीं, "शनिवार को काम ज़्यादा नहीं रहता—मैं दोपहर को ही आ जाती हूँ।"

वे वेस्टइंडीज़ के चौड़े उच्चारण के साथ बोल रही थीं जिसमें हर शब्द का अन्तिम हिस्सा गुब्बारे-सा उड़ता दिखाई देता था।

"मैं आपसे कहने आई थी, आज आप हमारे साथ चाय पीने चलिएगा?...हम लोग पास में ही रहते हैं।"

उनके स्वर में कोई संकोच या दिखावा नहीं था, जैसे वे मुझे मुद्दत से जानती हों!

मैं तैयार हो गया। मैं अरसे से किसी के घर नहीं गया था। अपने बेड-सिटर से लाइब्रेरी और पार्क तक परिक्रमा लगाता था। मैं लगभग भूल गया था कि उसके परे एक और दुनिया है—जहाँ ग्रेता रहती होगी, खाती होगी, सोती होगी।

वह आगे-आगे चल रही थी। कभी-कभी पीछे मुड़कर देख लेती थीं कि कहीं हम बहुत दूर तो नहीं छूट गए। उसे शायद कुछ अनोखा-सा लग रहा था कि मैं उसके घर आ रहा हूँ। अजीब मुझे भी लग रहा था—उसके घर आना नहीं, बल्कि उसकी माँ के साथ चलना। वे उम्र में काफ़ी छोटी जान पड़ती थीं, शायद अपने क़द के कारण। मेरे साथ चलते हुए वे कुछ इतनी छोटी दिखाई दे रही थीं कि भ्रम होता था कि मैं किसी दूसरी ग्रेता के साथ चल रहा हूँ।

रास्ते-भर वे चुप रहीं। सिर्फ़ जब उनका घर सामने आया, तो वे ठिठक गईं।

"आप भी तो कहीं पास रहते हैं?" उन्होंने पूछा।

"ब्राइड स्ट्रीट में," मैंने कहा, "ट्यूब स्टेशन के बिलकुल सामने।"

"आप शायद हाल में ही आए हैं?" उन्होंने मुस्कराते हुए कहा, "इस इलाक़े में बहुत कम इंडियन रहते हैं।"

वे नीचे उतरने लगीं। उनका घर बेसमेंट में था और हमें सीढ़ियाँ उतरकर नीचे जाना पड़ा था। बच्ची दरवाज़ा खोलकर खड़ी थी। कमरे में दिन के समय भी अँधेरा था। बत्ती जलाई, तो तीन-चार कुर्सियाँ दिखाई दीं। बीच में एक मेज़ थी। ज़रूरत से ज़्यादा लम्बी और नंगी—जैसे उस पर पिंग-पाँग खेली जाती है। दीवार से सटा सोफ़ा था, जिसके सिरहाने एक रज़ाई लिपटी रखी थी। लगता था, वह कमरा बहुत-से कामों के काम आता था, जिसमें खाना, सोना—और मौक़ा पड़ने पर—अतिथि, सत्कार भी शामिल था।

"आप बैठिए, मैं अभी चाय बनाकर लाती हूँ।"

वे पर्दा उठाकर भीतर चली गईं। मैं और ग्रेता कमरे में अकेले बैठे रहे। हम दोनों पार्क के पतझड़ी उजाले में एक-दूसरे को पहचानने लगे थे। पर कमरे के भीतर न कोई मौसम था, न कोई माया। वह अचानक एक बहुत कम उम्रवाली बच्ची बन गई थी, जिसका जादू और आतंक दोनों झर गए थे।

"तुम यहाँ सोती हो?" मैंने सोफ़े की ओर देखा।

"नहीं, यहाँ नहीं," उसने सिर हिलाया, "मेरा कमरा भीतर है—आप देखेंगे?"

किचेन से आगे एक कोठरी थी, जो शायद बहुत पहले गोदाम रहा होगा। वहाँ एक नीली चिक लटक रही थी। उसने चिक उठाई और दबे क़दमों से भीतर चली आई।

"धीरे से आइए—वह सो रहा है!"

"कौन?"

"हिश्!" उसने अपना हाथ मुँह पर रख दिया।

मैंने सोचा, कोई भीतर है। पर भीतर बिलकुल सूना था। कमरे की हरी दीवारें थीं, जिन पर जानवरों की तसवीरें चिपकी थीं। कोने में उसकी खाट थी, जो खटोला-सी दिखाई देती थी। तकिये पर थिगलियों में लिपटा एक भालू लेटा था, गुदड़ी के लाल-जैसा।

"वह सो रहा है," उसने फुसफुसाते हुए कहा।

"और तुम?" मैंने कहा, "तुम यहाँ नहीं सोतीं?"

"यहाँ सोती हूँ। जब पापा यहाँ थे, तो वे दूसरे पलंग पर सोते थे। माँ ने अब उस पलंग को बाहर रखवा दिया है।"

"कहाँ रहते हैं वे?" इस बार मेरा स्वर भी धीमा हो गया, भालू के डर से नहीं, अपने उस डर से जो कई दिनों से मेरे भीतर पल रहा था।

"अपने घर रहते हैं—और कहाँ?"

उसने तनिक विस्मय से मुझे देखा। उसे लगा, मैं पूरी तरह आश्वस्त नहीं हुआ हूँ। वह अपनी मेज़ के पास गई, जहाँ उसकी स्कूल की किताबें रखी थीं। दराज़ खोला और उसके भीतर से चिट्ठियों का पुलिन्दा बाहर निकाला। पुलिन्दे पर रेशम का लाल फीता बँधा था, मानो वह क्रिसमस का कोई उपहार हो। वह उन्हें उठाकर मेरे पास ले आई—सबसे ऊपरवाले लिफ़ाफ़े पर लगा टिकट दिखाया।

"वे यहाँ रहते हैं," उसने कहा।

मुझे याद आया, वह मेरी नक़ल कर रही है—बहुत पहले पार्क में मैंने उसे अपने देश की चिट्ठी दिखाई थी।

बैठक से उसकी माँ हमें बुला रही थीं। आवाज़ सुनते ही वह कमरे से बाहर चली गई।

मैं एक क्षण वहीं ठिठका रहा। खटोले पर भालू सो रहा था। दीवारों पर जानवरों की आँखें मुझे घूर रही थीं। बिस्तर के पास ही एक छोटी-सी बेसिनी थी, जिस पर उसका टूथ-ब्रश, साबुन और कंघा रखे थे।

बिलकुल मेरे बेड-सिट की तरह—मैंने सोचा। किन्तु मुझसे बहुत अलग। मैं अपना कमरा छोड़कर कहीं भी जा सकता था, उसका कमरा अपनी चीज़ों में शाश्वत-सा जान पड़ता था।

मेज़ पर चिट्ठियों का पुलिन्दा पड़ा था, रेशमी डोर में बँधा हुआ, जिसे जल्दी में वह अकेला छोड़ गई थी।

"कमरा देख लिया आपने?" उन्होंने मुस्कराते हुए कहा।

"यहाँ जो भी आता है, सबसे पहले उसे अपना कमरा दिखाती है।" वे कपड़े बदलकर आई थीं। लाल छींट की स्कर्ट और खुला-खुला भूरे रंग का कार्डीगन। कमरे में सस्ती सेंट की गन्ध फैली थी।

"आप चाय नहीं—दावत दे रही हैं," मैंने मेज़ पर रखे सामान को देखकर कहा। टोस्ट, जैम, मक्खन, चीज़—पता नहीं, इतनी सारी चीज़ें मैंने पहले कब देखी थीं।

"अस्पताल की कैंटीन से ले आती हूँ—वहाँ सस्ते में मिल जाता है।"

वे परेशान लगती थीं। हँसती थीं, लेकिन परेशानी अपनी जगह क़ायम रहती थी। पता नहीं, बच्ची कहाँ थी? वे उसे चीख़ते हुए बुला रही थीं और चाय ठंडी हो रही थी।

वे सिर पकड़कर बैठी रहीं। फिर याद आया, मैं भी हूँ। "आप शुरू कीजिए—वह बाग़ में बैठी होगी।"

"आपका अपना बाग़ है?" मैंने पूछा।

"बहुत छोटा-सा किचन के पीछे। जब हम यहाँ आए थे, उजाड़ पड़ा था। मेरे पति ने उसे साफ़ किया। अब तो थोड़ी-बहुत सब्ज़ी भी निकल आती है।"

"आपके पति यहाँ नहीं रहते?"

"उन्हें यहाँ काम नहीं मिला—दिन-भर पार्क में घूमते रहते थे। वही आदत ग्रेता को पड़ी है...।"

उनके स्वर में हल्की-सी थकान थी। खीज से ख़ाली—लेकिन ऐसी थकान, जो पोली धूल-सी हर चीज़ पर बैठ जाती है।

"पार्क में तो मैं भी घूमता हूँ।" मैंने उन्हें हल्का करना चाहा। वे हो भी गईं। हँसने लगीं।

"आपकी बात अलग है," उन्होंने डूबे स्वर में कहा, "आप अकेले हैं। लेकिन लन्दन में अगर परिवार साथ हो, तो बिना नौकरी के नहीं रहा जा सकता।"

वे मेज़ की चीज़ें साफ़ करने लगीं। बर्तनों को जमा करके मैं किचन में ले गया। सिंक के आगे खिड़की थी, जहाँ से उनका बाग़ दिखाई देता था। बीच में एक वीपिंग-विलो खड़ा था, जिसकी शाख़ाएँ एक उल्टी छतरी की सलाखों की तरह झूल रही थीं।

पीछे मुड़ा तो वे दिखाई दीं। दरवाज़े पर तौलिया लेकर खड़ी थीं।

"क्या देख रहे हैं?"

"आपके बाग़ को...यह तो कोई बहुत छोटा नहीं है।"

"है नहीं—पर इस पेड़ ने सारी जगह घेर रखी है। मैं इसे कटवाना चाहती थी, लेकिन वह अपनी ज़िद पर अड़ गई—जिस दिन पेड़ कटना था, वह रात-भर रोती रही।"

वे चुप हो गईं, जैसे उस रात को याद करना अपने में एक रोना हो!

"क्या कहती थी?"

"कहती क्या थी—अपनी ज़िद पर अड़ी थी। बहुत पहले कभी इसके पापा ने कहा होगा कि पेड़ के नीचे समर-हाउस बनाएँगे—अब आप बताइए, यहाँ ख़ुद रहने को जगह है नहीं, बाग़ में गुड़ियों का समर-हाउस बनेगा?"

"समर-हाउस?"

"हाँ, समर-हाउस—जहाँ ग्रेता अपने भालू के साथ रहेगी।"

वे हँसने लगीं—एक उदास-सी हँसी जो एक ख़ाली जगह से उठकर दूसरी ख़ाली जगह पर ख़त्म हो जाती है—और बीच की जगह को भी ख़ाली छोड़ जाती है।

मेरे जाने का समय हो गया था—लेकिन ग्रेता कहीं दिखाई नहीं दी। हम सीढ़ियाँ चढ़कर ऊपर चले आए। लन्दन की मैली धूप पड़ोस की चिमनियों पर रेंग रही थी।

जब विदा लेने के लिए मैंने हाथ आगे बढ़ाया, तो उन्होंने कुछ सकुचाते हुए कहा, "आप कल ख़ाली हैं?"

"कहिए—मैं तकरीबन हर रोज़ ख़ाली रहता हूँ।"

"कल इतवार है..." उन्होंने कहा, "ग्रेता की छुट्टी है, पर मेरी अस्पताल में ड्यूटी है। क्या मैं उसे आपके पास छोड़ सकती हूँ?"

"कितने बजे आना होगा?"

"नहीं, आप आने की तकलीफ़ न करें। अस्पताल जाते हुए मैं इसे लाइब्रेरी के सामने छोड़ दूँगी...शाम को लौटते हुए ले लूँगी।"

मैंने हामी भरी और सड़क पर चला आया। कुछ दूर चलकर जेब से पैसे निकाले और उन्हें गिनने लगा। आज खाने के पैसे बच जाएँगे, यह सोचकर ख़ुशी हुई। मैंने बची हुई रेज़गारी को मुट्ठी में दबाया और घर की तरफ़ चलने लगा।

मैं लाइब्रेरी के दरवाज़े पर खड़ा था।

उन्हें देर हो गई थी—शायद सर्दी के कारण। धूप कहीं न थी। लन्दन की इमारतों पर अवसन्न-सा आलोक फैला था—पीली और ज़र्द, जिसमें वे और भी दरिद्र और दुखी दिखाई देती थीं।

मुझे उनकी सफ़ेद पोशाक दिखाई दी। दोनों पार्क से गुज़रते हुए आ रही थीं। आगे-आगे वे और पीछे भागती हुई ग्रेता। जब उन्होंने मुझे देख लिया तो हवा में हाथ हिलाया, बच्ची को जल्दी से चूमा और तेज़ क़दमों से अस्पताल की तरफ़ मुड़ गईं।

किन्तु बच्ची में कोई जल्दी न थी। वह धीमे क़दमों से मेरे पास आई। सर्दी में नाक लाल-सुर्ख़ हो गई थी। उसने पूरी बाँहोंवाला ब्राउन स्वेटर पहन रखा था—सिर पर वही पुरानी कैप थी, जिसे मैं पार्क में देखा करता था।

वह निढाल-सी खड़ी थी।

"चलोगी?" मैंने उसका हाथ पकड़ा।

उसने चुपचाप सिर हिला दिया। मुझे हल्की-सी निराशा हुई। मैंने सोचा था, वह पूछेगी, कहाँ—और तब मैं उसे आश्चर्य में डाल दूँगा। पर उसने पूछा कुछ भी नहीं और हम सड़क पार करने लगे।

जब हम पार्क को छोड़कर आगे बढ़े तो एक बार उसने प्रश्न-भरी निगाहों से मेरी ओर देखा—जैसे वह अपने किसी सुरक्षित घेरे से बाहर जा रही हो। पर मैं चुप रहा—और उसने कुछ पूछा नहीं। तब मुझे पहली बार लगा कि जब बच्चे माँ-बाप के साथ नहीं होते तो सब प्रश्नों को पुड़िया बनाकर किसी अँधेरे गड्ढे में फेंक देते हैं।

ट्यूब में बैठकर वह कुछ निश्चिन्त नज़र आई। उसने मेरा हाथ छोड़ दिया और खिड़की के बाहर देखने लगी।

"क्या अभी से रात हो गई?" उसने पूछा।

"रात कैसी?"

"देखो—बाहर कितना अँधेरा है!"

"हम ज़मीन के नीचे हैं," मैंने कहा।

वह कुछ सोचने लगी, फिर धीरे से कहा, "नीचे रात है, ऊपर दिन।"

हम दोनों हँसने लगे। मैंने पहले कभी ऐसा नहीं सोचा था।

धीरे-धीरे रोशनी नज़र आने लगी। ऊपर आकाश का एक टुकड़ा दिखाई दिया—और फिर अथाह सफ़ेदी में डूबा दिन सुरंग के बाहर निकल आया।

ट्यूब-स्टेशन की सीढ़ियाँ चढ़ते हुए वह रुक गई। मैंने आश्चर्य से उसकी ओर देखा।

"रुक क्यों गईं?"

"मुझे बाथरूम जाना है।"

मुझे दहशत हुई। टॉयलेट नीचे था और वह इस तरह अपने को रोके बहुत दूर तक नहीं जा सकती थी। मैंने उसे गोद में उठा लिया और उल्टे पाँव सीढ़ियों पर भागने लगा। गलियारे के दूसरे सिरे पर टॉयलेट दिखाई दिया—पुरुषों के लिए—मैं जल्दी से उसे भीतर ले गया। दरवाज़ा बन्द करके बाहर आया, तो लगा, जैसे वह नहीं, मैं मुक्त हो रहा हूँ।

वह बाहर आई तो परेशान-सी नज़र आई। "अब क्या बात है?"

"चेन बहुत ऊँची है," उसने कहा।

"तुम ठहरो, मैं खींच आता हूँ।"

उसने मेरा कोट पकड़ लिया। वह ख़ुद खींचना चाहती थी। उसके साथ मैं भीतर गया, उसे दोबारा गोद में उठाया और तब तक उठाता गया, जब तक उसका हाथ चेन तक नहीं पहुँच गया। हम दोनों विस्मय से टॉयलेट में पानी को बहता देखते रहे, जैसे यह चमत्कार ज़िन्दगी में पहली बार देख रहे हों!

हम सीढ़ियाँ चढ़ने लगे। ऊपर आए तो उसने कसकर मेरा हाथ भींच लिया। ट्रिफाल्गर स्कैयर आगे था, चारों तरफ़ भीड़, उजाला, शोर। मैं उसे आश्चर्य में डालना चाहता था। किन्तु वह डर गई थी। वह इतना डर गई थी कि मेरी इच्छा हुई कि मैं उसे दोबारा नीचे ले जाऊँ—ट्यूब-स्टेशन में, जहाँ ज़मीन का अपना सुरक्षित अँधेरा था।

लेकिन जल्दी ही डर बह गया—और कुछ देर बाद उसने मेरा हाथ भी छोड़ दिया। वह स्कैयर के अनोखे उजाले में खो गई थी। वह उन शेरों के नीचे चली आई थी, जो काले पत्थरों पर अपने पंजे खोलकर भीड़ को निहार रहे थे। बहुत-से बच्चे कबूतरों को दाना डाल रहे थे।

पंखों की छाया एक बादल-सा दिखाई देती थी, जो हवा में कभी इधर जाती थी, कभी उधर—सिर के ऊपर से निकल जाती थी और कानों में सिर्फ़ एक गर्म, सनसनाती फड़फड़ाहट बाक़ी रह जाती थी।

वह सुन रही थी। वह मुझे भूल गई थी।

मैं उसकी आँख बचाकर स्कैयर के बीच चला आया। वहाँ एक लाल लकड़ी का केबिन था, जहाँ दाने बिकते थे। एक कप दाने के दाम—चार पेंस। मैंने एक कप ख़रीदा और भीड़ में उसे ढूँढ़ने लगा।

बच्चे बहुत थे—कबूतरों से घिरे हुए। किन्तु वह जहाँ थी, वहाँ खड़ी थी। अपनी जगह से एक इंच भी न हिली थी। मैं उसके पीछे गया और दानों का कप उसके आगे कर दिया।

वह मुड़ी और हकबकाकर मेरी ओर देखा। बच्चे कृतज्ञ नहीं होते, सिर्फ़ अपना लेते हैं। एक तीसरी आँख खुल जाती है, जो सब चुप्पियों को पाट देती है। उसने कप को लगभग मेरे हाथों से खींचते हुए कहा, "क्या वे आएँगे?"

"ज़रूर आएँगे...पहले तुम्हें एक-एक दाना डालना होगा—उन्हें पास बुलाने के लिए, फिर..."

उसने मेरी बात नहीं सुनी। वह उस तरफ़ भागती गई, जहाँ इक्के-दुक्के कबूतर भटक रहे थे। शुरू-शुरू में उसने डरते हुए हथेली आगे बढ़ाई। कबूतर उसके पास आते हुए झिझक रहे थे, जैसे उसके डर ने उन्हें भी छू लिया हो। किन्तु ज़्यादा देर वे अपना लालच नहीं रोक सके। नखरे छोड़कर पास आए—इधर-उधर देखने का बहाना किया—और फिर खटाखट उसकी हथेली से दाने चुगने लगे।

वह अब अपनी फ्रॉक फैलाकर बैठ गई थी। एक हाथ में दोना, दूसरे हाथ में दाने। मैं अब उसे देख भी नहीं सकता था। पंखों की सलेटी, फड़फड़ाती छत ने उसे अपने में ढक लिया था।

मैं बेंच पर बैठ गया। फ़व्वारों को देखने लगा, जिनके छींटे उड़ते हुए घुटनों तक आ जाते थे। बादल इतने नीचे झुक आए थे कि नेल्सन का सिर सिर्फ़ एक काले धब्बे-सा दिखाई देता था।

दिन बीत रहा था।

कुद ही देर में मैंने देखा, वह सामने खड़ी है।

"मैं एक कप और लूँगी," उसने कहा।

"अब नहीं..." मैंने कुछ हिचकिचाते हुए कहा, "काफ़ी देर हो गई है। अब चाय पिएँगे—और तुम आइसक्रीम लोगी।"

उसने सिर हिलाया।

"मैं एक कप और लूँगी।"

उस स्वर में ज़िद नहीं थी। कुछ क्षण पहले जो पहचान आई थी, वह मानो मुझसे नहीं, उससे आग्रह कर रही हो।

मैंने उसके हाथ से ख़ाली कप लिया और दुकान की तरफ़ बढ़ गया। पीछे मुड़कर देखा। वह मुझे देख रही थी। मैं दुकान के पीछे मुड़ गया। वहाँ भीड़ थी और उसकी आँखें मुझ तक नहीं पहुँच सकती थीं। कोने में सिमटकर मैंने जेब से पैसे निकाले। चाय और आइसक्रीम के पैसे एक तरफ़ किये, ट्यूब के किराए के पैसे दूसरी तरफ़—बाक़ी सिर्फ़ दो पेंस बचे थे। मैंने चाय के कुछ पेंस उसमें मिलाए और दुकानदार के आगे लगी क्यू में शामिल हो गया।

इस बार जब मैंने उसे कप दिया, तो उसने मुझे देखा भी नहीं। वह तुरन्त भागती हुई उस जगह चली गई, जहाँ सबसे ज़्यादा कबूतर इकट्ठा थे। अब उसका हौसला बढ़ गया था। और कबूतर भी उसे पहचानने लगे थे। वे आसपास उड़ते हुए कभी उसके हाथों,

उसके कन्धों, उसके सिर पर बैठ जाते थे। वह हँसती जा रही थी, पीला चेहरा एक ज्वरग्रस्त खिंचाव में विकृत-सा हो गया था—और हाथ—वे हाथ, जो मुझे हमेशा इतने निरीह जान पड़ते थे—अब एक अजीब बेचैनी में कभी खुलते थे, कभी बन्द होते थे, जैसे वे किसी भी क्षण कबूतरों की फड़फड़ाती मांसल धड़कनों को दबोच लेंगे। उसे पता भी न चला, कब दानों की कटोरी ख़ाली हो गई—वह कुछ देर तक हवा में हथेली खोले बैठी रही। सहसा उसे आभास हुआ, कबूतर उसे छोड़कर दूसरे बच्चों के आसपास मँडराने लगे हैं। वह खड़ी हो गई और बिना कहीं देखे चुपचाप मेरे पास चली आई।

वह एकटक मुझे देख रही थी। मुझे शक हुआ, वह मुझपर शक कर रही है। मैं बेंच से उठ खड़ा हुआ।

"अब चलेंगे," मैंने कहा।

"मैं एक कप और लूँगी।"

"अब और नहीं—तुम दो ले चुकी हो," मैंने ग़ुस्से में कहा, "तुम्हें मालूम है, हमारे पास कितने पैसे बचे हैं?"

"सिर्फ़ एक और—उसके बाद हम लौट जाएँगे।"

लोग हमें देखने लगे थे। मैं बहस कर रहा था—दानों की एक कटोरी के लिए। मैंने उसे उठाकर बेंच पर बिठा दिया, "ग्रेता, तुम बहुत ज़िद्दी हो। अब तुम्हें कुछ नहीं मिलेगा।"

उसने ठंडी आँखों से मुझे देखा।

"आप बुरे आदमी हैं। मैं आपके साथ कभी नहीं खेलूँगी।" मुझे लगा, जैसे उसने मेरी तुलना किसी अदृश्य व्यक्ति से की हो। मैं ख़ाली-सा बैठा रहा। कभी-कभी ऐसा होता है कि अपने लिए कोई उम्मीद नहीं रहती। सिर्फ़ घोर हैरानी होने लगती है, अपने होने पर, अपने होने पर ही हैरानी होने लगती है। फिर मुझे वह आवाज़ सुनाई दी, जो आज भी मुझे अकेले में सुनाई दे जाती है...और मुँह मोड़ लेता हूँ।

वह रो रही थी। हाथ में दानों का ख़ाली कप था, और उसकी कैप खिसककर माथे पर चली आई थी। वह चुप्पी का रोना था। अलग-अलग साँसों के बीच बिंधा हुआ। मुझसे वह नहीं सहा गया। मैंने उसके हाथ से कप लिया और लाइन में जाकर खड़ा हो गया। इस बार पैसों को गिनना भी याद नहीं आया। मैं सिर्फ़ उसका रोना सुन रहा था, हालाँकि वह मुझसे बहुत दूर थी, और बीच में कबूतरों की फड़फड़ाहट और बच्चों की चीख़ों के कारण कुछ भी सुनाई नहीं देता था। पर इन सबके परे मेरे भीतर का सन्नाटा था, जिसके बीच उसकी रुँधी साँसें थीं—और वे मैं अन्तहीन दूरी से सुन सकता था।

किन्तु इस बार पहले जैसा नहीं हुआ। बहुत देर तक कोई कबूतर उसके पास नहीं आया। उसकी अपनी घबराहट के कारण या घिरते अँधेरे के कारण—वे पास तक आते थे, लेकिन उसकी खुली हथेली की अवहेलना करके दूसरे बच्चों के पास चले जाते थे। हताश होकर उसने दानों की कटोरी ज़मीन पर रख दी और स्वयं मेरे पास बेंच पर आकर बैठ गई।

उसके जाते ही कबूतरों का जमघट कटोरी के इर्द-गिर्द जमा होने लगा। कुछ देर बाद हमने देखा, दानों की कटोरी औंधी पड़ी है—और उसमें एक भी दाना नहीं है।

"अब चलोगी?" मैंने कहा।

वह तुरन्त बेंच से उठ खड़ी हुई, जैसे वह इतनी देर से सिर्फ़ इसकी ही प्रतीक्षा कर रही हो। उसकी आँखें चमक रही थीं—एक भीगी हुई चमक—जो आँसुओं के बाद चली जाती है।

उन दिनों ट्रिफाल्गर स्कैयर के सामने लायंस का रेस्तराँ होता था। गन्दा और सस्ता, दोनों ही। सड़क पार करके हम वहीं चले आए।

इस बीच मैंने जेब में हाथ डालकर पैसों को गिन लिया था—मैंने उसके लिए दो टोस्ट मँगवाए, अपने लिए चाय। आइसक्रीम को भुला देना ही बेहतर था।

वह पहली बार किसी रेस्तराँ में आई थी। गहरी उत्सुकता से चारों तरफ़ देख रही थी। मुझे लगा, कुछ देर पहले का संताप घुलने लगा है। हम क़रीब-क़रीब दोबारा एक-दूसरे के क़रीब आ गए थे। लेकिन पहले जैसे नहीं—कबूतरों की छाया अब भी हम दोनों के बीच फड़फड़ा रही थी।

"मैं क्या बहुत बुरा आदमी हूँ?" मैंने पूछा।

उसने आँखें उठाईं, एक क्षण मुझे देखती रही, फिर बहुत अधीर स्वर में कहा, "मैंने आपको नहीं कहा था।"

"मुझे नहीं कहा था?" मैंने आश्चर्य से उसकी ओर देखा, "फिर किसको कहा था?"

"मि. टामस को—वे बुरे आदमी हैं। एक दिन जब मैं उनके घर गई, वे डाँट रहे थे और मिसेज़ टामस बेचारी रो रही थीं।"

"ओह!" मैंने कहा।

"आप समझे—मैंने आपको कहा था?"

वह हँसने लगी, जैसे मैंने सचमुच बड़ी मूर्खता की भूल की है—और उसकी हँसी देखकर, न जाने क्यों, मेरा दिल बैठने लगा।

"हम यहाँ फिर कभी आएँगे?" उसने कहा।

"गर्मियों में," मैंने कहा, "गर्मियों में टेम्स पर चलेंगे, वह यहाँ से बहुत पास है।"

"क्या वहाँ कबूतर होंगे?" उसने पूछा।

मुझे बुरा लगा, जैसे कोई लड़की अपने प्रेमी की चर्चा बार-बार छेड़ दे। किन्तु मैं उसे दोबारा निराश नहीं करना चाहता था। गर्मियाँ काफ़ी दूर थीं, बीच में पतझड़ और बर्फ़ के दिन आएँगे—तब तक मेरा झूठ भी पिघल जाएगा, मैंने सोचा।

हम बाहर आए, तो पीला-सा अँधेरा घिर आया था। हालाँकि दोपहर अभी बाक़ी थी। उसने खोई हुई आँखों से स्कैयर की तरफ़ देखा,

जहाँ कबूतर अब भी उड़ रहे थे। मेरी जेब में अब उतने ही पैसे थे, जिनसे ट्यूब का किराया दिया जा सके। इस बार उसने कोई आग्रह नहीं किया। बच्चे एक सीमा के बाद, बड़ों की ग़रीबी न सही, मजबूरी सूँघ लेते हैं।

मैंने सोचा था, ट्रेन में बैठेंगे, तो मैं उससे समर-हाउस के बारे में पूछूँगा—उस विलो के बारे में भी, जो अकेला उसके बाग़ में खड़ा था। मैं उसे दोबारा उसकी अपनी दुनिया में लाना चाहता था—जहाँ पहली बार हम दोनों एक-दूसरे से मिले थे। पर ऐसा हुआ नहीं। सीट पर बैठते ही उसकी आँखें मुँदने लगीं। ट्रिफाल्गर स्कैयर से इसलिंग्टन तक का काफ़ी लम्बा फ़ासला था। कुछ देर बाद उसने मेरे कन्धों पर अपना सिर टिका लिया और सोने लगी।

इस बीच मैंने एक-आध बार उसके चेहरे को देखा था—मुझे हैरानी हुई कि सोते हुए वह हू-ब-हू वैसी ही लग रही है, जैसी पहली बार मैंने उसे देखा था पार्क में पेड़ों के बीच—तल्लीन और साबुत। कबूतरों के लिए जो भटकाव आया था, वह अब कहीं न था। आँसू कब के सूख चले थे। नींद में वह उतनी ही मुकम्मिल जान पड़ती थी, जितनी झाड़ियों के बीच और तब मुझे अजीब-सा विचार आया। पार्क में उसने कई बार मुझे पकड़ा था, किन्तु उसके सोते हुए तल्लीन चेहरे को देखकर मुझे लगा कि वह हमेशा से पकड़ी हुई लड़की है, जबकि मेरे जैसे लोग सिर्फ़ कभी-कभी पकड़ में आते हैं और उसे इसका कोई पता नहीं है और यह एक तरह का वरदान है, क्योंकि दूसरों को हमेशा छूटने का, मुक्त होने का भ्रम रहता है, जबकि बच्ची को इस तरह की कोई आशा नहीं थी। तब पहली बार मैंने उसे छूने का साहस किया। मैं धीरे-धीरे उसके गालों को छूने लगा, जो आँसुओं के बाद गर्म हो आए थे—कुछ वैसे ही, जैसे बारिश के बाद घास की पत्तियाँ हो जाती हैं।

वह जगी नहीं। ट्यूब-स्टेशन आने तक आराम से सोती रही।

उस रात बारिश शुरू हुई, सो हफ़्ते-भर चलती रही। झूठी गर्मियों के दिन ख़त्म हो गए। सारे शहर पर पीली धुंध की परतें जमी रहतीं। सड़क पर चलते हुए कुछ भी दिखाई न देता—न पेड़, न लैम्प पोस्ट, न दूसरे आदमी।

मुझे वे दिन याद हैं, क्योंकि उन्हीं दिनों मुझे काम मिला था। लन्दन में वह मेरी पहली नौकरी थी। काम ज़्यादा था लेकिन मुश्किल नहीं। एक पब में काउंटर के पीछे सात घंटे खड़ा रहना पड़ता था। बियर और लिकर के गिलास धोने पड़ते थे। ग्यारह बजे घंटी बजानी पड़ती थी और पियक्कड़ लोगों को बाहर खदेड़ना पड़ता था। कुछ दिन तक मैं कहीं बाहर न जा सका। घर लौटता और बिस्तर पकड़ लेता, मानो पिछले महीनों की नींद कोई पुराना बदला निकाल रही हो। नींद खुलती, तो बारिश दिखाई देती, जो घड़ी की टिक-टिक की तरह बराबर चलती रहती। कभी-कभी भ्रम होता कि मैं मर गया हूँ—और अपनी क़ब्र की दूसरी तरफ़ से—बारिश की टप-टप सुन रहा हूँ।

लेकिन एक दिन आकाश दिखाई दिया—पूरा नहीं—सिर्फ़ एक नीली डूबी-सी फाँक—और उसे देखकर मुझे अकस्मात् पार्क के दिन याद हो आए, यहूदी रेस्तराँ की बिल्ली और बाज़ार जाती हुई मिसेज़ टॉमस। वह मेरी छुट्टी का दिन था। उस दिन मैंने अपने सबसे बढ़िया कपड़े पहने और कमरे से बाहर निकल आया।

लाइब्रेरी खुली थी। सब पुराने चेहरे वहाँ दिखाई दिये। पार्क ख़ाली पड़ा था। पेड़ों पर पिछले दिनों की बारिश चमक रही थी। वे

सिकुड़े-से दिखाई देते थे, जैसे आनेवाली सर्दियों की अफ़वाह उन्हें छू गई हो।

मैं दोपहर तक प्रतीक्षा करता रहा। ग्रेता कहीं दिखाई न दी—न बेंच पर, न पेड़ों के पीछे। धीरे-धीरे पार्क का पीला, पतझड़ी आलोक मन्द पड़ने लगा। पाँच बजे अस्पताल का गजर सुनाई दिया और मेरी आँखें अनायास फाटक की ओर उठ गईं।

कुछ देर तक कोई दिखाई नहीं दिया। फाटक के ऊपर लोहे का हैंडिल शाम की आख़िरी धूप में चमक रहा था। उसके पीछे अस्पताल की लाल ईंटोंवाली इमारत दिखाई दे रही थी। मुझे मालूम था, उन्हें घर जाने के लिए पार्क के बीच से निकलना होगा, किन्तु फिर भी मैं अनिश्चित निगाहों से कभी फाटक को देखता था, कभी सड़क को। यह ख़याल भी आता था कि शायद आज उनकी ड्यूटी अस्पताल में न हो और वे दोनों घर में ही बैठी हों।

सड़क की बत्तियाँ जलने लगीं। मुझे अजीब-सी घबराहट हुई, जैसे प्रतीक्षा का अन्त आ पहुँचा है और मैं उसे टालता जा रहा हूँ। मैं बेंच से उठ खड़ा हुआ—खड़े होकर प्रतीक्षा करना ज़्यादा आसान जान पड़ा। किन्तु तभी मुझे फाटक के निकट सरसराहट सुनाई दी। उनके चेहरे को बाद में देखा, उनकी सफ़ेद पोशाक पहले दिखाई दी। वे तेज क़दमों से पार्क के बीच पगडंडी पर चल रही थीं। उन्होंने मुझे नहीं देखा था। यदि वे मेरी दिशा में आ रही होतीं, तो भी शायद धुँधलके में मुझे नहीं पहचान पातीं।

मैं भागता हुआ उनके पीछे चला आया।

"मिसेज़ पार्कर!" पहली बार मैंने उन्हें उनके नाम से बुलाया था।

वे ठहर गईं और भौंचक-सी मेरी ओर देखने लगीं। "आप यहाँ कैसे?" अब भी वे अपने को नहीं सँभाल पाई थीं।

"मैं यहाँ दोपहर से बैठा हूँ," मैंने मुस्कराते हुए कहा।

वे हकबकाई-सी मुझे देख रही थीं। उन्होंने मुझे पहचान लिया था, लेकिन जैसे उस पहचान का मतलब नहीं टोह पा रही थीं। मैं कुछ असमंजस में पड़ गया और सहज स्वर में पूछा, "आज आप इतनी देर से लौट रही हैं? पाँच का गजर तो कब का बज चुका है?"

"पाँच का गजर?" उन्होंने विस्मय से पूछा।

"आप हमेशा पाँच बजे लौटती थीं," मैंने कहा।

"ओह!" उन्हें याद आया, जैसे मैं किसी प्रागैतिहासिक घटना का उल्लेख कर रहा हूँ।

"आप लन्दन में ही थे?" उन्होंने पूछा।

"मुझे काम मिल गया, इतने दिनों से इसलिए नहीं आ सका। ग्रेता कैसी है?"

वे हिचकिचाईं—एक छोटे क्षण की हिचकिचाहट, जो कुछ भी मानी नहीं रखती—लेकिन शाम के धुँधलके में मुझे वह अपशकुन-सा जान पड़ी।

"मैं आपको बताना चाहती थी, लेकिन मुझे आपका घर नहीं मालूम था..."

"वह ठीक है?"

"हाँ, ठीक है," उन्होंने जल्दी में कहा, "लेकिन वह अब यहाँ नहीं है। कुछ दिन पहले उसके पिता आए थे, वे उसे अपने साथ ले गए..."

मैं उन्हें देखता रहा। मेरे भीतर जो कुछ था, वह ठहर गया—मैं उसके भीतर था, ठहराव के, और वहाँ से दुनिया बिलकुल बाहर दिखाई देती थी। मैंने कभी इतनी सफ़ाई से बाहर को नहीं देखा था।

"कब की बात है?"

"जिस दिन आप उसके साथ ट्रिफाल्गर स्कैयर गए थे—उसके दूसरे दिन ही वे आए थे...आप जानते हैं, उन्हें वहाँ काम मिल गया है।"

"और आप?" मैंने कहा, "आप यहाँ अकेली रहेंगी?"

"मैंने अभी कुछ सोचा नहीं है।" उन्होंने धीरे से सिर उठाया, आवाज़ हल्के से काँपती थी, और एक क्षण के लिए मुझे उनके चेहरे पर बच्ची दिखाई दी, ऊपर उठा हुआ होंठ और भीगी आँखें, हवा में उड़ते हुए कबूतरों को निहारती हुई।

"आप कभी घर ज़रूर आइएगा..." उन्होंने विदा माँगी और मैंने हाथ आगे बढ़ा दिया। मैं बहुत दूर तक उन्हें देखता रहा। फिर काफ़ी देर तक बेंच पर बैठा रहा। मुझे कहीं नहीं जाना था, न ही प्रतीक्षा करनी थी। धीरे-धीरे पेड़ों के ऊपर तारे निकलने लगे। मैंने पहली बार लन्दन के आकाश में इतने तारे देखे थे—साफ़ और चमकीले, जैसे बारिश ने उन्हें भी धो डाला हो।

"इट इज़ टाइम डियर!"

पार्क के चौकीदार ने दूर से ही आवाज़ लगाई। वह गेट की चाभियाँ खनखनाता हुआ पार्क का चक्कर लगा रहा था। टॉर्च की रोशनी में वह हर बेंच, झाड़ी और पेड़ के नीचे देख लेता था कि कहीं कोई छूट तो नहीं गया—कोई खोया हुआ बच्चा, कोई शराबी, कोई घरेलू बिल्ली।

वहाँ कोई नहीं था। कोई भी चीज़ नहीं छूटी थी। मैं उठ खड़ा हुआ और गेट की तरफ़ चलने लगा। सहसा हवा उठी थी। हल्का-सा झोंका अँधेरे में चला आया और पेड़ सरसराने लगे। और तब मुझे धीमी-सी आवाज़ सुनाई दी, एक असीम उत्साह में लिपटी हुई—'स्टॉप...स्टॉप...' मेरे पाँव बीच पार्क में ठिठक गए। चारों ओर देखा। कोई न था। न कोई आवाज़, न खटका—सिर्फ़ पेड़ों की शाख़ाएँ हवा में डोल रही थीं। उस समय एक पगली उत्कट, नंगी-सी, आकांक्षा मेरे भीतर जागने लगी कि यहीं बैठ जाऊँ। इन पेड़ों के बीच जहाँ मैं पहली बार पकड़ा गया था। मेरी अब और आगे जाने की इच्छा नहीं थी। मैं इस बार अन्तिम और अनिवार्य रूप में पकड़ लिया जाना चाहता था...।

"इट इज़ क्लोज़िंग टाइम!" चौकीदार ने इस बार बहुत पास आकर कहा, मेरी तरफ़ जिज्ञासा से देखा कि क्या मैं वही आदमी हूँ, जो अभी कुछ देर पहले बेंच पर बैठा था?

इस बार मैं नहीं मुड़ा। पार्क से बाहर आकर ही साँस ली। मेरा गला सूख गया था और देह खोखली-सी जान पड़ती थी। पार्क में सामने पब की लालटेन झूलती दिखाई दी। मैंने जेब से पर्स निकाला, पैसे गिनने के लिए। पुरानी ग़रीबी की यह आदत अब भी बची थी। मैंने हैरानी से देखा कि मेरे पास पूरे दो पौंड हैं—और तब मुझे याद आया कि मैं उन्हें कबूतरों के दानों के लिए लाया था।

ज़िन्दगी यहाँ और वहाँ

और तब फ़ोन की घंटी बजी और वह समझ गया, यह वह है—वह भागता हुआ मेज़ के पास आया, "हलो," उसने कहा, "यह मैं हूँ।" दूसरी तरफ़ सन्नाटा रहा, "हलो," जैसे वह उसकी सहमी, ठिठुरती आवाज़ सुन रही हो। "हलो, हलो," उसने थूक निगलकर कहा, "कौन है? आप कौन हैं?"

उसने फ़ोन के ऊपर देखा। ख़ाली दीवार, जनवरी का महीना, एक खिड़की, जिसका पर्दा उठ गया था। मैं दस तक गिनती गिनूँगा, उसने सोचा, इस बीच कुछ नहीं बोलूँगा, वह फ़ोन बन्द कर देगी और ख़तरा टल जाएगा। हुआ भी यही—दूसरी तरफ़ सन्नाटा हो गया—और वह गिनने लगा—पर दूसरे ही क्षण उसका स्वर सुनाई दिया, घबराया-सा, नर्वस, फ़ोन के काले सन्नाटे को भेदता हुआ, "फैटी, तुम सुन रहे हो? तुम बोलते क्यों नहीं? यह तुम क्या बुड़बुड़ा रहे हो...मैं सुन भी नहीं सकती!"

"मैं गिनती गिन रहा था।" उसने खिसियानी-सी आवाज़ में कहा।

"क्या कहा? गिनती?" वह धीरे से हँसी—एक छोटी-सी हताश हँसी—जो फ़ोन के भीतर एक घबराई चिड़िया-सी घूम रही थी, "सुनो, आज मैं तुम्हारे घर नहीं आ सकूँगी...मैं लाइब्रेरी में रहूँगी।" उसने कहा, "क्या तुम वहाँ आ सकोगे?"

मन में आया, कह दे—इरा, आज नहीं, आज मुझे काम है। काम? वह उसकी आवाज़ को पकड़ लेगी, मरोड़कर उसका झूठ निचोड़ देगी—घर में अकेले रहना कोई काम है? वह विश्वास नहीं करेगी—वह सोचेगी, मैं फिर उसे सता रहा हूँ। कितना विचित्र है, जब तुम उनसे कहो, कि तुम अकेले रहना चाहते हो—तो यह जानते हुए भी कि तुम अकेले घर में रहते हो—वे कभी तुम्हारा विश्वास नहीं करते। अगर तुम ख़ाली हो—तो ख़ाली कैसे रह सकते हो?

कोई फ़ायदा नहीं। उसने फ़ोन को दोनों हाथों से पकड़ लिया, जैसे यह उसका छोटा-सा सिर हो! कन्धों पर गिरते बाल, माथे पर काली बिन्दी, दो फफकती-सी आँखें, "नहीं, नहीं, मुझे कोई काम नहीं, मैं आऊँगा...मुझे कनॉट प्लेस में एक काम भी है। उसे निपटाकर सीधा चला आऊँगा...क्या कहा? ज़रा ऊँचा बोलो, मैं कुछ भी नहीं सुन सकता..."

"मैं दिन-भर लाइब्रेरी में रहूँगी," उसकी आवाज़ सहसा बहुत धीमी पड़ गई, जैसे घूमती चिड़िया बहुत थक गई हो, निढाल-सी पसर गई हो, "तुम किसी भी समय आ सकते हो। मुझे..." एक क्षण वह झिझकी, "मुझे तुमसे कुछ काम है—मुझे..." पर यहाँ वह चुप हो गई।

वह देख सकता था—उसके स्वर का पीला रंग, जो फ़ोन के सन्नाटे पर छितरा आया था—डूबता हुआ, अपनी गूँज की तसवीर दीवार पर खींचता हुआ...।

क्या तुम अब भी वहाँ हो?

पता नहीं, वह क्या सोचती होगी? वह पूछती नहीं थी। वह देखती भी नहीं थी। वह बीच का रास्ता निकाल लेती थी—देखने और पूछने के बीच—जिसे वे 'जानना' कहते थे। किन्तु कभी-कभी वह भूल जाती। वह सोचती, वह उसके साथ है। अचानक लाल बत्ती जल जाती—और वह ठिठक जाती। पीछे मुड़कर देखती तो वह कहीं दिखाई न देता। बाद में जब वह उससे मिलती, तो पूछने का साहस भी न कर पाती कि वह वहाँ गया था।

वह दूसरे दिन फ़ोन करती—और वह घर में होता। उसका घर में रहना—यह पक्की बात थी, एक ठोस चीज़। इसमें कोई शक नहीं था कि वह फ़ोन करेगी और वह घर में होगा। वह हमेशा कनॉट प्लेस के गलियारे में एक पब्लिक बूथ से फ़ोन करती थी। वह डायल घुमाती थी—और घंटी बजने लगती थी। वह बूथ के शीशे के बाहर देखने लगती—अगस्त का भीगा प्रकाश, कनॉट प्लेस के पेड़, लॉन पर बैठे हुए लोग...वह सीढ़ियाँ उतर रहा होगा। इतना बड़ा, अकेला घर, ख़ाली कमरे—फ़ोन की घंटी जैसे किसी उजाड़ जर्जरित गिरजे के बीच प्रार्थना कर रही हो, पत्थरों को छूकर वापस लौट आती हो। बारिश के दिन में बूथ के शीशे पर बुँदकियाँ छिटक जातीं—धुँधले-से बादल छतों पर घूमते रहते—दिल्ली एक टिमटिमाता-सा दीया दिखाई देता—धुंध पर तिरता हुआ, "हलो, हलो—यह मैं हूँ, और तुम...?"

मैं यहाँ हूँ।

यहाँ—अपने कमरे में...। यहाँ जून की शामें बुरी नहीं होतीं, आकाश से राख झरती है और सूरज एक उपेक्षित कोने में सुलगता रहता। वह लाइब्रेरी के एक कोने में बैठी रहती और वह—अपने छतवाले कमरे में। अब कोई फ़ोन नहीं आएगा...वह निश्चिन्त होकर बैठ जाता। कमरे में अँधेरा कर लेता। पंखे की हवा में समूची पीड़ा को पसीने के साथ बहा देता।

अब कोई नहीं आएगा। वह चली गई है। उसने उसे जाते देखा है। वह महीनों को उल्टा गिनने लगता है—और जनवरी पर आकर रुक जाता है। हमेशा एक ही महीने पर—जैसे बैगाटेल की गोली चारों तरफ़ टकराकर, बार-बार एक ही सूराख़ में घुस जाती हो। वे सर्दियों के दिन थे और वह बाहर अँधेरे में खड़ा था। उसके कमरे की बत्ती जल रही थी—वह ठिठुर रहा था—वह नींद नहीं है—वह एक दूसरा समय है—नींद की ही तरह छाँहदार, वह झाड़ियों के पीछे खड़ा है—उसके कमरे को देख रहा है—वही नींबू की झाड़ी और एक छोटा-सा लॉन—ख़ाली और उजाड़। वहाँ अब कोई नहीं रहता।

विश्वास नहीं होता, मैं वही आदमी हूँ, जो चार महीने पहले था। उसके घर के बाहर अँधेरे में खड़ा था। फैटी, तुम, वही हो—सच! तुम वही हो और बिलकुल नहीं बदले। मैं वही हूँ, जो पैंतीस साल पहले इस दुनिया में आया था। यदि वे जीवित होते, तो एकदम उसे पहचान जाते। यदि तुम बरसों बाद घर लौटकर आओ—तो वे एकदम पहचान लेते हैं—पर वे यह नहीं जानते, तुम कहाँ से लौटकर आए हो। वे कभी सोच भी नहीं सकते, कि इतनी यातना सहकर उन्होंने जिसे जन्म दिया है, वह बड़ा होकर इतनी यातना बर्दाश्त कर सकता है—इसीलिए वे चले जाते हैं। अपने बच्चों से पहले ही उठ जाते हैं। ख़त्म हो जाते हैं...मर जाते हैं!

और बच्चे? उन्हें कोई जल्दी नहीं—एक ख़ाली मकान

और अन्तहीन समय। मैं उनमें हूँ। मैं बचा रह गया हूँ। मुझे कोई जल्दी नहीं।

शुरू में ऐसा नहीं था। वह हमेशा जल्दी में रहता था। वह जब अकेला दिखाई देता, तो भी लगता, जैसे कोई उसके साथ है?—एक कुत्ते की तरह उसके पीछे घिसटता जा रहा है। वह कभी अचानक बीच सड़क पर खड़ा हो जाता, जैसे उसने किसी को देख लिया हो—पेड़ के नीचे कोई अद्भुत-सा कीड़ा, धूप में नहाती कोई तितली—या कोई ट्यून पियानो से बाहर आती हुई, जिसे सुनकर वह बँगले की दीवार से सट जाता। मुस्कराने लगता—और तब मुझे अजीब-सा भ्रम होता कि वह उन अकेले लोगों में है, जो अकेला होने पर भी सारी दुनिया साथ लेकर चलते हैं। मुझे कभी-कभी तीव्र-सी आकांक्षा होती है कि एक बार मैं दीवार पर चढ़कर नीचे—वहाँ उसके अकेलेपन में—झाँककर देख सकूँ, वह किससे बोलता है, कहाँ जाता है—क्यों अचानक मुस्कराने लगता है!

पर मैं लाइब्रेरी में बैठी रहती—और उसे दूर से देखा करती। जब कभी मैं लिखते-लिखते थक जाती तो डेस्क पर अपना माथा टिका देती—अपनी थीसिस के बारे में भूल जाती—और उन दिनों के बारे में सोचने लगती—जब मैं शहर में घूमा करती थी। दिल्ली बड़ा शहर था। पर कुछ ऐसी जगहें थीं, जहाँ एक-दो चेहरे बार-बार दिखाई दे जाते थे। मैं घर से बाहर निकलती...जैसे कुछ लोग जुआ खेलने या रेसकोर्स में जाते हैं—क्या उन्हें सही पत्ता हाथ लग जाएगा? कौन-सा घोड़ा सबसे आगे भागेगा? मैं अपने से खेलने लगती, क्या वह इस कन्सर्ट में आएगा? या इतवार के दिन नेशनल म्यूज़ियम के हॉल में मुझे भ्रम होता, वह भी

कहीं पीछे खड़ा है, सातवीं सर्दी की किसी मूर्ति को देख रहा है। वह अचानक दिखाई दे जाता—और तब मैं जीत जाती। मेरा दिल तेज़ी से धड़कने लगता, किसी थिएटर से बाहर आते हुए या म्यूज़िक कॉन्फ्रेंस में जो सर्दी की रातों में देर तक चलती रहती...मैं टैक्सी की तलाश में एक तरफ़ खड़ी रहती और वह दूसरी तरफ़ बस-स्टैंड की तरफ़ जाता हुआ दिखाई दे जाता—जहाँ स्कूटर खड़े रहते।

दिल्ली अजीब शहर है—कुछ ऐसे स्थल हैं—जहाँ वे हमेशा दिखाई दे जाते हैं। एक चलती-फिरती दुनिया—जिसके सदस्य एक-दूसरे को नहीं जानते—फिर भी हमेशा एक-दूसरे से मिलते हैं, अँधेरे हॉल में एक साथ ताली बजाते हैं—पर एक-दूसरे को जानते नहीं, छूते नहीं—तमाशा ख़त्म होते ही अपने-अपने कोनों में खो जाते हैं।

फिर गर्मियाँ आईं और लोग बाहर जाने लगे—नैनीताल, मसूरी, शिमला—उन मौसमी परिन्दों की तरह जो सीज़न बदलने पर अपने घोंसलों को छोड़कर उड़ जाते हैं। दिल्ली की सड़कों पर अब भी भीड़ दिखाई देती—किन्तु वे लोग, जिन्हें हम जानते थे—अब कहीं दिखाई नहीं देते थे। थिएटर के हॉल बन्द हो जाते—म्यूज़ियम के गलियारे उजाड़ दिखाई देते—जैसे बाहर का समय भी—भीतर की उनींदी कलाकृतियों की नींद में शामिल हो गया हो...!

एक दिन विचित्र घटना हुई। मैं लाइब्रेरी में बैठी थी...पिछली सीट पर—जहाँ रोशनदान की रोशनी सीधे डेस्क पर पड़ती थी। एक गौरैया रोशनदान के शीशे पर तिनके जमा कर रही थी—और उसकी छाया सीधे मेरे नोट्स पर गिर रही थी—मुझे यह डिटेल अच्छी तरह याद है—क्योंकि अचानक मुझे लगा कि किसी ने आकर उस गौरैया को बीच में काट दिया हो और उसे अपनी ओट में छिपा लिया हो! मैंने सिर उठाया, तो वह दिखाई दिया। यह पहला मौक़ा था, जब मैंने उसे पहली बार इतनी पास से देखा था।

वह निश्चल खड़ा रहा...जैसे वह ग़लत रास्ते पर है और वापस मुड़ना चाहता है। "क्या मैं आपको डिस्टर्ब कर रहा हूँ?"

मैंने सिर हिलाया और जल्दी से काग़ज़ समेट लिये, जैसे मैं उन्हें उसकी आँखों से बचा रही हूँ—पर उसकी आँखें मुझ पर थीं और उनमें एक दूर का दिलासा था—मैं मुस्कराने लगी। "क्या कुछ काम है?" मैंने पूछा। उसने एक मुड़ा-तुड़ा काग़ज़ मेरे नोट्स की कॉपी पर रख दिया। मैं उसे देखते ही पहचान गई—कि वह कोई स्टेटमेंट है, कोई पिटीशन, कोई 'ओपन-लेटर' जैसी चीज़—ईश्वर ही जानता है, ऐसी चीज़ें उन दिनों कितनी निकला करती थीं। मैं उसे ध्यान से पढ़ने लगी, पर मेरा ध्यान उसकी तरफ़ लगा था...वह अब भी खड़ा था।

"मुझे क्या करना होगा?" मैंने उसकी ओर देखा।

"कुछ नहीं," उसने कहा, "अगर आप इससे सहमत हैं, तो साइन कर दीजिए।"

"इसका कोई फ़ायदा होगा?" मैंने कुछ चिढ़ाते हुए कहा—ताकि वह बाहर निकल सके, सामने आ सके।

"होगा क्यों नहीं..."

उसने कहा, "फायदा नहीं, लेकिन अगर हम उनका ध्यान अन्याय की तरफ़ खींच सके..."

कोई और कहता तो मैं हँसने लगती, लेकिन वह लाइब्रेरी के आधे अँधेर में चुप खड़ा था—बाहर जून की तपती, घुटती शाम थी। ऐसी घड़ी में न्याय-अन्याय की बात मुझे हिमालय की चोटी-सी जान पड़ी, ठंडी और सफ़ेद और पवित्र—पहुँच के परे—कुछ शब्द अचानक भीड़ से अलग हो जाते हैं—खोए से, लावारिस—प्रेम और पाप, ईश्वर, झूठ और न्याय और मौत—ठहरे पानी में अलग-अलग साबुत, चमकते, सुडौल पत्थरों की तरह मैंने जल्दी से काग़ज़ उठाया और दूसरे नामों के नीचे अपना नाम लिखने लगी...और तब मुझे एक अद्भुत-सा विचार आया—अपना

नाम लिखते हुए—कि मैं उससे फिर मिलूँगी—किसी और दिन क्योंकि मेरा नाम ठीक एक-दूसरे नाम के नीचे था, जिसे यातना कहते हैं।

पर यह दूर की बात थी और उस दिन मैंने उसे नहीं जाना था।

उन दिनों वे अक्सर मिलते थे। दिल्ली में जून का महीना एक अलौकिक-सी चमक लेकर आता था—धूल के मैले पर्दे पर सूरज एक मोमबत्ती-सा पिघलता रहता और कोई बादल एक पतंगे-सा उठकर उसे अपने में ढक लेता। एक क्षण के लिए शहर पर अँधेरा घिर आता—और एक फटी-फटी सफ़ेदी लाइब्रेरी के भीतर झाँकने लगती। वे बड़े हॉल की बत्तियाँ जला देते और दरवाज़े खोल देते। वह अपनी थकी आँखें ठंडे डेस्क पर मूँद लेती।

वह घर की सीढ़ियाँ उतरने लगता। बीच में बहुत-सी सड़कें आतीं और वह उनसे बचकर कनॉट प्लेस के गलियारे में चला जाता। ठंडे अँधेरे गलियारे में चलने लगता। बाहर धूप में औरतें मूलियाँ खातीं—पानी में तर और तीखी—और उनके परे गुलमुहर के पेड़ धूप में दहकते रहते।

दो गलियारों के बीच सड़कें आतीं—और उन्हें पार करते हुए वह उसका हाथ पकड़ लेती—तब तक पकड़े रहती—जब तक वे दोबारा अँधेरे कॉरिडोर में नहीं चले जाते। पहली बार उन्होंने एक-दूसरे को इसी तरह छुआ था—डर में—रास्ते पर, सड़क पार करते हुए। यह ठीक नहीं था। यह एक तरह का अपशकुन था जो छाया की तरह आख़िर तक मँडराता रहता है। बाद में, जब हम अकेले सड़क पार करते हैं, तो ख़ाली हाथ हवा में डोलता है—पुरानी छुअन की याद में—उस अपाहिज की तरह, जिसे मौक़े-बेमौक़े अपने कटे अंग की याद आ जाती है—यह

एक छोटी-सी मृत्यु है। लोग बहुत धीरे-धीरे मरते हैं।

मैं मरूँगा नहीं—फैटी ने सोचा। अभी नहीं। मेरे पिता सत्तर की उम्र में मरे थे—और माँ अभी कुछ वर्ष पहले तक जीवित थी। हमारे परिवार में लोग काफ़ी लम्बी उम्र तक दुनिया को भोगते हैं। मरने के बाद भी वे जाते नहीं—वे यहाँ हैं, वे हस्तक्षेप नहीं करते, बोलते नहीं—किन्तु जब मैं कोई चीज़ खो देता हूँ, दुख सहता हूँ—तो वे अचानक अँधेरे कोने से बाहर निकल आते हैं, अपनी झोली में मेरे खोने और दुख को सँभाल लेते हैं...वे मेरे जीने में नहीं, पर मरने में ज़रूर साझा करने को तैयार रहते हैं—जैसे मेरे कानों में फुसफुसाकर कहते हों—'डरो नहीं। तुम बेशक हमें भुला दो, हम तुम्हें नहीं भुला सकते।'

वह अँधेरे कॉरिडोर से बाहर निकल आया—और उसकी आँखें चकाचौंध हो गईं। एक क्षण के लिए उसे कुछ दिखाई नहीं दिया—फिर धीरे से किसी ने उसका हाथ पकड़ा और कहा, "डू यू नीड चीप एयर-टिकट टु नेपाल?"

"नेपाल?" उसने आँखें खोलीं और हँसने लगा। वह बहुत महीने पीछे मुड़ गया—जब वे साथ चल रहे थे। "वे तुम्हें विदेशी समझते हैं," उसने कहा। "मुझे देखकर नहीं," उसने कहा, "जब तुम मेरे साथ नहीं होतीं, तो न मुझसे कोई डॉलर माँगता है, न कोई नेपाल का टिकट बेचता है।"

"मुझे देखकर?" वह हैरान हो जाती—शायद बहाना करती—या सचमुच हैरान हो जाती", अपने सिर का स्कार्फ़ उतारकर बालों को समेट लेती। वह काफ़ी ऊँचे कद की लड़की थी, ऐनक के पीछे आँखें डरी हुई उत्सुकता में भरी रहतीं। कन्धे पर थैला लटकता रहता और उसमें एक नीली फ़ाइल, लम्बे, फुलस्केप काग़ज़ और लाइब्रेरी की किताबें ठुँसी रहतीं। ईश्वर ही जानता है, उस थैले में क्या भरा रहता था!

"तुमने ले क्यों नहीं लिया?" उसने हँसी में आँखें ऊपर उठाईं, "इतने सस्ते में नेपाल घूम सकते हो।"

"सुनो—हम अगली गर्मियों में जा सकते हैं..." उसने ख़ुशी की रौ में कहा।

अगली गर्मियों में? उसके स्वर में हल्का-सा विस्मय था। वे थीसिस के आख़िरी दिन थे...और वह न सर्दियों के बारे में सोचती थी, न गर्मियों के। लाइब्रेरी से घर और घर से लाइब्रेरी—यह कितनी छोटी दुनिया थी—और कितनी बड़ी! इनके बीच नेपाल एक स्वप्न-सा जान पड़ता था। पर उस क्षण—कनॉट प्लेस के अँधेरे कॉरिडोर में चलते हुए—उसे अजीब-सा सुख हुआ कि वह जा सकती है। इस दुनिया से बाहर निकल सकती है...।

सुख? क्या कोई ऐसी चीज़ है, जिस पर उँगली रखकर कहा जा सके, यह सुख है, यह तृप्ति है? फैटी एक खम्भे के सहारे खड़ा हो गया—बाहर कनॉट प्लेस का फ़व्वारा दीवाली के अनार की तरह लग रहा था—तितीरी धूप में सफ़ेद फ़ुहार ऊपर उठ रही थी, नीचे गिर रही थी—नहीं, सुख होता नहीं, सिर्फ़ याद किया जा सकता है—अपनी यातना में—जब तुम्हें अचानक पता चलता है—यह जून है, वह जनवरी था। तुमने सोचा था, उसके चले जाने के बाद तुम इस शहर में नहीं रहोगे। पर तुम जीवित हो और साँस ले रहे हो...आदमी की खाल कितनी पक्की होती है! सबकुछ बर्दाश्त कर लेती है। पानी में डूबकर एक कुत्ते की तरह बाहर आ जाती है, जो एकबारगी अपनी देह झिंझोड़कर सबकुछ झाड़ देता है...पानी का अँधेरा कितनी देर याद रह सकता है?

वह स्टेट्समैन की बिल्डिंग के सामने चला आया। वह खड़ा हो गया—लाल बत्ती को हरी बत्ती में बदलने की प्रतीक्षा में—ऊपर तोतों का झुंड उड़ा जा रहा था—कर्ज़न रोड के पेड़ों से उड़कर मिंटो रोड के ब्रिज के ऊपर, हवा में एक लहर की तरह उठता हुआ।

एक बार ऊपर रेल जा रही थी और वे नीचे थे। वे नीचे बस में बैठे थे। ऊपर मिंटो रोड का पुल था। "तुमने कुछ माँगा?" उसने उत्सुकता

से मेरी ओर देखा, "इस वक़्त तुम जो कुछ माँगोगे, वह मिल जाएगा।"

मैं हँसने लगा—मुझे नहीं मालूम था, वह इन चीज़ों में विश्वास करती है...।

"जल्दी माँगो, वरना रेल गुज़र जाएगी।"

एक क्षण के लिए हम दोनों चुप बैठे रहे और बस पुल के बाहर निकल आई। वह बारिश की शाम थी और एक अवसन्न-सा उजाला उसके चेहरे पर गिर रहा था।

"बोलो—तुमने क्या माँगा था?" उसने मुझे देखा—इतनी उदास आँखों से...मैंने मुँह मोड़ लिया और बस की खिड़की से बाहर देखने लगा।

उस शाम—मिंटो रोड ब्रिज के नीचे—जब ऊपर रेल गुज़र रही थी—उन दोनों ने एक ही इच्छा माँगी थी, एक-दूसरे से अलग होने की। वे जितना ज़्यादा एक-दूसरे को चाहते थे, उतना ही एक-दूसरे से छुटकारा पाने के लिए तड़पते थे—जैसे चाहना कोई पाप हो, कोई बुरा स्वप्न! और तब हरी बत्ती हुई, और वह सड़क पार करने लगा—और कर्ज़न रोड के पीले, धूल में सने पेड़ों के नीचे चला आया। उनके नीचे चलते हुए उसे अचानक याद आया कि जीसस ने कहा था कि जिसके पास है, उसे और भी दिया जाएगा और जिसके पास कुछ नहीं है, उससे वह भी ले लिया जाएगा जो कुछ उसके पास है।

पता नहीं, इसका क्या मतलब था?

मैं अभी जाऊँगा और उससे यही पूछूँगा...और तब मेरे भीतर एक बहुत धुँधली तसवीर खिंच आती है—वह लाइब्रेरी के एक कोने में बैठी होगी, अपनी रिसर्च की कॉपियों में डूबी हुई। वह सोच रही होगी—अब मैं नहीं आऊँगा। वह दोबारा फ़ोन करेगी—और घर में कोई नहीं होगा—घर के सूने कमरों में फ़ोन की घंटी बेमतलब चीख़ती रहेगी—क्योंकि मैं यहाँ हूँ, कर्ज़न रोड के पेड़ों के नीचे। ऊपर तोतों का झुंड शाम की धूप में

मिंटो ब्रिज की तरफ़ जा रहा है, बाइबल का सिर्फ़ एक वाक्य दुहराता हुआ—जिसके पास है और...जिसके पास नहीं है।

वह एक खेल था। वे दोनों खेलते थे—ख़ास कर उन दिनों—जब वह बहुत थक जाती। लाइब्रेरी से सीधे आकर उसके कमरे में लेट जाती थी। वह अपने कमरे के दरवाज़े खोल देता—नीचे के कमरों में सन्नाटा रहता, और वे बन्द रहते थे।

सिर्फ़ छत खुली रहती—जून का अँधेरा छोटे-छोटे टुकड़ों में आता था। हर टुकड़े पर ढेर-से तारे बिछे रहते—वे उन्हें दरवाज़े पर सरकता हुआ देखते रहते।

वह एक खेल था—जादू और चमत्कार—जहाँ वे दोनों बिना एक शब्द भी बोले एक-दूसरे की इच्छा भाँप लेते थे। कुछ लोग इसे टेलिपैथी कहते हैं—जब दो अलग-अलग व्यक्ति एक ही घड़ी में एक ही बात सोच लेते हैं। वे जब उसके कमरे में आते थे, तो वह अँधेरे में आँखें मूँदकर लेट जाती थी—थकी और निढाल। वह हीटर पर पानी उबालने रख देता—और फिर उसके पास आकर बैठ जाता। दोनों अँधेरे में एक-दूसरे की साँसें सुनने लगते।

"सुनो," उसने सिर उठाकर कहा, "मैंने कभी तुम्हारे फ़ादर को नहीं देखा।"

"तुम्हें मालूम नहीं, वे मर गए?"

"मुझे मालूम है," उसने कहा, "पर तुमने कभी उनका फ़ोटो भी नहीं दिखाया?"

वह उठ बैठती—और खेल शुरू हो जाता। वह काफ़ी विचित्र

खेल था, क्योंकि कुछ देर के लिए हम एक-दूसरे को बिलकुल भूल जाते थे...इस समय से छूटकर एक दूसरे समय में चले जाते थे, जहाँ मेरा घर धीरे-धीरे जागने लगता। बन्द कमरों के दरवाज़े खुल जाते, जैसे वह एक म्यूज़ियम हो, मैं गाइड हूँ—और वह चुपचाप आँखें फाड़ते हुए हर चीज़ को देखने लगती...मैं एक अलमारी खोलता, फिर दूसरी—पता नहीं, वह फ़ोटो कहाँ था, जो तीस साल पहले लिया गया था। उसे ढूँढ़ते हुए दूसरी चीज़ें बाहर आ जातीं। मैं उन्हें छिपाने की कोशिश करता और वह मेरा हाथ हटा देती—मुझे याद है, वह माँ की नथ बहुत ध्यान से देखा करती थी। मैं उससे नफ़रत करता था, क्योंकि उसने माँ की समूची नाक छील डाली थी...अलमारी के दूसरे कोने में मेरे पिता के नक़ली दाँत रखे थे। मैंने उन्हें सँभालकर रखा था, उसी गिलास में, जिससें वे उन्हें उतारकर रखते थे। दाँतों के बीच अब भी डबलरोटी के कुछ टुकड़े फँसे थे, जो उन्होंने पिछली रात खाए थे...।

"मरने से एक रात पहले?" उसने पूछा।

वह मेरे पीछे खड़ी थी—उसका हाथ मेरे कन्धे पर था, जैसे वह मुझे बचाने की कोशिश कर रही हो! पर मैं बचाव के बाहर था। मैं बरसों से उस घर में अकेला रहा था। मैं उसके कोने-कोने को जानता था।

मुझे किसी बचाव की ज़रूरत नहीं थी।

"यह पलंग देखती हो...यह बिस्तर?" उसने कहा, "वे यहाँ लेटते थे। मैं ऊपर सोता था—वहाँ बरसाती में—जहाँ तुम आती हो।"

मैं उसके पीछे चलती गई। वह एक लम्बा हॉल था। कोने में एक तिपाई रखी थी। पीछे कपड़ों की वॉर्डरोब। उसने खिड़की खोली—और तब अचानक रोशनी का सैलाब भीतर चला आया, जैसे बरसों से बाहर जमा हो, भीतर आने की प्रतीक्षा में। रोशनी बिस्तर पर आ रही थी। एक उठा हुआ तकिया, दो कम्बल, बीच में एक गड्ढा, जैसे कोई वहाँ लेटा था—अभी-अभी बाहर गया था।

"यह उनका बिस्तर था?"

मैंने उसकी ओर देखा—और तब मेरा दिल ज़ोर से धड़कने लगा। मुझे लगा, जैसे मैंने किसी प्रेत को देखा है—कोने में खड़ा हुआ—मुस्कराता हुआ। तब मुझे अचानक याद आया, वह सड़क पर चलता हुआ इसी तरह मुस्कराता था—अपने आप—अकेले में—जैसे उसने किसी अदृश्य चीज़ को देखा है—भीतर की दुनिया से बाहर आते हुए—वह ठिठक जाता था। वह ख़ुद अपने से बोलने लगता था...।

'फैटी," मैंने उसका कन्धा हिलाया। उसने मेरी ओर देखा, जैसे मैं कोई शीशे की दीवार हूँ—और वह मेरे भीतर गुज़रकर मेरे पार देख रहा है, "हाँ—वे यहीं मरे थे।" उसने कहा, "मैं उनकी तिपाई पर दवा रख देता था। पेशाब की बोतल साफ़ कर देता था। मैं उनके सिरहाने की खिड़की खोल देता था। तुम जानती हो, दिल्ली में अगस्त की रातें कितनी साफ़ होती हैं—सोने से पहले वे आकाशगंगा देखते थे। उन्हें कभी नींद की गोलियों की ज़रूरत नहीं महसूस हुई। वे कहते थे—तारों के बीच सफ़ेद लाइन पर चलते हुए मुझे नींद आ जाती है। मेरी तरफ़ हैरानी से मत देखो—वे सचमुच विचित्र आदमी थे। जब उन्हें पता चला कि मैं लिखता हूँ तो एक दिन उन्होंने मुझे अपना रजिस्टर दिखाया मरने से दो दिन पहले। प्लीज, टर्न टु पेज नाइनटी सेवेन...उन्होंने कहा। वे अपने बच्चों से हमेशा अंग्रेज़ी में बोलते थे। मैंने रजिस्टर खोला, तो सत्तानबे पृष्ठ पर सारा पन्ना ख़ाली पड़ा था, सिर्फ़ ऊपर लिखा था—लाइफ हियर—एंड हियर आफ्टर! मैंने उनकी तरफ़ देखा—तो वे मुस्कराने लगे...यह टाइटिल है—उन्होंने कहा। जब बैठने लायक हूँगा, तो सबकुछ लिख डालूँगा। मैं बहुत कुछ उन जैसा हूँ। मेरी बड़ी बहन मुझसे कहती थी कि मुझमें और बाबू के बीच एक बहुत पतला और महीन-सा धागा है, जो उनकी दुनिया को मुझसे अलग कर देता है—जिस दिन मैं वह धागा तोड़ दूँगा, मैं वहीं हूँगा, जहाँ वह हैं...

बिलकुल निर्दोष और पवित्र जगह में...बिट्टी, इधर देखो, यह फ़ोटो है, अब तुम उन्हें देख सकती हो...

"इधर नहीं...उधर, खिड़की के पास आ जाओ। रोशनी में देखो... मेरी उम्र कोई सात बरस की होगी। तुम हँसोगी—पर सच बात यह है, मैं दिन-भर रोता रहा। मैंने सोचा, मेरी अन्तिम घड़ी आ पहुँची है। मेरा यह अन्धविश्वास था कि फ़ोटो खिंचवाते ही मेरे भीतर का फुरना (यह माँ का शब्द था, जिसका मतलब शायद 'आत्मा' से रहा होगा। जब कभी मैं ग़ुस्से में आकर खाना नहीं खाता था, तो वे मुझे डराती थीं कि जब मैं सो जाऊँगा, मेरा फुरना मेरी देह से निकलकर रसोई में चला जाएगा—रात-भर भूखा-प्यासा मँडराता रहेगा)—हाँ, तो मेरा फुरना मुझे छोड़कर फ़ोटो पर चिपक जाएगा—जैसे कोई तितली अलबम के काग़ज़ पर चिपक जाती है, मर जाती है। मुझे डर था कि फ़ोटो में आते ही मैं इस दुनिया से चला जाऊँगा, क्योंकि आदमी एक ही समय में दो जगह मौजूद नहीं रह सकता...यही कारण है कि मैं इस तरह आतंकित, बदहवास, ग़मगीन निगाहों से दुनिया को देख रहा हूँ। मेरी माँ कुर्सी पर बैठी है, बाबू पीछे खड़े हैं। मैं आगे हूँ, न पीछे—दोनों से अलग अपना हाथ कुर्सी के हत्थे पर टिकाकर अपनी घातक नियति की तरफ़ घूर रहा हूँ। मोटे बच्चे यों भी काफ़ी ट्रैजिक दिखाई देते हैं—उन्हीं दिनों का नाम आज भी चला आता है। तुम्हें याद है, जब मैं लाइब्रेरी में पिटीशन लेकर आया था, तब...तुमने सोचा था जैसे मैं कोई..."

वह नहीं सुन रही थी। वह खोई आँखों से इन तीन अद्‌भुत प्राणियों को देख रही थी जो तीस साल पहले के फ़ोटो में साँस ले रहे थे—उसकी तरफ़ घूर रहे थे, जैसे पूछ रहे हों—कौन है यह अजनबी लड़की, जो उनके घर में चली आई है? खिड़की की रोशनी में उनके अँधेरे को टोह रही है—लाइफ हियर एंड हियर आफ्टर! कौन-सी ज़िन्दगी—यहाँ वाली या वहाँ—जहाँ वे हैं?

जब मैं बत्ती जलाने के लिए उठने लगा, तो उसने मेरा हाथ पकड़कर बिठा दिया। उसे कमरे में धीरे-धीरे अँधेरा आना अच्छा लगता था—जून की पीली तलछट, जो बिस्तर पर बिखर जाती और मैं उसके घुटने पर सिर टिकाकर लेट जाता। सोचने लगता, पता नहीं, वह बाबू और माँ के बारे में क्या सोच रही होगी! जब तुम किसी लड़की को बहुत चाहने लगते हो—तब भीतर की पट्टियाँ खुल जाती हैं—और तुम्हें डर लगा रहता है कि कहीं उसके मुँह से हँसी या हिकारत का शब्द न निकल पड़े। एक उम्र के बाद तुम उन्हें (माँ-बाप को) एक खुले ज़ख़्म की तरह भीतर लेकर चलते हो। अगर वे जीवित हों, तो कोई बात नहीं। वे अपने को स्वयं बचा सकते हैं। पर अगर वे नहीं हैं, तब—तब कोई भी हथेली पर उनकी राख फूँक मारकर उड़ा सकता है।

"सुनो..." उसने धीरे से कहा।

और तब उसका स्वर सुनकर मेरा दिल धड़कने लगा। मैं उसके स्वर को पहचानता था। जब उसे बहुत कड़वी, बहुत घातक बात कहनी होती थी—उसका स्वर अचानक बहुत कोमल हो जाता था।

"फैटी..." उसने कहा, "मुझे नहीं मालूम था, तुम इतने बदल जाओगे।"

"कैसे?" मैंने कहा।

"फ़ोटो में तुम बिलकुल निर्दोष दिखाई देते हो।"

उसने यही शब्द कहा था, निर्दोष—जिसे सुनकर मुझे लगा, जैसे मैं गन्दगी में डूबा हूँ—तीस साल से जमा होते पाप, झूठ और धोखा। मैं हँसने लगा, "इरा, यह फ़ोटो तीस साल पहले का है—मैं तब सात बरस का था।"

"मुझे मालूम है," उसने कहा।

"तुम्हें कुछ भी नहीं मालूम!" मेरी देह ग़ुस्से और पसीने से थरथरा रही थी।

उसने मेरा सिर अपने घुटनों से हटा दिया—अलग कर दिया, जैसे मुझे कोई छूत की बीमारी हो! इच्छा हुई, उठकर कमरे की बत्ती जला दूँ, एक बार उसकी आँखों से दोबारा अपने को देखूँ—बैंक के जिस खाते में हमने अपना प्रेम जमा किया था, क्या उसमें से मैं एक पाई विश्वास नहीं भुना सकता? लेकिन मैं उठा नहीं। मैं अँधेरे में बैठा रहा। मुझे शक हुआ, वह मुझे देख रही है—ऐसा कई बार होता है, जब अँधेरे में तुम दूसरे को नहीं देख सकते—लेकिन यह पता चल जाता है कि वह तुम्हें देख रहा है, तौल रहा है, परख रहा है—और तुम कुछ भी नहीं कर सकते। कोई दलील, कोई पैरवी, कोई बचाव तुम्हें नहीं बचा सकता—वह शायद समझ गई। उसने अँधेरे में हाथ उठाया और मेरा चेहरा टटोलने लगी...मैंने उसे बीच में ही पकड़ लिया, "सुनो," उसने कहा, "क्या तुम मुझे सचमुच चाहते हो? क्या मैं तुम पर भरोसा कर सकती हूँ?"

वह इतना हताश, इतना कातर, इतना सम्पूर्ण प्रश्न था कि मैंने जल्दी से उसका हाथ अपने चेहरे से हटा दिया...जैसे अचानक किसी ने गुझे रारते गें गकड़कर दिन-दहाड़े पूछा हो, 'फैटी, क्या तुम ईश्वर में विश्वास करते हो?' एक पागल-सा विचार आता है—अगर इसका कोई जवाब नहीं है, तो तुम जी नहीं रहे हो—तुम बहुत साल पहले मर गए थे—जब तुम्हारा फ़ोटो खिंचा गया था—तुम्हारा फुरना कहीं और है—तुम्हें यह भी नहीं मालूम, तुमने उसे रास्ते में कहाँ गिरा दिया। मैंने अँधेरे में उसे पकड़ लिया—अपने पास घसीट लिया—और हम दोनों बहुत देर उन डरे हुए बच्चों की तरह बैठे रहे, जो रास्ता भूलकर फ़ुटपाथ पर बैठ जाते हैं—प्रतीक्षा करते हैं कि शायद कोई हाथ पकड़कर घर पहुँचा आए।

घर कहीं न था...दुख था। बाँझ दुख, जिसका कोई फल नहीं, जो एक-दूसरे में टकराकर ख़त्म हो जाता है—और हम उसे नहीं देखते जब तक आधा रिश्ता पानी में नहीं डूब जाता। तब हम घबरा जाते हैं,

आतंकित-से होकर पानी को उलीचते हैं—पर फ़ायदा कुछ भी नहीं है। जितना दुख हम बाहर निकालते हैं—उससे कहीं ज़्यादा सूराख़ से भीतर चला आता है। फिर हम बार-बार वहीं लौट आते हैं—मेरा एक कमरा, पिता का बिस्तर, माँ की ख़ाली कुर्सी, और जून का महीना।

वह लाइब्रेरी में बैठी रहती और फैटी स्टेटमेंट तैयार करता—न्याय और झूठ के बारे में। कोई भी चीज़—जो किसी तरह सूराख़ को बन्द कर सके, बहते पानी को रोक सके।

फिर जुलाई का महीना आया—और मुझे पता चला, सुख क्या होता है। कभी दिल्ली का आकाश देखा है—मेरा मतलब है—जुलाई में—टेलीफ़ोन बूथ के शीशे के बाहर, जब बादलों के पीछे एक हल्का और पीला रोशनी का धब्बा दिखाई देता है—नहीं—दिखाई नहीं देता, सिर्फ़ आभास होता है—कोई चीज़ चमक रही है। वह सूरज है—सूरज का एक संक्षिप्त धुला हुआ प्रेत। हमारा सुख बिलकुल वैसा था—एक डबडबाई रोशनी का भ्रम, माया और सच के बीच एक भागती हुई छाँह। वह मेरे घर के ऊपर ठहर जाती—और हम अपनी चटाई और चादर बाहर ले आते। थोड़ी-सी बारिश की बूँदें छत की धूल को समेट लेतीं और एक सोंधा, दुधैला-सा धुआँ हवा में उड़ने लगता। हम छत पर अकेले लेटे रहते। मुझे कोई ख़तरा नहीं था कि कोई हमारे सुख में दखल दे सकेगा—क्योंकि वे बरसों पहले मर गए थे और सब कमरे और अलमारियाँ और मकान की छत मेरे हवाले कर गए थे।

भूख की चिन्ता नहीं थी। वह अपना टिफ़िनदान मेरे हीटर पर रख

देती—अंडे की भुजिया, आलू, टोस्ट—और जब कभी उसकी माँ बहुत ख़ुश होती—तो पीले, नमकीन चावल—जिनमें मटर पड़े रहते। मेरे पास सूखी चीज़ें रहती थीं—डबलरोटी, चीज़ और मछली के डिब्बे। कभी-कभी मैं उसे हैरान कर देता जब मैं उसे ज़बरदस्ती बाहर छत पर बिठा देता—आँखों पर रूमाल बाँध देता, ताकि वह भीतर न देख सके...और चीज़ का आमलेट बनाकर उसके सामने रख देता। वह खाने लगती... हैरान होकर मेरी ओर देखती...और मैं उसकी पट्टी उतार देता...ताकि वह मुझे अच्छी तरह देख सके।

"किसने सिखलाया तुमको?" उसने पूछा—जैसे आमलेट बनाना दुनिया का आठवाँ विस्मय हो, "किसी ने नहीं," मैंने कहा, "जब मैं बाहर था, तो सबकुछ ख़ुद बनाता था।"

"तुम ख़ुद बनाते थे?"

"हाँ...क्यों?" मुझे नहीं मालूम था, इतनी मामूली-सी बात उसे छू डालेगी।

"मैं कुछ भी नहीं बना सकती," उसने कहा—और अपना सिर मेरे कन्धे के नीचे टिका दिया। उसका सिर मेरे गले के नीचे था—और मैं उसकी सिर्फ़ प्रोफाइल देख सकता था—आधा माथा, पलकों के बाल और खुले हुए होंठ—जैसे बच्चे कुछ सोचते हुए मुँह खोल देते हैं, "तुम सोचते हो, अगर मैं बाहर जाऊँ तो अपने पर रह सकती हूँ।"

"बाहर कहाँ?"

"कहीं भी—विदेश नहीं...लेकिन अपने घर के बाहर।"

"क्या करोगी?" मैंने धीरे से उसका सिर उठाया, उसकी आँखों को देखा जो मेरे चेहरे पर टिकी थीं, "क्या अपना घर छोड़ दोगी?"

सहसा उसकी देह सिकुड़ गई। यह भयानक क्षण होता—जब वह अपने में सिकुड़ जाती—और मुझे कुछ भी पता नहीं चलता था कि वह क्या सोच रही है...जैसे उसकी देह मुझसे सटी हो—पर वह स्वयं मुझे

छोड़कर चली गई हो—उन जानवरों की तरह, जो ख़तरे की आहट पाते ही अपना रंग बदल लेते हैं। पेड़ या घास या पत्तों के बीच वे भी पेड़ और घास और पत्ते बन जाते हैं, होते हुए भी कहीं दिखाई नहीं देते, "इरा," मैं उसे हिलाने लगता, और वह लौट आती—हैरानी से चारों तरफ़ देखती, मानो तय नहीं कर पा रही हो कि वह कहाँ है, अपने घर में या मेरे कमरे की छत पर...।

वह कमरे के भीतर जाती—पर बत्ती नहीं जलाती। कमरे में एक महीन रेत-सा उजाला रेंगता रहता—जुलाई की रोशनी—जो तारों से टपकती हुई भीतर तक चली आती। मैं बाहर से उसे देखता—एक स्वप्निल-सी सिलहट—उसका सिर दिखाई देता, मुँह में दबे क्लिप, कुर्सी पर किताबों के बीच उसकी जींस, कुर्ता, कन्धे का थैला, थैले में नीली फ़ाइल, जिसके काग़ज़ ऊपर निकले रहते। अब लगता है, वह जो जुलाई की एक शाम देखा था, वह ग़लत है, धोखा...क्योंकि जब हम पीछे मुड़कर देखते हैं तो सब शामें एक स्मृति पर टँग जाती हैं—और हमें भ्रम होता है कि वह जुलाई की एक शाम हुआ था—जबकि उसमें अगस्त और सितम्बर और अक्टूबर की सब घड़ियाँ शामिल हैं—एक प्राचीन फ़ॉसिल की तरह, जो ऊपर से सिर्फ़ एक पत्थर-सा दिखाई देता है किन्तु जिसमें बीती हुई सदियों की तमाम हड्डियाँ परत-दर-परत जमा होती जाती हैं।

वह बत्ती जला देती और दरवाज़े के बाहर झाँकने लगती, "फैटी!"

मैं चुप रहता और छत के अँधेरे कोने में खड़ा रहता।

"फैटी," वह दोबारा बुलाती और कोई उत्तर न पाकर बाहर आ जाती, इधर-उधर देखती और फिर पानी की टंकी के सामने आ खड़ी होती। नल की टूटी खोल देती और अपने कुर्त्ते की बाँहों को मोड़कर मुँह धोने लगती।

मैं देखता, कैसे पानी उसके चेहरे पर बहता हुआ उसकी नाक की टिप पर एक बूँद की चमक में थिर हो जाता है, जैसे वह कोई

अटका हुआ आँसू हो! मैं उसके पास आता और वह चौंककर पीछे देखती, मेरे तपते होंठ उसके गीले चेहरे की ठंडक को सोखने लगते, दुख में कोई डर नहीं होता, किन्तु जिसे हम सुख कहते हैं, वह हमेशा डरों से घिरा आता है। वह जाने की घड़ी होती—और हालाँकि हम दोनों एक शहर में रहते थे, जाने से पहले लगता, जैसे हमें कोई चिथड़ों में फाड़ रहा है, तार-तार कर रहा है। मैं ताला-चाभी ढूँढ़ने लगता और वह ख़ाली टिफ़िन अपने झोले में डाल देती, जहाँ उसकी थीसिस के नोट्स उघड़े रहते।

"फैटी," उसने कहा, "तुम बैठे रहो—मैं चली जाऊँगी। अभी कुछ भी देर नहीं हुई।"

"देर? तुम जानती हो, क्या बजा है?"

मैं एक हाथ में उसका थैला उठाता और दूसरे हाथ से टॉर्च जलाकर ज़ीना उतरने लगता—दीवार पर उसकी दुबली, क्षीण-सी छाया मेरा पीछा करती—बीच की मंज़िल पर ठिठक जाती—सारा घर ख़ाली।

वह एक-एक कमरे को जानती थी। मैंने उसे एक गाइड की तरह सबकुछ दिखाया था—वह कमरा, जहाँ बड़ी बहन शादी से पहले रहती थीं; दाईं तरफ़ वह कमरा, जहाँ बाबू मरे थे; पीछेवाली खिड़की, जहाँ से आकाश-गंगा दिखाई देती थी...और वह कुर्सी, ख़ाली और फटीचर—एक आर्मचेयर!

वह सीढ़ियों पर खड़ी थी—सफ़ेद और स्तब्ध—बरामदे की रोशनी उसके बालों पर गिर रही थी। वह हमेशा बाहर जाते हुए उस कुर्सी को देखा करती थी, जो बीच छज्जे पर पड़ी रहती थी।

"तुम्हें याद है?" वह धीमे स्वर में पूछती।

"हाँ," मैं कहता, "मैं यहीं खड़ा था, वे इसी कुर्सी पर बैठी थीं।"

"उनके अन्तिम शब्द क्या थे?"

"कौन-से अन्तिम शब्द?" मैंने उसकी ओर देखा।

"जब तुम जा रहे थे," उसने कहा।

"मैंने तुम्हें कितनी बार बताया है," मैंने कहा।

"मैं दोबारा सुनना चाहती हूँ—तुम बाहर जा रहे थे। वह बरामदे में बैठी तुम्हें ताक रही थी..." उसने कहा—जैसे वह कोई स्वप्न देख रही हो!

"टिकट के बारे में..." मैंने कहा। "उन्होंने पूछा, मैंने अपना टिकट जेब में रखा है या वैलेट में...उन्हें हमेशा यह डर लगा रहता था कि मैं अपना टिकट खो दूँगा।"

एक क्षण वह ख़ाली कुर्सी को देखती रही।

"और तुमने उन्हें खो दिया।"

"वे बहुत बूढ़ी थीं..." मैंने कहा, "उन्हें कुछ भी याद नहीं रहता था।"

"फैटी," उसका स्वर थरथरा-सा गया। "वे अकेले घर में मरी थीं।"

मैंने उसकी ओर देखा—आँखें एक विस्मयकारी आतंक में खुली थीं...कहीं एक आईना है, लम्बे पेड़ों से घिरी विक्टोरिया स्ट्रीट और बीच में एक छोटा-सा पार्क, खेलते हुए बच्चे और ऊपर घूमते हुए बादल, लन्दन का पीला आलोक...बेंच पर मैं बैठा हूँ—हाथ में एक केबल लिये, एक लाल काग़ज़ का टुकड़ा, जिस पर पाँच काले शब्द बाहर झाँक रहे हैं—मदर डाइड विदाउट एनी पेन, और मैं शब्दों को बार-बार दोहरा रहा हूँ, विदाउट पेन, विदाउट एनी पेन—उस तिब्बती भिक्षुक की तरह, जो प्रार्थना का पहिया घुमाता हुआ एक ऐसे दाने पर पहुँच जाता है—जहाँ कोई सत्य है, कोई ईश्वर, कोई शून्यतम सूनापन—एक विस्मयलोक, वंडरलैंड, जिसके भीतर एलिस ने झाँका होगा, देखा होगा, कोई दरवाज़ा दूसरी दुनिया को जाता है।

"अकेले में? हाँ, अकेले में," मैंने कहा, "लेकिन बिना किसी कष्ट के, विदाउट एनी पेन—उन्हें आख़िरी वक़्त कोई दुख नहीं था, इरा, उनके आख़िरी दिन अकेले में बीते, पर सुख में बीते," और तब

मुझे लगा, वह रो रही है, थरथर काँप रही है—मैं उसे छूने के लिए आगे बढ़ता और वह मुझे ठेल देती, दीवार से सटकर त्रस्त निगाहों से मुझे देखने लगती—अजीब नफ़रत में—नफ़रत भी साधारण नहीं, बल्कि ऐसी, जिसमें एक ठंडा, पथरीला, तिरस्कार छिपा रहता।

"तुम यहाँ क्या कर रहे हो फैटी?"

वह धीरे से कहती। "तुम यह घर बेच क्यों नहीं देते...?" वह कहती, "यह तुम्हारे पिता का घर है—और तुम इससे जोंक की तरह चिपके हो।" वह धीरे-धीरे उस फोड़े के आसपास नाख़ून घुमाने लगती, जिसमें टीस का घर था, एक पीली फूली हुई गुठली, जिसे वह निचोड़ने लगती। "जाते क्यों नहीं—इसलिए कि तुम यहाँ सुरक्षित हो?" आँसुओं के बीच हँसने लगती—पुचकारने लगती," ओ फैटी, डियर फैटी—डियर-डियर फैटी..."

अब वह सीधा उसकी सुई तले होता, एक अधमरा जीव—जिसका धड़ कुचल जाता है, किन्तु पूँछ दीवार पर अपने को पटकती रहती है। उसकी पीड़ा दुबककर किसी कोने में भाग जाती—अलमारी में रखे बाबू के दाँत, माँ की नथ वह उनके पीछे छिप जाता। पोएट्री की किताबें, स्टेटमेंट, रिकॉर्ड—अपने को बचाने के लिए उसने कितनी चीज़ें जमा कर रखी थीं—किन्तु वह उसे लकड़ी से बाहर निकालती—जैसे हम छिपकली, किसी छुछूँदर को अँधेरे, सुरक्षित कोने से बाहर निकालते हैं—दुनिया के क्रूर उजाले में—दीवार के एक कोने से दूसरे कोने में भागते हुए, तिलमिलाते हुए, हाँफते हुए...।

वह बाहर आ गई—बाहर, जहाँ जुलाई का अँधेरा दिल्ली की छतों पर

अटका था। वह स्कूटर लेती और उसके घर से दूर भागने लगती—कनॉट प्लेस, इंडिया गेट, पुराना क़िला—सब एक-एक करके गुज़र जाते। ऊपर सिर्फ़ बादल होते और छितरे हुए तारे—जो जुलाई की रातों में धुले हुए बटनों-से चमकते थे। न कोई पुल, न रेलगाड़ी—जिसके नीचे मैं कोई इच्छा माँग सकती।

उसने चाभी बाहर निकाली, गेट का ताला खोला और भीतर चली आई। छोटा-सा लॉन, नीबू के पेड़ और ईंटों की दीवार—यह उसका घर था। वह कुछ देर अँधेरे में खड़ी रही—खिड़कियाँ खुली थीं—पापा टेलीविज़न देख रहे होंगे—माँ कपड़ों पर इस्तरी कर रही होंगी। वे जान लेते थे, वह आ गई है—पर उसके कमरे में आने का साहस नहीं बटोर पाते थे—वह रसोई में जाकर टिफ़िनदान रखती, मुँह धोती—और भागकर अपने कमरे में आ जाती। जल्दी से कोई रेकॉर्ड लगाती और बिना कपड़े बदले बिस्तर पर पसर जाती—बीच में समय बीतने लगता—अगस्त के खुले दिन और सितम्बर का उदास आलोक—झाड़ियाँ और घास और पेड़ अपना रंग बदलने लगते—वह अपनी थकी आँखों को तकिये पर भींच लेती...।

वह हॉल कमरे में आती—बिलकुल दबे क़दमों से—ऊपर पापा और माँ सो रहे होते—वह बत्ती भी नहीं जलाती, उसे फ़ोन के सब नम्बर मालूम थे और अँधेरे में वह डायल घुमाती—और दूसरी तरफ़ घंटी सुनाई देती, वह सो रहा होगा, ख़ाली घर के सन्नाटे में फ़ोन की आवाज़ चीख़ रही होगी, 'हलो, हलो...' फैटी का स्वर उसे चौंका देता—वह सुन्न-सी खड़ी रहती, 'हलो, हलो, हलो...' और तब सन्नाटा हो जाता, वह रिसीवर रख देता—और वह फ़ोन पर धीरे से कहती, "फैटी, यह मैं हूँ, मैं सिर्फ़ तुम्हारी आवाज़ सुनना चाहती थी..."

वह नवम्बर का महीना था—और उसकी आवाज़ को दिल्ली की हवा पकड़ लेती और सड़क पर उड़ने लगती। चलते हुए लोग क्षण-भर

के लिए ठिठक जाते—कौन है यह फैटी?—वे सोचने लगते—किन्तु शहर की हवा में इतने नाम, इतनी साँसें, इतने आँसू तिरते रहते—कि यह अनुमान लगाना असम्भव हो जाता कि किसका नाम किसने पुकारा है—और वे सिर हिलाकर आगे बढ़ जाते, भूल जाते, भीड़ में खो जाते।

लेकिन वह कभी नहीं भूल पाती—'यह मेरा भेद है'—वह सोचती—'मेरा सबसे बड़ा भेद, रहस्य—फैटी—मुझे देखो और तब तुम्हें पता चलेगा कि तुम सबसे पाखंडी, झूठी—हिप्पोक्रेट—दुनिया की सबसे बड़ी हिप्पोक्रेट लड़की को देख रहे हो—तुम हँस रहे हो? लेकिन ठहरो—मैं तुम्हें कुछ दिखाना चाहती हूँ। यह मेरी पोटली है—हँसो नहीं—खोलो, खोलकर देखो—नहीं, ये थीसिस के नोट्स नहीं—इन्हें अलग रहने दो—ये पोएट्री की पतली, पैंगुइन किताबें नहीं—पैसोओ, अन्ना अख़्मानोवा, नेरुदा। नहीं, ये नहीं, ये काग़ज़, ये नोट्स, ये सॉनेट्स नहीं...फिर, फिर क्या?

'सुनो—तुम्हारे घर से जब मैं अपने घर लौटती हूँ, तो बहुत देर तक मैं नीचे लॉन में खड़ी रहती हूँ—अँधेरे में ऊपर देखती हूँ—पीली ईंटों की दीवार, हरी खिड़कियाँ, खिड़कियों पर झूलती लताएँ—पूरा एक बँगला, एक मकान—जानते हो, वे इसे मेरे लिए छोड़ जाएँगे—मैं खुली आँखों से इन खिड़कियों, हवा में फरफराते परदों को देखती हूँ—वे अब डाइनिंग रूम में बैठे होंगे। वे तब तक ख़ाली प्लेटों के आगे बैठे रहते हैं, जब तक मैं नहीं आ जाती, अपनी इकलौती बेटी की प्रतीक्षा में, आधे जागते हुए, आधे सोते हुए—फैटी, जैसे तुम अपने माँ-बाप के बारे में सोचते हो, वे मेरे बारे में सोचते हैं। एक दिन जब वे नहीं रहेंगे, मैं उनकी वसीयत से बाहर आऊँगी—एक साँप की तरह—जो समूची जायदाद, घर-कोठी, गहने-जेवर पर फन फैलाता है और उन्हें अपने भीतर डस लेता है—एक कीड़ा...जो ज़िन्दगी-भर उनके ख़ून से चिपका रहता है—और उनके मरने पर कोनों में जाकर उनकी हड्डियों को कुतरता है,

जब तक वे बिलकुल साफ़ नहीं हो जातीं—जिन पर ख़ून और मांस का निशान भी नहीं दिखाई देता—इन पर बैठकर एक दिन मैं उन लोगों में मिल जाऊँगी, जो हर जगह हैं। तुमने उन्हें देखा नहीं—नैनीताल और मसूरी की सड़कों पर घोड़ों पर दौड़ते हुए...? दोपहर के समय अपनी ऊबी आँखों से समय कुतरते हुए—वे अलग-अलग वेशों में आते हैं—दिल्ली की सड़कों पर—ग़रीबों की चर्चा करते हुए। वे वल्गर नहीं हैं—वे बोल रहे हैं, लिख रहे हैं, पेंट कर रहे हैं। मैं उनमें हूँ, मैं अलग नहीं हूँ, वे कितनी साफ़, कितनी निर्दोष! कितनी चमकदार हड्डियों पर बैठे हैं—फैटी, मैं उनमें हूँ, उनसे अलग नहीं हूँ। मैं सब देखती हूँ, बाग़ के उजले नीले अँधेरे में, और मैं भागने लगती हूँ, फैटी, मैं चीख़ती हूँ, मैं भागते हुए गेट के पास आती हूँ—पर गेट का ताला बन्द है—और तुम बाहर सड़क पर हो—अपने घर लौट रहे हो—मैं अँधेरे में तुम्हें देखती हूँ और तब मुझे वह दोपहर याद आती है, जब तुम लाइब्रेरी में आए थे। तुम एक स्टेटमेंट लाए थे—मैं तुम्हें अक्सर दिल्ली की सड़कों पर देखा करती थी, पेड़ों के नीचे, घास के स्क्वैयर में—उस कंसर्ट में—जिसमें यहूदी मेनुहिन पहली बार हिन्दुस्तान आए थे। मैं तुम्हें देखा करती थी और सोचती थी, नहीं, सोचती कुछ नहीं थी—हैरान-सी होती थी—कैसे कुछ लोग दूसरों की मुक्ति के लिए घूमते हैं—वे असाधारण लोग होते होंगे, परमहंस, मदर टेरेसा, मार्टिन लूथर किंग! वे अपना हाथ कन्धे पर रखते होंगे—और सबकुछ बदल जाता होगा—मैंने तुम्हें जब उस दिन लाइब्रेरी में देखा—मैंने सोचा—मैं तुम्हारे काग़ज़ पर नाम लिखूँगी—और हमेशा के लिए छुटकारा पा जाऊँगी...फिर मैंने तुम्हें देखा—और सहसा ख़याल आया। मैं तुमसे ज़्यादा भाग्यवान हूँ...मैं अपना घर कभी भी छोड़ सकती हूँ, दिल्ली के बाहर जा सकती हूँ। दूसरी तरफ़ से देखो—तो तुम मुझसे कहीं ज़्यादा भाग्यवान हो—तुम्हारे अपने विज़न हैं, ज़रा-सा स्विच दबाओ—और वे चमकने लगते हैं, रोशनी के दायरे, जिन्हें तुम

किसी भी समय बाहर निकाल सकते हो, क़रीने से सजाते हो—पूरा एक म्यूज़ियम—जो कर्ज़न रोड से लन्दन की विक्टोरिया स्ट्रीट तक फैला है—नहीं, तुम सचमुच मुझसे कहीं-कहीं ज़्यादा भाग्यवान हो, तुम एक दिन अपने घर के कोने में 'उन दिनों' की पोटली भी रख लोगे, जो मैंने तुम्हारे साथ बिताए थे।'

वह यह पोटली अपने साथ लाई है—जाने से पहले—वह उसे सुपुर्द कर देना चाहती है।—इसमें मार्च के पत्ते जमा हैं और जुलाई की रातें, गुलमोहर के फूल जो मई के शुरू में कनॉट प्लेस में दहकते थे और किताबों की दुकानें और टेलीफ़ोन बूथ...मिंटो रोड का ब्रिज—जिसके नीचे उन्होंने एक दोपहर एक-दूसरे से मुक्ति पाने की प्रार्थना की थी।

क्या कोई ऐसी पीड़ा है, जो इस शहर के कोने से उखड़कर बाहर नहीं आती?

वह लाइब्रेरी से बाहर आई—और दरवाज़े पर फैटी दिखाई दिया। वह जल्दी से उसके पास आया—और उसका मन बैठने लगा, "तुम कब आए?" उसने बहुत क्षीण स्वर में पूछा।

"मैं कब से खड़ा हूँ..." उसने कहा, "तुम लिख रही थीं—मैं बाहर से तुम्हें देख रहा था।"

"मैं तुम्हें लिख रही थी..." उसने कहा।

और वह धीरे से हँसने लगा, "मुझे लिख रही थीं? दिखाओ।"

"अभी नहीं।" उसने अपना सिर उसकी छाती में दुबका लिया।

उससे उसको बहुत शान्ति मिलती थी—जैसे दिन-भर की थकी-माँदी चिड़िया अपने घोंसले में दुबक जाती है, "क्या लिख रही थीं?" उसने उसके बालों पर अपना मुँह रख दिया।

"एक भेद..." उसने कहा, "एक रहस्य"—उसने कहा, "एक मिस्ट्री।"

"तुमने मुझे इसीलिए बुलाया था?" उसने उसका चेहरा उठाया—

और तब वह हतप्रभ-सा हो गया—उसकी आँखें चमक रही थीं, जैसे वह रोकर उठी हो, बुख़ार में हो, नींद में चल रही हो। "इरा!!" उसने कहा।

"हिश!"—उसने उसके मुँह पर अपना हाथ रख दिया, "चलो," उसने कहा, "वे हमें देख रहे हैं।"

वे बाहर चले आए। कर्ज़न रोड की बत्तियाँ जनवरी की धुंध में जुगनुओं-सी टिमटिमा रही थीं। फैटी ने उसका थैला अपने कन्धे पर लटका लिया। वह ध्यान से उसे देखने लगी, जैसे पहली बार उसे देखा था—छोटे पैरों में पेशावरी चप्पल, काली कार्डरॉय का पैंट, लम्बा ढीला ब्राउन स्वेटर, जो हमेशा नीचे से फट जाता था और वह उसे काले धागे से सी देती थी...।

"स्कूटर लोगी?" उसने पूछा।

"नहीं, पैदल चलेंगे...मैं तुमसे कुछ कहना चाहती हूँ..."

"इरा, क्या बात है?" वह बीच सड़क पर ठिठक गया।

वह चलती गई—सिर पर बँधा एक स्कार्फ़—सलेटी रंग का कुरता, माथे पर काली बिन्दी—वह अपने भीतर की धड़कनों को समेट लेती है, जैसे कोई तैराक कूदने से पहले अपनी समूची देह को बटोर लेता है! यह क्षण है, उसने सोचा—यह मौक़ा है, मैं अभी नहीं कूदी, तो ज़िन्दगी-भर किनारे पर खड़ी रहूँगी।

"फैटी," उसने एक क़दम आगे बढ़ाया, फिर दूसरा, फिर उसका स्वेटर पकड़ लिया—वह आगे बढ़ी और आँखें मूँद लीं, अब वह हवा में थी। अब वह कूद रही थी।

"मैं दिल्ली छोड़ रही हूँ," उसने कहा।

वह शान्त थी। सबकुछ शान्त था। वह जनवरी की शाम थी और

वे चुपचाप चलते हुए इंडिया गेट के सामने खड़े हो गए थे।

"कब?" उसने पूछा, "कहाँ जाओगी?"

वह खड़ी हो गई...धुंध के बीच एक लौ जल रही थी—किसी अज्ञात सैनिक की याद में, जो पहली लड़ाई में मरा था। "मैंने अभी कुछ नहीं सोचा," उसने कहा, "हिन्दुस्तान बहुत बड़ा है..." और वह धीरे से हँसने लगी—उसका हाथ पकड़ लिया, "फैटी," उसने कहा, "मैं कहीं भी जा सकती हूँ।"

"घर छोड़ दोगी?"

एक क्षण वह सूनी सड़क पर ठिठक गई—याद आया—इस घड़ी माँ अपने कमरे में इस्तरी कर रही होंगी, खाने की मेज पर तीन प्लेटें होंगी—पापा टेलीविज़न देख रहे होंगे—मैं इन्हें छोड़ रही हूँ—घर नहीं, उनका पैसा नहीं, मैं कहीं भी हूँ, भूखी नहीं मरूँगी...मैं सेफ़ हूँ, सेफ़, सेफ़्टी फ़र्स्ट...एक घोर असीम हताशा में उसने इंडिया गेट को देखा—हल्की चाँदनी में वह रेत का एक ढूह जान पड़ता था—चारों तरफ़ लम्बी घास, हवा में हिलते पेड़..."फैटी," उसने कहा, "मेरी एक बात मानोगे?"

"क्या इरा?" उसने बहुत धीमे स्वर में कहा।

वह रुक गई।

"तुम कभी अपना घर नहीं छोड़ोगे?"

"लेकिन उस दिन..." उसने विस्मय से उसकी ओर देखा, "तुम मुझे बाहर आने को कह रही थीं।"

"बाहर?"

"बाहर—दुनिया में।"

"मुझे मालूम है," उसने सिर हिलाया, फैटी के माथे पर बिखरे बालों को ऊपर उठा दिया, "तब मैं नहीं जानती थी कि वे तुममें रहते हैं...वे घर में हैं।"

"वे कौन?" फैटी ने हिचकते हुए कहा, "इरा, वे कब के मर गए।"

"मर गए!" वह धीरे से हँसने लगी। "...बरामदे में रखी कुर्सी, बिस्तर के पीछे आकाश, मिल्की वे..."वे वहाँ हैं, वे हमेशा वहाँ रहेंगे... फैटी, मुझे देखो," और उसने अपना चेहरा ऊपर उठाया—एक साँस ऊपर आई—उसने झटके से उसे अपने पास खींच लिया—पीली चाँदनी में उसकी आँखें ऊपर उठीं और उसने कहा, "क्या मैं जीवित हूँ?"

धुंध ऊपर उठी और पेड़ सरसराने लगे। रात की हवा में सबकुछ असम्भव जान पड़ा, जीना, मरना, घर छोड़ना..."फैटी," उसने कहा, "तुम्हारे फ़ादर का एक रजिस्टर था। वह कुछ लिखना चाहते थे... तुम्हें याद है?"

फैटी ने ऊपर देखा—धुंध के परे तारे छिटक आए थे...एक महीन-सा आलोक पेड़ों की फुनगियों पर बिखरा था, "लाइफ हियर—एंड हियर आफ्टर! लेकिन क्या दोनों एक साथ एक ही दुनिया में नहीं हैं? ज़िन्दगी यहाँ और वहाँ, वे हमारे साथ जी रहे हैं, हम उनके मरने में शामिल हैं?"

वे उसके घर के सामने खड़े थे। फाटक खुला था—दोनों तरफ़ यूक्लिप्टस के पेड़—बीच में बजरी की सड़क—एक नीबू की झाड़ी।

"फैटी, तुम्हें याद है?"

"क्या बिट्टी?"

कभी-कभी वह उसे बहुत प्यार में बिट्टी कहा करता था—एक निस्सहाय-सी बच्ची, जो उसका हाथ पकड़कर दिल्ली की सड़कें लाँघा करती थी।

"क्या याद है?" उसने पूछा—और तब देखा, इरा फाटक का पल्ला पकड़कर कहीं भीतर अँधेरे में झाँक रही है...।

"एक बार और कहो..." उसने कहा।

"क्या?"

"जो अभी कहा था।"

"बिट्टी!"

उसने उसकी ओर देखा—आँखें उसके चेहरे को ढूँढ़ने लगीं, "हम पिछली जनवरी में मिले थे—मैंने तुम्हें फ़ोन किया था। तुम गिनती गिन रहे थे। पूरे बारह महीने..."

लॉन की भीगी, धूमिल रोशनी में वह उसका चेहरा देखता रहा।

"तुम आज क्या लिख रही थीं?" उसने पूछा।

"लाइब्रेरी में?" उसने फैटी के दोनों हाथों को अपने गालों में थमा लिया—जैसे माचिस की लौ को बचाने के लिए हम उसे हाथ से ढक लेते हैं—और वह हवा में काँपती रहती है—बुझने और जलने के बीच हिचकिचाती हुई। "एक स्टेटमेंट," उसने कहा, "एक प्रार्थनापत्र, फैटी, मैं अपने को लिख रही थी, फिर मुझे अचानक पता चला कि जब कोई पाप का कन्फ़ेशन करता है, तो अपने लिए नहीं, ईश्वर के लिए भी होता है...और मुझे लगा, तुम भी उसमें हो, जैसे एक बरस पहले जिस स्टेटमेंट पर मैंने अपना नाम लिखा था—जानते हो, मेरे नाम के ऊपर किसका नाम था?"

"किसका बिट्टी?"

"यातना का..." उसने धीरे से कहा, "जब तुम बाहर जाने लगे, तो मैंने सोचा, मैं तुमसे फिर मिलूँगी..."

अँधेरे में चाभियों की खनखनाहट हुई—और वे दोनों अलग हो गए।

लालटेन की रोशनी में चौकीदार का चेहरा दिखाई दिया। "बीबी जी, गेट बन्द करना होगा।" उसने कहा और स्नेहपूर्ण नज़र से फैटी को देखा—वह इन दोनों को अर्से से देखता आया है।

फैटी ने उसका थैला कन्धे से उतारा—थैला, जिसमें हमेशा थीसिस की फाइलें, किताबें—और सबसे नीचे—कटोरदान दबा रहता था।

"तुम आओगे?" उसने चौकीदार से अपनी आवाज़ छिपाते हुए कहा, "मैं तुम्हें देखूँगी।"

गेट बन्द हुआ तो भी वह खड़ा रहा—बजरी की सड़क पर उसकी चप्पलों की चरमराहट सुनता रहा। फिर वह भागने लगा। बँगले के अहाते के बाहर एक छोटी लेन थी—वहाँ से उसका कमरा दिखाई देता था, टैरेस पर एक रोशनी का द्वीप—घर लौटने से पहले वह हमेशा उसे देखा करता था।

बहुत बरसों बाद वह मकान ख़ाली हो गया। अब वहाँ कोई और लोग रहते हैं—किन्तु फैटी जब भी वहाँ से निकलता, एक क्षण के लिए अँधेरी लेन पर खड़ा हो जाता, जैसे मुद्दत पहले खड़ा हो जाता था। वही हवा में झूमते यूक्लिप्टस के पेड़, नीबू की झाड़ी, लॉन के ऊपर उसका कमरा...वह प्रतीक्षा करता, अब वह आई होगी, कमरे की बत्ती जलाई होगी, कोई रेकॉर्ड लगाकर बिस्तर पर लेट गई होगी—एक अलौकिक-सी आवाज़ ईंटों की दीवार से, काँच के टुकड़ों पर फिसलती, छिलती हुई उसके पास आती थी, उससे लिपट जाती थी, धीरे से फुसफुसाती थी, "फैटी, मैं यहाँ हूँ—यहाँ—मैं यहाँ हूँ।"

सुबह की सैर

वे छड़ी उठाते हैं, सीढ़ियाँ दाएँ पैर से उतरना शुरू करते हैं; उनका यह विश्वास है कि दिन दाएँ पैर पर उठाया जाए, तो वे किसी विपत्ति में नहीं गिर सकते। वे सुबह उठते भी दाईं करवट से हैं और जब उनकी बाईं आँख फड़कती है, तो उन्हें अपने लड़के का ख़याल आता है, जो बरसों से विदेश में पड़ा है।

छड़ी घुमाते हुए वे नाले की तरफ़ चलने लगते हैं। वहाँ अब नाला नहीं है। तीन बरस पहले कमेटी ने उसे पाट दिया था, लेकिन आस-पड़ोस के लोग अब भी उनके घर को 'नालेवाला मकान' कहते हैं। पुराने दोस्तों की चिट्ठियाँ अब भी इस पते पर आती हैं : कर्नल निहालचन्द्र, नालेवाला मकान; और डाकिया भी उन चिट्ठियों को सीधा उनके घर ले आता है।

वे चलते जाते हैं। नाले के परे एक छोटी-सी पुलिया है—सफ़ेद चूने में चमचमाती हुई। यहाँ आकर वे ठहर जाते हैं। यह उनकी सुबह

की सैर का पहला स्टेशन है। वे अपनी छड़ी को पुलिया के सहारे टिका देते हैं, थैले को कन्धे से उतारकर मूठ पर लटका देते हैं, सीधे खड़े हो जाते हैं—लगभग अटेंशन की मुद्रा में। एक साँस खींचते हैं, भीतर ले जाते हैं, फिर एक गाँठ में कसकर बाहर फेंक देते हैं। फिर दूसरी साँस खींचते हैं, वही कसावट, वही गाँठ, वही ढील। फिर तीसरी साँस... इससे उन्हें कोई आराम मिलता है? किसी को नहीं मालूम। वे अपने से पूछते नहीं और कोई दूसरा उनसे पूछनेवाला नहीं।

उन्हें यह भी चिन्ता नहीं कि पुलिया के नीचे स्कूल जानेवाले लड़के उन्हें देखकर हैरत में खड़े हो जाते हैं—एक पतली सींक-सा लम्बा आदमी, हवा में साँस खींचता हुआ, बाँस-सा हिलता हुआ—

"कर्नल सा'ब, कर्नल सा'ब...

कहाँ है आपकी बन्दूक़-तलवार?"

हँसते, चीख़ते, डरते हुए वे भागते जाते हैं। बारिश के पानी में उनके पैर छप-छप करते हैं और हवा में घास सरसराती रहती है।

उस दिन निहालचन्द्र के कानों में देर तक बच्चों की आवाज़ें गूँजती रहीं। फिर सबकुछ शान्त हो गया। उन्होंने आख़िरी साँस खींची, जो एक गीली-सी उच्छ्‌वास बनकर बाहर निकल आई। पुलिया से अपनी छड़ी उठाई और रूमाल से उसकी मूठ साफ़ करने लगे। उसी रूमाल में अपनी नाक सिनकी और आँखें पोंछी। फिर थैला उठाकर कन्धे पर लटका दिया। गले में सूखी-सी किरक चुभने लगी। धुँधला-सा ख़याल आया, शायद कहीं भीतर कोई तकलीफ़ है, लेकिन इतनी जुर्रत नहीं हुई कि इस तकलीफ़ को 'प्यास' का नाम दे सकें। वे तकलीफ़ों की धुंध में रहते थे, नाम देने का मतलब था, पिंडारे की पिटारी खोलना, जिसके भीतर से पता नहीं कितनी दूसरी तकलीफ़ें बाहर निकल पड़ेंगी। न भाई, इससे बेहतर यह धुंध है, जहाँ सबकुछ एक जैसा है।

निहालचन्द्र पुलिया पार करने लगे।

नीचे, आगे, पीछे—चारों तरफ़ मैदान फैला है। पूरा मैदान भी नहीं; आधा हिस्सा धोबीघाट है, बाक़ी हिस्सा पेड़ों में ढक गया है। वह नाला जिसे शहर में ढक दिया गया था, अब यहाँ बेशर्मी से नंग-धड़ंग बहता है। किनारे पर चौड़े सपाट पत्थर बिखरे हैं, जो आँखों में शूल-से चुभते हैं। निहालचन्द्र ने थैले से धूप का चश्मा निकाला, पहनकर चारों तरफ़ देखा, तो ठंडा-सा अँधेरा दिखाई दिया—रात का ठहरा हुआ अँधेरा जैसा नहीं, बल्कि काली रोशनी का दरिया। वे धीरे-धीरे उसमें उतरते हैं और पत्थरों से बच-बचकर चलने लगते हैं।

कहाँ जा रहे हैं कर्नल बाबू?

पत्थरों पर कपड़े पीटती हुई धोबिनों की आँखें ऊपर उठती हैं; हाथ हवा में ठिठक जाते हैं; धोबियों के कुत्ते—घर के न घाट के—कर्नल निहालचन्द्र की एकनिष्ठ, नीरव, मन्द चाल को देखकर कुछ ज़्यादा ही भभक आते हैं—दाँत निपोरते, खँखारते हुए उनके पीछे भागते हैं, किन्तु उनके पास आने की हिम्मत नहीं करते; उनकी मीटर-भर लम्बी छड़ी को देखकर बीच में मीटर-भर का फ़ासला छोड़ना नहीं भूलते। और निहालचन्द्र? उनके लिए जैसे चिंघाड़ते बच्चे, वैसे रिरियाते कुत्ते, सब एक चलते हुए दृश्य का हिस्सा हैं—एक धुएँ-सी ध्वनि, जिसमें सबकुछ समा जाता है...।

यह नज़ारा अगर टूटता है, तो सिर्फ़ एक जगह—जहाँ जंगल शुरू होता है। वहाँ कोई आवाज़ नहीं, न कोई रंग, न रोशनी...सिर्फ़ पेड़ों की लम्बी क़तार के नीचे धूप के धब्बे टिमटिमाते हैं। यहाँ काले चश्मे की कोई ज़रूरत नहीं। निहालचन्द्र कन्धे से थैला उठाकर दूसरे कन्धे पर लटका लेते हैं। कोट के बटन खोलते हैं, तो नवम्बर की हवा सर्र-सर्र करती देह को खटखटाने लगती है। ऊपर पेड़, नीचे झाड़ियाँ, बीच-बीच में गुलमोहर की सुर्ख़, लहराती लपटें, सुर्र-सुर्र-सी आवाज़ें, जिन्हें सुनकर निहालचन्द्र को ग्वालियर के जंगल याद आ जाते, जहाँ वे अपने फ़ौजी

दोस्तों के साथ शिकार पर जाते थे। वे अब उसे याद भी नहीं करते थे। खट-से कोई स्लाइड पर्दे पर चमक जाती थी...पुरानी ज़िन्दगी का एक हिस्सा साँस लेने ऊपर आता था—फिर छप से अँधेरे में डूब जाता—और निहालचन्द्र तेज़ी से क़दम बढ़ाते हुए जंगल में गुम हो जाते।

कुछ देर तक पता भी नहीं चलता था, वह कहाँ हैं, किधर ग़ायब हो गए? सिर्फ़ झाड़ियों में हल्की-सी सरसराहट सुनाई देती—जैसे कोई जानवर भागा जा रहा हो—और तब अचानक उनका सिर दिखाई देता। अभी यहाँ, अभी वहाँ! कोई छिपकर उन्हें देखता, तो हैरत में पड़ जाता कि इतनी उम्र में भी वे इतनी तेज़ी से भाग सकते हैं, छड़ी और थैले के साथ। किन्तु निहालचन्द्र के लिए यह मामूली-सी कसरत होती। महज़ कसरत नहीं—एक तरह का ध्यान। उनका चेहरा एक अलौकिक-सी तल्लीनता में डूबा रहता। एक अजीब-सा भ्रम होता, मानो वे एक जगह स्थिर हों, सिर्फ़ उनकी लम्बी, सीकियाँ टाँगें भागी जा रही हों, फिर धीरे-धीरे उनकी टाँगें भी स्थिर हो जातीं, सिर्फ़ बूढ़ा दिल हड्डियों के सींकचे पर टकराता रहता और...वे रुक जाते, अधमुँदी पलकों को खोल देते, चारों तरफ़ देखने लगते।

सामने हवामहल दिखाई देता, पीले पत्थरों का मुग़लिया मानूमेंट। नवम्बर की मन्द धूप में सुलगता हुआ...।

निहालचन्द्र के सफ़ेद बालों से पसीने का परनाला बहता हुआ उनकी कनपटियों पर चूने लगता। वे सिर को झटका देते, रूमाल से माथा पोंछते, छड़ी और थैले को हवामहल की सीढ़ियों पर टिका देते। साँस लेते। सैर की थकान उनकी देह से टूटकर टूटे हुए खँडहर से जुड़ जाती।

यह उनकी सैर का दूसरा स्टेशन होता।

यह हवाघर बहुत पहले शायद सचमुच कोई 'स्टेशन' रहा हो, एक पड़ाव, जहाँ मुगल सेनाएँ दिल्ली से मार्च करती, यहाँ घड़ी-दो घड़ी डेरा डालती होंगी। स्वयं शहंशाह शायद यहाँ छुट्टी के दिन पिकनिक के

लिये आते हों? वरना इस उजाड़ जंगल में इतने नखरे—नक़्क़ाशीवाली इमारत ही क्यों बनाते? निहालचन्द्र को यह छिपा खज़ाना अचानक ही मिल गया था—एक दिन सैर करते-करते यहाँ आ भटके और आँख उठाते ही हवा से हवाघर उतर आया। सफ़ेद सीढ़ियाँ, झालरदार झरोखे, बड़ी-बड़ी आँखों-से रोशनदान—किन्तु जो चीज़ निहालचन्द्र को हमेशा अचम्भे में डाल देती थी, वह था नीला गुम्बद, भूरे पीले जंगल में वह नीलापन उनकी आँखों को अजीब-सी राहत देता था—एक ठंडे, स्वच्छ हीरे-सा झिलमिलाता हुआ।

उस दिन भी निहालचन्द्र गुम्बद को निहारते रहे। फिर एक लम्बी साँस खींची, जो 'आह' और 'हे ईश्वर' के बीच जैसी कराहट में बुझ गई। फिर थैले से एक खाक़ी रंग की बरसाती निकाली और हवाघर की सीढ़ियों तले क़रीने से बिछा दी। यह उनकी प्रिय जगह थी...झरोखों से आती हवा में डोलता गुम्बद, नवम्बर की धूप—और क्या चाहिए?

कुछ भी नहीं। सारी हलचल बन्द। न कोई आवाज़, न शोर, न किसी तरह की हलचल। एक तिनका भी हिलता तो उसकी गूँज निहालचन्द्र की नसों को खटखटा जाती। कभी-कभी किसी जंगली परिन्दे की चीत्कार हवा में थरथरा जाती, जैसे वह अपनी भूखी चीख़ से निहालचन्द्र की दबी भूख को कुरेद रहा हो। उसकी चीख़ सुनकर निहालचन्द्र को अपना लंच याद हो आया और उनका हाथ अनायास अपनी पोटली की तरफ़ मुड़ गया।

उबला हुआ अंडा, टमाटर और खीरे की सैंडविचेज़, थर्मस में कॉफ़ी—देवीसिंह हर चीज़ बड़े क़रीने से रखता था, मानो वह सुबह की सैर के लिए नहीं, ज़िन्दगी के सफ़र पर निकल रहे हों। उस पहाड़ी छोकरे को सबकुछ याद रहता था, यहाँ तक कि वह नमक और काली मिर्च की पुड़िया भी रखना नहीं भूलता था। थैले के दूसरे कोने में ट्रांज़िस्टर भी दुबका होता था, जिसे मुन्नू विदेश से उनके लिए लाया था—

जर्मन ट्रांज़िस्टर—उनकी हिन्दुस्तानी ऊब और शून्यता को भरने के लिए। वे उसे शायद ही कभी खोलते। कई बार इच्छा हुई थी कि उसे देवीसिंह को दे दें—वह भी तो दिन-भर साँय-साँय करते मकान में ऊँघा करता है, घड़ी-दो घड़ी इस खिलौने से ही खेल लिया करेगा। किन्तु फिर वे अपनी इच्छा दबा डालते; गूँगे ट्रांज़िस्टर से बेटे की आवाज़ सुनाई देती, "आप दिन-भर ख़ाली बैठे रहते हैं, ज़रा इसे ही सुना कीजिएगा।"

और तब उन्हें अजीब-सा सन्नाटा घेर लेता, दम-तोड़ती जम्हाई खींचते हुए वह बुड़बुड़ाने लगते, "ख़ाली कहाँ प्रभु, मुझे एक मिनट की फ़ुरसत नहीं।"

पता नहीं, यह बात वे अपने बेटे से कहते, जो विदेश में था, या अपनी पत्नी से, जो परलोक में थी या सचमुच प्रभु से, जो कहीं न था। उन्हें शायद ख़ुद भी पता नहीं होता था कि वे अपने से क्या कहते हैं। हवा में जहाँ इतनी आवाज़ें बहती हैं, वहाँ उन्हें अपनी बातें भी उड़ती जान पड़ती थीं। कोई उनसे पूछता, "आपको एक मिनट की फ़ुरसत नहीं, आख़िर आप करते क्या हैं?"

तो वह झट कह देते, "देखते नहीं, खाना खा रहा हूँ।"

और यह सच भी होता—खाना, देखना, चलना, सोना...जीने के साथ-साथ ये काम एक रौ में चलते थे—और निहालचन्द्र इस बीच अपने से बातें भी करते थे और अपने को ही सुनते थे।

सुनना। वह सोते हुए भी होता था। खाने के बाद आँखें मुँदने लगतीं। निहालचन्द्र डबलरोटी के कंडल और अंडे के छिलके अख़बार में बटोरकर अलग रख देते, थैले की गुड़मुड़ी बनाकर, बरसाती के सिरहाने टिका देते, पैर पसारकर लेट जाते—किन्तु इससे पहले कि नींद आती, परिन्दों का रेला उनकी जूठन पर टूट पड़ता। खट, खट, खट—निहालचन्द्र को लगता, जैसे उनकी चोंचें अख़बार पर नहीं, उनकी नींद में सूराख़ भेद रही हों। चिड़ियों के पीछे चीलें आतीं और उन्हें खदेड़कर

बचे-खुचे टुकड़ों को दबोचकर ग़ायब हो जातीं। हवा में उनकी डाइव और उठाईगीरी उड़ान के बीच छपाक-सी आवाज़ होती—जैसे नींद के बीचोबीच किसी ने छलाँग लगाई हो—सिमटते हुए सपने तितर-बितर हो जाते। बादलों की सरकती छाया में नीला गुम्बद कुछ टेढ़ा-सा हो जाता और निहालचन्द्र को लगता, जैसे वे सबकुछ एक डोलते पर्दे के पीछे से देख रहे हों; एक लेटा हुआ आदमी, सिरहाने पर दबा थैला, हवा में फड़फड़ाती बरसाती—और तब उनका दिल तेज़ी से धड़कने लगता। वे प्रतीक्षा करने लगते।

वह ऐसे ही आ जाती थी। वह आकर कुछ दूर फ़ासले पर ठिठक जाती थी। गले में झूमती रस्सी, बेचैन-से टटोलते हाथ, झरोखों के भीतर झाँकती आँखें—उस आदमी पर टिकी हुई, जो सीढ़ियों के नीचे ख़ुद एक सीढ़ी-सा लेटा था।

निहाली रे, ओ निहाली!
तेरी सारी जेबें ख़ाली
हाय निहाली
क्या सचमुच ख़ाली?

निहालचन्द्र लेटे रहते, आवाज़ को अपनी गति से पास आने देते, न हिलते, न डुलते, दम साधकर दिल को ढाँपे रखते; उन्हें अन्देशा होता, ज़रा-सी भी हरकत करेंगे तो वह बिदक जाएगी, जंगल की अन्य अनर्गल आवाज़ों में खो जाएगी। असली बात विश्वास की है; जब लड़की को विश्वास हो जाता—कि आसपास कोई जोख़िम नहीं है तो वह धीरे-धीरे पास आती, चौकन्नी, सतर्क और झिझकती हुई, इसलिए नहीं कि निहालचन्द्र पर उसे भरोसा न हो, बल्कि इसलिए कि वे जीवित हैं, निरीह भी, ख़तरनाक भी; दोनों ही...इसीलिए वह एकदम पास नहीं आती थी, एक हाथ की दूरी बनाए रखती थी, दूसरा हाथ आगे बढ़ाती थी,

उनकी जेबों को टटोलने लगती थी, आर्मी ओवरकोट की लम्बी अँधेरी जेबें, जिन्हें उसकी अँगुलियाँ धीरे-धीरे सहलाने लगतीं, "निहाली, ओ निहाली?"

क्या पूछ रही है, कौन-सा भेद, जिसे वह खींच रही है, ख़ाली जेबों के बीच? उसकी छुअन लगते ही ख़ून सुलगने लगता, दौड़ने लगता पागल बैल की तरह अन्धाधुंध, बदहवास, लगी-बँधी लीकों को तोड़ता हुआ, दिल को अपने साथ घसीटता हुआ, पुरानी हड्डियों से टकराता हुआ और निहालचन्द्र अपनी उम्र के बाद सींकचे उठा देते, देह-पिंजर को खुला छोड़ देते—जाने दो, कोई भीतर कहता; भागने दो, कब तक इसे बचाकर रखोगे?

वह शान्त घड़ी होती। नवम्बर की मुरझाई धूप हवाघर के कंकाली खँडहर पर धीरे-धीरे सरकने लगती। पेड़, पत्ते, झाड़ियाँ निस्पन्द खड़े रहते। निहालचन्द्र दम रोके प्रतीक्षा करते। एक तिनका भी हिलता तो उनकी देह तन जाती। पलकों को कसकर भींच लेते, जिनके भीतर आँखों के डेले धूप में रंग-बिरंगे गोले-से नाचने लगते और तब एक झटके से वे अपने से छूट जाते—देह अलग पड़ी रहती। और निहालचन्द्र? वे दूसरी तरफ़ चले जाते, जहाँ उनका तीसरा और—अन्तिम स्टेशन होता।

वहाँ उन्हें कोई देखनेवाला नहीं था; न डर, न खटका, न कोई गवाह। खँडहर की छाया में उनकी देह औंधी पड़ी रहती। वह उनके पास सरक आती, अपनी चुन्नी को छाती से उढ़काकर कन्धों पर फेंक देती, उनसे सटकर उकड़ूँ बैठ जाती और तब निहालचन्द्र को भ्रम होता कि पलकों के पीछे जो धूप के धब्बे थे, वे असल में सलवार-क़मीज़ की सुर्ख़ सुलगती बुँदकियाँ हैं—बिलकुल सामने, वे चाहें, तो उन्हें छू सकते थे।

लेकिन वे अपने को रोके रखते। बहाना करते कि वे कुछ भी नहीं देख रहे; उसकी अँगुलियों को अपनी देह से खेलने देते, "ओ निहाली, क्या सबकुछ ख़ाली?"

नहीं, आज उनकी जेबें ख़ाली नहीं थीं; आज मैं सबकुछ साथ लाया हूँ। देखोगी? वे अपना सिर थोड़ा-सा ऊपर उठाते, तो उसकी काली, कलपती आँखें उन्हें लीलने लगतीं; आँखें, जो पिछली ज़िन्दगी की धोखाधड़ी को एक निगाह में तौल लेती हैं।

क्या दिखाएगा, भोंदू! सड़ा हुआ अलूचा, मरा हुआ तीतर या... किसी झींगुर की झरी लोथ? यही चीज़ें तो वह बहुत पहले लड़की को दिखाता था, निकर की जेबों में ठूँसकर लाता था, एक-एक करके निकालता था—किसी बिल्ली की मूँछ, बुढ़िया का बाल!

कुछ भी नहीं। उस दिन जेब में से एक भी चीज़ ऐसी नहीं निकली, जिसे वह पहचान सकती। सिर्फ़ काग़ज़ों के ढेर। बैंक की पासबुक, नई-ताज़ी चिट्ठियाँ, जायदाद के काग़ज़...और एक नीली-सी नन्ही किताब, जिस पर उसकी निगाहें जम गईं : कर्नल निहालचन्द्र का पासपोर्ट, जिसे वे हमेशा साथ लेकर चलते थे।

सड़क पर कुछ हो जाए तो पुलिस उनका फ़ोटो, नाम-पता देखकर घर-ठिकाने का पता तो लगा ही सकती है। हर तीन साल बाद पासपोर्ट ऑफ़िस जाकर उसे रिन्यू करवाते थे; सोचते थे, कभी लड़के से मिलने गए तो काम आएगा। तेरी लालसा मरी नहीं, निहाली?

लालसा! एक तितली-सा उड़ता हुआ वह शब्द निहालचन्द्र के इर्द-गिर्द घूमने लगा। क्या कोई ऐसी चीज़ बची रह गई है, जहाँ वे एक क्षण बैठ सकें...जो सचमुच लालसा हो, जहाँ वे अपने पंख समेटकर आराम से, अकेले में घट सकें? उन्होंने अपने भीतर झाँका, तो वहाँ लालसा नहीं, लड़की बैठी थी—कौन है यह? गले में फँसी चुन्नी, पीला-सा गोल चेहरा, धूल में सनी लटें और रस्सी-कूदनेवाली।

रस्सी, जो मानो पिछले पचास सालों से उसके साथ घिसट रही थी। उसका सिर नीचे झुका था और वह एकटक आँखों से उस फ़ोटो को निहार रही थी जो अचानक काग़ज़ों के ढेर से बाहर निकल आया था। निहालचन्द्र अपनी उत्सुकता नहीं दबा सके। देखने के लिए नीचे सिर झुकाया तो लड़की की आँखें ऊपर उठ आईं।

"कौन है यह औरत?"

औरत! उन्हें झटका-सा लगा।

"मेरी पत्नी," उन्होंने कहा।

"सच?"

"हाँ, सच, नहीं तो क्या ऐसे ही!" निहालचन्द्र का स्वर कुछ संकुचित-सा हो आया...भीतर-ही-भीतर कुछ दहलने-सा लगा।

"और ये पहाड़?"

"पहाड़?" निहालचन्द्र का ध्यान भटकने लगा। नहीं, यह सपना नहीं था। पीछे सचमुच पहाड़ थे—नंगे और धूप में चमकते हुए। उन दिनों उनकी पोस्टिंग लद्दाख में हुई थी। पीछे मानेस्टरी थी, और वहाँ दो बौद्ध भिक्षु उनकी पत्नी को देखते हुए सीढ़ियाँ उतर रहे थे और वह बाज़ार की तरफ़ देख रही थी—कैमरे से बिलकुल बेख़बर।

उनकी पत्नी? हाँ, यह वही थी : फ़ोटो पर निहारता चेहरा, जिस पर आख़िरी बीमारी का अन्देशा अभी नहीं बैठा था। पीड़ा बहुत आगे थी... क्या वह उसे देख रही थी? नहीं, नहीं, यह तुम देखते हो निहालचन्द्र, वह नहीं। कैमरे का क्षण ही उसका चेहरा था, होंठ हल्के-से खुले थे और वह जानती थी कि तुम हो, पहाड़ है, सीढ़ियों पर पैर रखते हुए बौद्ध भिक्षु, दुकानों पर टँगे हुए सेकेंड हैंड कपड़े, हवा में फड़फड़ाते हुए; उस दिन कितनी हवा थी, साड़ी का पल्लू बार-बार उड़ता हुआ उसके चेहरे को ढक लेता था...लेकिन आश्चर्य! फ़ोटो में सबकुछ शान्त था। वहाँ कोई हवा नहीं थी।

वहाँ सिर्फ़ लड़की की अँगुली थी, धूल में सनी हुई, उस चेहरे पर गड़ी हुई जो उनकी पत्नी थी, मैला काग़ज़ था, एक गोल सिफ़र, फ़ोटो की छाँह...।

"निहाली," लड़की का स्वर बहुत धीमा था, "क्या वे कभी आते हैं?"

"कौन?" उन्होंने कुछ विस्मय से पूछा, "कौन आते हैं?"

"तुम्हारा लड़का?"

"वह बाहर है।"

"और यह?" लड़की ने फ़ोटो को देखा।

"पागल!" निहालचन्द्र उसकी बेवक़ूफ़ी पर हँस दिये, "वह अब इस दुनिया में नहीं है।"

"फिर तुम?"

"मैं क्या कट्टो?"

पहली बार उनके मुँह से लड़की का नाम निकला—दहशत में, "मैं क्या? क्या मतलब है इसका?"

लड़की हकबकी आँखों से उन्हें देखने लगी। मुँह थोड़ा-सा खुला रह गया।

"निहाली?"

"क्या?"

"मुझे देखते हो?"

निहालचन्द्र उसे भूखी, ख़ाली निगाहों से ताकते रहे। अचानक ध्यान आया, इतने बरसों बाद भी कट्टो कितनी ठिंगनी और छोटी दिखाई देती है—बौनी-सी! मुद्दत पहले जब वह उम्र में सचमुच छोटी थी, तो कितनी लम्बी-जवान दिखाई देती थी! क्या समय उल्टा चलता है? नहीं, यह उनका भ्रम है। शायद बचपन में हर चीज़ बड़ी दिखाई देती है—घर, पेड़, माँ-बाप और...अचानक निहालचन्द्र चौंक गए, जैसे लड़की ने पीछे मुड़कर उनके कानों में फुसफुसाया हो, "और—प्रेम, नहीं तो क्या?"

"प्रेम? क्या तुम किसी से प्रेम कर सके निहाली? कर्नल निहालचन्द्र?"

एक धक्का-सा खाकर वे होश में आए। किसकी आवाज़ थी यह—या सिर्फ़ छल और धोखा था? भीतर की अटपटी पुकार, जो बुढ़ापे के जंगल में उठती है, लावारिस-सी तपती आवाज़, दरवाज़ा खटखटाती है—खोलो, तो कुछ नहीं, शून्य का अनन्त विस्तार दिखाई देता है, दूर-दूर तक कोई नहीं। भीतर का लहू बाहर की झुलसती लू पर धधकता है—न प्रेम, न लगाव, न मोह की पीड़ा—पीड़ा भी नहीं, कुछ भी दिखाई नहीं देता, पत्नी का चेहरा और बेटे की याद, कुछ भी नहीं—सिर्फ़ मैं। तुम कौन निहालचन्द्र, क्या हो तुम?

खट-खट-खट—वह रस्सी कूद रही थी। ऊपर-नीचे, नीचे-ऊपर... खँडहर के सूने में उसके पैरों की गूँज निहालचन्द्र की मुँदी पलकों को छपछपाने लगी।

वे सो रहे थे। खाने के बाद वे घड़ी-दो घड़ी ज़रूर सो लेते थे। जब वे सो रहे होते, चीलों-चिड़ियों का झुंड हवाघर के झरोखों पर बैठ जाता। निहालचन्द्र की जूठन खाकर अब उनकी निगाहें निहालचन्द्र की देह पर चिपक जातीं—मानो सोच रहे हों, क्या यह देह भी उनके आहार में शामिल है? उन्हें काफ़ी निराशा हुई, जब निहालचन्द्र ने आँखें खोल दीं। सबसे पहले आकाश दिखाई दिया—नवम्बर का नीला टुकड़ा। वह उनकी नींद से निकलकर गुम्बद पर आ अटका था। नीला और सफ़ेद; सर्दी की धुंध में स्वप्न के फाहे-सा; वह नींद की धुंध थी—जिसमें आधी देह सोई रहती है, आधी सिर बाहर निकालकर दुनिया को देखती है।

"देवीसिंह!" उन्होंने धीरे से आवाज़ लगाई, फिर अचानक याद आया, वे घर में नहीं, बाहर लेटे हैं। लेटे-ही-लेटे हाथ बढ़ाकर थैले को टटोला; वे थर्मस निकालकर बची हुई कॉफ़ी से गला तर करना चाहते थे; किन्तु उनका हाथ थैले पर नहीं—काग़ज़ों के ढेर पर जा पड़ा।

वे हवा में सरसरा रहे थे। पेंशन के दस्तावेज़, फ़ोटो, ख़त, खुला हुआ पासपोर्ट। निहालचन्द्र ने झटके से सिर मोड़ा—ये यहाँ कैसे निकल आए? उन्हें ठीक से याद नहीं पड़ा, कब उन्हें अपनी जेबों से बाहर निकाला था, कुछ चीज़ें उनकी चेतना की चौहद्दी के बाहर हो जाती थीं...अनदेखे घट जाती थीं—अपनी मौजूदगी को अचानक उनके सामने पटक देती थीं...देखो, ये हम हैं, तुम्हारे सामने, और तुम्हें पता भी नहीं? और निहालचन्द्र खिसियाने-से होकर उन्हें स्वीकार कर लेते हैं; कभी यह पूछने का साहस नहीं हुआ, मैंने तो तुम्हें जेब में रखा था, तुम बाहर कैसे निकल आईं? सच पूछो तो निहालचन्द्र को चीज़ें आदमियों से कहीं ज़्यादा सगी और समझदार जान पड़ती थीं—पालतू जानवरों-सी। वे बरसों उनके साथ रही थीं और कभी उन्हें धोखा नहीं दिया था। वे आँख मूँदकर सिर्फ़ छूने-भर से उनकी पुरानी, पपड़ाई पहचान को पकड़ लेते थे—यह मुन्नू का पत्र है और यह है बैंक की पासबुक, यह लद्दाख का फ़ोटो है—और यह? अचानक उनकी टटोलती अँगुलियाँ ठिठक गईं। आँखें खोलीं तो देवीसिंह का पोस्टकार्ड दिखाई दिया, जो उसने छुट्टियों में गाँव से भेजा था...।

देवीसिंह का ध्यान आते ही वे हड़बड़ा-से गए। वह बरामदे में गुड़मुड़ी-सा बना बैठा होगा—पता नहीं, कितनी बार खाने को गर्म किया होगा, दरवाज़ा खोलकर बाहर झाँका होगा! उन्हें अक्सर देर हो जाती थी और अपनी बड़ी पहाड़ी आँखें उठाकर गहरे आश्चर्य में देखता था; कहता कुछ नहीं था, किन्तु हर बार एक ही प्रश्न उसकी गूँगी निगाहों में झलक जाता था—आप कहाँ जाते हैं? सुबह की सैर और शाम तक ग़ायब—

अगर आपको कुछ हो गया, तो मैं कहाँ आपको ढूँढ़ता फिरूँगा? निहालचन्द्र हर रोज़ कोई-न-कोई बहाना खोज निकालते—लेकिन भीतर एक धुकधुकी-सी मची रहती कि कहीं वह उनकी शिकायत मुन्नू को न लिख भेजे। विदेश जाने से पहले वह बार-बार उनसे कह गया था, "देवीसिंह के अलावा आपके पास कोई नहीं...वह चला गया, तो आप अपाहिज हो जाएँगे।" अपाहिज! ठीक है, हो जाऊँगा। तुम तो देखने नहीं आओगे। बरामदे में खटिया डालकर पड़ा रहूँगा—मुझे अब किसी की ज़रूरत नहीं। मेरे लिए अब सबकुछ एक-जैसा है—जैसी रात, वैसा दिन...। उनका ग़ुस्सा बहने लगा। एक रुआँसा बेबस क्रोध, उस पानी की तरह बाँझ और बेतुका, जो रेगिस्तान की झुलसती ज़मीन पर बरसता है, बह जाता है, सूख जाता है, अपने पीछे रत्ती-भर हरियाली नहीं छोड़ता।

रेगिस्तान! उनके हाथ बिखरे हुए काग़ज़ पर ठिठक गए। उनकी अन्तिम पोस्टिंग वहीं हुई थी, राजस्थान और पाकिस्तान के बॉर्डर पर; चारों तरफ़ रेगिस्तान फैला था। अब सोचते हैं, तो हँसी आती है, लेकिन उन दिनों वहीं बस जाने की इच्छा होती थी। लगता था, वे अपनी ज़िन्दगी के आख़िरी पड़ाव पर आ पहुँचे हैं। घंटों रेगिस्तान में घूमते रहते, रेत के कँगूरों पर बैठे रहते—न पत्नी की याद आती, न लड़के की। अकेली घड़ियों में लगता, जैसे वे धीरे-धीरे किसी सत्य की तरफ़ पहुँच रहे हैं, उस अँधेरे कुएँ की थाह को छू रहे हैं, जो उम्र के अन्तिम छोर पर उन्हें इतना अकेला छोड़ गया था...। कभी-कभी हैरानी भी होती थी कि जो सत्य लद्दाख में बौद्ध भिक्षुओं से नहीं मिल सका, वह आख़िर में रेगिस्तान की साँय-साँय करती उड़ती धूल में दिख गया?...कैसा सत्य निहाली?

निहालचन्द्र ने सिर मोड़ा, वे कुछ कहना चाहते थे, कोई बात, जो बरसों से भीतर घुमड़ती रही थी—लबालब गले में भर जाती थी, थकान, उम्र और हिचकिचाहट को काटती हुई—किन्तु वहाँ कोई न था।

झाड़ियों पर नवम्बर की धूप गिर रही थी। हवाघर का गुम्बद एक निस्पन्द और नीली मुट्ठी-सा हवा में उठा था...न चील, न चिड़िया, न कोई आवाज़। रस्सी कूदने की खटखट भी नहीं। सिर्फ़ एक पथराई सर्द रोशनी थी, जो अब एक मुरझाई सफ़ेदी-सी सारे जंगल पर फैली थी।

निहालचन्द्र कुछ देर बिना हिले-डुले बैठे रहे, फिर उन्होंने ज़बरदस्ती अपने को खड़ा किया, जैसे वह अपनी नहीं, किसी दूसरे की देह को घसीट रहे हों! पोटली, छड़ी, थर्मस—जेबों में ठुँसे काग़ज़। जब निहालचन्द्र चलने लगे, तो सबकुछ उनके पास था। वह कुछ भी नहीं भूले थे। और पीछे कुछ भी नहीं छूटा था।

पीछे मुड़ने का रास्ता वही था, जिस पर वे चलकर आए थे। पथरीली पगडंडी, झाड़-झंखाड़, दूर-दूर तक खड़े मिट्टी के ढूह, पीले और सफ़ेद दाग़ों से दग़े हुए जिन पर परिन्दों ने बीट कर दी थी—वे कब पीछे छूट गए, निहालचन्द्र को पता भी न चला। वे कुछ ख़ास सोच भी नहीं रहे थे, जो उनका मन भटका देता। सिर्फ़ कोई भटका-सा ख़याल आ जाता, जो उनके मन को छूता हुआ निकल जाता—देवीसिंह का चेहरा, घर का कमरा, जेब में ठुँसे काग़ज़ों की खड़-खड़—इन सबकी छोटी-छोटी चिन्दियाँ उनके रास्ते पर उड़ती जातीं; वे एक को पकड़ते, तो दूसरी उन्हें पकड़ लेती। सुबह की एकाग्र तन्मयता अब ख़त्म हो चुकी थी, जब वे आँखें मूँदे हवाघर की ओर भागते जा रहे थे; अब सिर्फ़ बदहवासी थी, जिसमें आँखें खुली रहती हैं और दिखाई कुछ नहीं देता।

फिर जंगल का टुकड़ा आया और निहालचन्द्र को लगा, जैसे वे धूप की सफ़ेदी से उतरकर एक लम्बी छाँह में चले आए हैं।

आँखों को राहत मिली। पत्तों पर पैर आसानी से पड़ते जाते, कभी कोई झाड़ी उनके कोट से अटक जाती, तो वह खड़े हो जाते, बहुत कोमलता से अपने को रिहा करते, एक अजीब-सा भ्रम होता, जैसे कोई दबे पाँव उनके पीछे आ रहा है। वे मुड़कर पीछे देखते तो कोई दिखाई नहीं देता—सिर उठाए पेड़, नीचे झुकी झाड़ियाँ...बीच में नाचते धूप के छल्ले। उन्हें लगता, मानो ऐसा कभी पहले भी हुआ है...मुद्दत पहले—जब वह उनके पीछे ग़ायब हो जाती थी और वे अपने घर के बाग़ में अकेले चक्कर लगाते थे—कट्टो? वह आवाज़ देने की कोशिश करते, किन्तु कोई उनका गला पकड़ लेता—जाने दो। उनके भीतर का शैतान कहता, तुम्हारे आगे सारी ज़िन्दगी पड़ी है। आगे और आगे—वह उन्हें घसीटता हुआ यहाँ तक ले आया था...।

कैसी ज़िन्दगी?

ऊपर हल्की-सी फड़फड़ाहट हुई और उनके पैर सहसा ठिठक गए। सिर उठाया, तो पहले क्षण कुछ दिखाई नहीं दिया। दोनों तरफ़ के पेड़ एक-दूसरे पर झुके थे। पत्तों के बीच आकाश की नीली फाँक चमक जाती थी। उन्हें समझ में नहीं आया, यह आवाज़ कहाँ से आई है; फिर सोचा, ऊपर की कोई शाख़ हिली है। एक डाल से जब कोई पक्षी उड़ता है, तो वह काँपती है, किन्तु दूसरी डाल भी थोड़ा-सा हिलती है, जिस पर वह बैठता है, लेकिन ऊपर कोई पक्षी दिखाई नहीं दिया—उस अजीब-सी खड़खड़ाहट के बाद सबकुछ शान्त हो गया था।

निहालचन्द्र आगे बढ़े—और तब उन्हें एक बार किसी ने फिर रोक लिया। इस बार कोई आवाज़ नहीं थी। सिर्फ़ उनकी आँखों के सामने कुछ डोल रहा था। उन्होंने अपने चश्मे को सीधा किया, जो ऊपर देखने से नीचे खिसक आया था—इस बार उनकी आँखें उठीं, तो वहीं थिर होकर रह गईं।

वह बरगद का छतनार पेड़ था। उसकी शाख़ नीचे झुकी थी, एक बूढ़ी बाँह की तरह मुड़ी हुई, जिसके किनारे पर एक रस्सी लटकी थी, धीरे-धीरे हवा में डोल रही थी, जैसे कोई साँप बीन सुनता हुआ फन हिलाता है। उन्हें कुछ आश्चर्य हुआ कि रस्सी को पेड़ से बाँधा नहीं गया था, सिर्फ़ टहनी पर फेंक दिया गया था और वह वहाँ अटक गई थी—अधर में लटकी हुई, दोनों सिरों को हवा में झुलाती हुई। रस्सी के किनारों पर दो नन्हे मेहँदी-रँगे हाथों से बेलन जुड़े थे—काठ के बेलन, हथेलियों की रगड़, धूल और पसीने से घिसे हुए...।

पता नहीं, कितनी देर निहालचन्द्र उसे निहारते रहे, जैसे वह रस्सी न होकर कोई मायापाश हो...नवम्बर की धूप में झूलती मृगतृष्णा! हवा ठहर गई थी, सारा जंगल एक घोंसले-सा सिमट आया था—अपने भीतर ही साँसें खींचता हुआ। वह सिर उठाए निश्चल खड़े थे। कोई उन्हें देखता तो भ्रम होता कि वह आदमी नहीं है—जंगल का ही कोई बूढ़ा, लम्बा जन्तु कोई अनहोनी-सी आहट सुनकर बीच पगडंडी पर खड़ा हो गया है। उनका क़द इतना लम्बा था कि ज़रा-सा हाथ उठाते ही वे रस्सी को छू सकते थे, पकड़कर नीचे खींच सकते थे, किन्तु वे बिना हिले-डुले खड़े रहे; "कट्टो," उन्होंने धीरे से फुसफुसाया, फिर आवाज़ कुछ ऊपर उठ गई, छाती की बलगम के बीच एक खँखारती पुकार, जो भीतर की दलदल से बाहर निकलने को छटपटा रही थी। कुछ देर अभेद्य सन्नाटा सनसनाता रहा...फिर अचानक उन्हें अपनी चीख़ सुनाई दी, जो किसी तरह बाहर निकल आई थी, और इस बार किसी ने उनको नहीं रोका, गला दबाकर उन्हें चुप नहीं कराया, और वे उसे सुनते रहे, जो उनकी आवाज़ थी—जंगल के आर-पार, झाड़ियों और पेड़ों के बीच, बचपन के एक सिरे से बुढ़ापे के दूसरे सिरे तक गूँजती हुई...।

कोई जवाब नहीं मिला। आसपास कहीं कोई न था। हवा उठी थी और पेड़ सरसरा रहे थे...रस्सी के दोनों सिरे नशे में झूल रहे थे।

कुछ देर तक वे इस आशा में खड़े रहे कि वह अचानक झाड़ियों के बीच प्रकट हो जाएगी, अपनी रस्सी लेने दोबारा लौट आएगी...किन्तु बहुत देर तक कहीं कोई दिखाई नहीं दिया—न उसकी हँसी, न झाड़ियों की खड़खड़। कुछ भी ऐसा नहीं, जो उन्हें विश्वास दिला सके कि वह उस दोपहर उनके पास आई थी, उनसे सटकर बैठी थी, जेबों की तलाशी ली थी—जब वे सो रहे थे; और उनके काग़ज़ बाहर बिखरे थे—जब वे जागे थे...।

निहालचन्द्र, क्या तुम सचमुच जागे थे?

अँधेरा होते ही हवा रुक गई। कुछ भी नहीं हिल रहा था—न झाड़ी, न पत्ता, न पेड़। कभी-कभी जंगल के भीतर से एक गर्म उसाँस-सी निकलती थी, सिर-सिर करती एक सीटी बजाती थी—ऊपर उठ जाती थी—धोबीघाट के ऊपर...कुत्तों को चौंकाती हुई आगे बढ़ जाती थी, गन्दे नाले पर उतर जाती थी और धीरे-धीरे सरकती हुई निहालचन्द्र के घर के फाटक पर आकर रुक जाती थी।

देवीसिंह उसे ऊँघते हुए सुनता—और रह-रहकर हुड़क जाता। वह पहाड़ी था और बचपन से इस तरह की अँधेरी, स्वरहीन आवाज़ों को सुनता आया था—जो आवाज़ें भी नहीं थीं—केवल जंगल की देह की गूँगी वासनाएँ, जो पशुओं और पेड़ों की कराहों में सिसका करती थीं। वह बार-बार दरवाज़े की तरफ़ भागता, बाहर झाँकता और फिर वैसे ही भागता हुआ रसोई में लौट आता।

उस रात वह रसोई में ही लेटा था। रात का खाना दो बार गर्म होकर अब ठंडा पड़ गया था। ऐसा बहुत कम होता था कि कर्नल

साहब सुबह की सैर को निकलें और दोपहर तक घर न लौट आएँ। देरी हो जाती तो भी अँधेरा होने से पहले ज़रूर लौट आते थे। सीढ़ियों पर छड़ी की खटखटाहट से ही देवीसिंह पहचान जाता था कि वे लौट आए हैं। कभी-कभी ग़ुस्से में भरा वह रसोई में ही लेटा रहता, जैसे उनकी आहट सुनी ही न हो! ऐसे दिनों में निहालचन्द्र उसे बुलाते नहीं थे, उसकी आँखें बचाकर दबे पाँवों से अपने कमरे में घुस जाते, बिस्तर पर लेट जाते—और तब देवीसिंह का मन हुलसने लगता, जल्दी से चाय बनाकर उनके कमरे में ले आता और वह आँखें मूँदकर बहाना करते, जैसे उसे देखा ही न हो।

किन्तु उस रात उनका कमरा ख़ाली था। पलंग के नीचे उनकी चप्पलें पड़ी थीं। कोने में चिलमची और गर्म पानी का जग, जो अब एकदम ठंडा पड़ गया था। देवीसिंह ने कमरे की अँगीठी में आग जला दी, ताकि जब वे आएँ, तो उसे परेशान न करें, खाना खाकर तुरन्त सो जाएँ। ख़ुद उसकी आँखें बोझिल हो रही थीं—एक बार इच्छा हुई कि पड़ोस के मकान में ख़बर दे आए कि कर्नल साहब अभी तक नहीं लौटे, किन्तु फिर पैर रुक गए। शहर में छोटी-से-छोटी बात पर पुलिस आ धमकती है। देवीसिंह को पुलिस देखते ही कँपकँपी छूटने लगती थी। चुप रहना ही बेहतर था। अभी नहीं, कुछ देर में आते होंगे। अकेले आदमी, जाएँगे कहाँ? और इस उम्र में भला?

यह बहुत बड़ी सान्त्वना थी। निहालचन्द्र सचमुच ही कहीं नहीं जा सकते थे। सिर्फ़ लौट सकते थे—हर दोपहर साल में तीन सौ पैंसठ बार। बेनागा, उम्र के आख़िरी दिन तक।

धीरे से कुछ खड़का, तो वह चौंक गया। क्या दरवाज़ा खटका है, या सिर्फ़ हवा है? देवीसिंह कुछ देर अँधेरे में बैठा रहा, फिर दबे पाँव निहालचन्द्र के कमरे में गया। आग में सुलगती लकड़ियाँ कड़क उठती थीं, जिनकी आवाज़ ने उसे जगा दिया था। अँगीठी के पास रखी लोहे

की सलाख से उसने नीचे दबी लकड़ियों को ऊपर खिसकाया, राख को कुरेदा और जब वे बल-बल करती हुई दोबारा जलने लगीं तो वहीं लेट गया, निहालचन्द्र के पलंग के नीचे। आग की लपकती लपटों की गरमाई कब उसकी नींद को घेर लाई, उसे पता भी नहीं चला। यह भी पता नहीं चला कि कब वह दरवाज़े की साँकल खोलकर बाहर चला आया। उसी रास्ते पर चलने लगा, जिस पर हर रोज़ निहालचन्द्र सैर के लिए जाते थे—गन्दा नाला, धोबीघाट का मैदान, नहर की चमकीली, सँकरी धारा...।

पेड़ों के ऊपर चाँद निकल आया था और सारा जंगल एक अद्‌भुत उजाले में चमक रहा था। कुछ दूर पर वह दिखाई दिये, दोनों हाथों को हवा में डुलाते हुए। देवीसिंह के पैर ठिठक गए। उसे कुछ अजीब-सा लगा कि कर्नल साहब का वही चेहरा-मोहरा है। वही देह, वही कपड़े—लेकिन उस क्षण वे चौदह बरस के लड़के दिखाई दे रहे थे। साफ़, कुँआरा, उत्सुक चेहरा—वे अपने दोनों हाथ हवा में हिला रहे थे। वे उसे बुला रहे थे—और तब वह निडर होकर भागने लगा। बिलकुल उनके पास चला आया, वहीं खड़ा हो गया, जहाँ वे पेड़ के नीचे झूल रहे थे।

निहालचन्द्र के गले में रस्सी फँसी थी और रस्सी का सिरा पेड़ की टहनी से बँधा था। टहनी हिल रही थी और निहालचन्द्र लटक रहे थे। नीचे घास पर उनका थैला, उनकी थर्मस, उनकी आर्मी का कोट पड़ा था। दोनों जेबें उघड़ी पड़ी थीं—नंगी और उल्टी, बिलकुल ख़ाली। खट-खट-खट—उसे अजीब-सी आवाज़ सुनाई दी। सिर उठाया, तो बच्चों के कूदनेवाली रस्सी दिखाई दी, चाँदनी में हिलते हुए दो नन्हे पीले बेलन, जो टहनी के हिलने से बार-बार निहालचन्द्र के झूलते सिर से टकरा जाते थे।

आदमी और लड़की

उसने दुकान का दरवाज़ा खोला तो घंटी की आवाज़ हुई—टन। जब वह भीतर आया और दरवाज़ा मुड़कर देहरी से दोबारा सट गया; तो घंटी दोबारा बजी, इस दफ़ा दो बार—टन, टन।

यह दूसरी आवाज़ काफ़ी देर तक गूँजती रही। यह चेतावनी थी कि कोई भीतर आया है।

दुकान में कोई नहीं था। उसे हमेशा लगता था कि यदि वह शेल्फ से दो-चार किताबें उठाकर भाग जाए, तो किसी को पता भी नहीं चलेगा। यह उसका भ्रम था। घंटी बजते ही काउंटर के पीछे दो आँखें उसे अनजाने में ही पकड़ लेती थीं—आँखें, जो नीली थीं और गीली भी। ऐनक के पीछे दो डबडबाए धब्बे उसे निहार रहे थे।

वह किताबों की अलमारियों के बीच रास्ता टटोलता हुआ काउंटर के सामने आ खड़ा हुआ।

"क्या हाल हैं?" उसने पूछा।

अधेड़ मैनेजर ने उसकी ओर देखा; फिर कन्धे उचका दिये—जिससे कुछ पता नहीं चला कि वह कैसे मूड में है।

"सर्दी शुरू हो चली है," उसने कहा।

मौसम का ख़याल अचानक उसे मैनेजर की मूँछें देखने पर हो आया था, जो इतनी सफ़ेद थीं, मानो अभी-अभी उन पर ताजा बर्फ़ गिरी हो!

"होगी ही," बूढ़े ने तटस्थ भाव से कहा, "अक्तूबर का महीना है।"

"अभी हीटिंग शुरू नहीं हुई?"

"नवम्बर से पहले नहीं, चाहे बर्फ़ ही क्यों न गिरने लगे।" बूढ़ा बहुत ही महीन भाव से सरकार पर कटाक्ष करता था।

मुद्दत पहले वह दुकान का मालिक था, अब नये तंत्र के नीचे, सरकार उसकी मालिक थी, उन किताबों की भी—जो उसके बाप-दादाओं ने पहली लड़ाई के ज़माने से जमा की थीं। दुकान वही थी, लेकिन रातों-रात क़ानून की लकीर उसके और बाप-दादा की विरासत के बीच एक खाई-सी खोल गई थी। काउंटर पर वह अब भी बैठता था—पहले की तरह—लेकिन अब किताबों से उसका रिश्ता कुछ वैसा ही था, जैसे कोई बाप जीते-जी अपने बच्चों को अनाथालय में देखता है।

"आप सोचते हैं, क्या बर्फ़ गिरेगी?" आदमी ने पूछा।

बूढ़े ने ऐनक उतारी, मैले रूमाल से शीशे साफ़ किये, फिर नाक सिनकी, "बर्फ़ और मौत घंटी बजाकर नहीं आती।"

उसे लगा, जैसे बूढ़े का इशारा उसकी तरफ़ है। पिछले दिनों जब कभी वह दुकान की घंटी बजाता था, बूढ़े के चेहरे पर एक बेचैन-सी झुँझलाहट झलक आती थी। सीधे-सीधे कुछ नहीं कहता था, पर लगता था, जैसे उसे सामने देखकर पिछली ज़िन्दगी की सारी शिकायतें खुल जाती थीं। पहले लड़ाई और हिटलर, फिर कम्यूनिज़्म, और अब...वह!

वह आगे चला आया, अलमारियों के बीच। किताबों पर दुपहर की ठंडी म्लान रोशनी गिर रही थी। उसने चारों तरफ़ टटोलती हुई निगाह डाली, लेकिन वह कहीं दिखाई न दी। अचानक एक आशंका ने उसे पकड़ लिया—सम्भव है, वह आज दुकान नहीं आई। वह ठिठुरने लगा। अपने कोट की जेब में हाथ डाला, तार के काग़ज़ को छुआ, फिर उसे झटके से बाहर खींच लिया। गरमाई कहीं न थी—न कोट के अन्दर, न बाहर।

वह अब भी झिझक रहा था। लेकिन दुकान के बीच, बूढ़े की आँखों के सामने खड़े रहना असम्भव था। वह कुछ आगे बढ़कर एक लम्बी शेल्फ़ की ओट में छिप गया। उसने जेब से रूमाल निकाला और माथे का पसीना पोंछने लगा। सर्दी का पसीना, जो भीतर की देह से नहीं, बाहर की दहशत से टपकता है।

वह फटाक से मुड़ गया। ट्रॉली के पहिए चूँ-चूँ करते हुए शेल्फ़ की दूसरी तरफ़ जा रहे थे। पीछे-पीछे वह आ रही थी, ट्रॉली के हैंडिल को दोनों हाथों से पकड़े हुए—जैसे वह कोई छोटी-सी प्रैम हो, जिसमें बच्चे की जगह बहुत-सी किताबें बैठी थीं।

लड़की का सिर ट्रॉली पर झुका था। वह एक-एक किताब उठाकर शेल्फ़ की दराज़ में रख रही थी। उसकी आँखें शायद बचपन से ही कमज़ोर रही होंगी। वह हर किताब को उठाती, उसे अपनी ऐनक के बहुत पास ले आती, लेखक का नाम और किताब का टाइटल पढ़ती, फिर डस्टर से उसे झाड़-पोंछकर दूसरी किताबों के सिरहाने टिका देती। वह अपने काम में इतनी डूबी थी कि उसे गुमान भी न था कि शेल्फ़ की दूसरी तरफ़ कोई उसे देख रहा है।

वह उसे देख रहा था। छत पर लटकी बत्ती का प्रकाश सीधा उसके चेहरे पर गिर रहा था; वह एक ठिंगने क़द की लड़की थी, लेकिन शेल्फ़ के पीछे सिर्फ़ उसका धड़ दिखाई देता था, कमर से ऊपर,

जो उसकी टाँगों से कहीं ज़्यादा वयस्क दिखाई देता था। उसने एक लम्बा नीले रंग का एप्रन पहन रखा था, जो दुकान में काम करनेवाली लड़कियाँ पहनती थीं—लेकिन उसके ऊपर वह ज़्यादा नहीं फबता था। शायद इसलिए कि वह उसमें पूरी ढक जाती थी—और तब कोई अनुमान भी नहीं लगा सकता था कि वह कितनी छोटी है, कि अभी कुछ दिन पहले उसकी बीसवीं वर्षगाँठ पर वह उसके लिए फूल लाया था, जो शायद अब भी उसके कमरे में पड़े सूख रहे होंगे।

अब वह सरकते हुए उसके बिलकुल पास चली आई थी—लगभग उसके सामने। शेल्फ़ की सँकरी दराज़ों के बीच उसका सिर दिखाई दे रहा था। उसने हमेशा की तरह अपने बाल कसकर बाँध रखे थे—भूरे चमकीले बाल, जिनके बीच एक हिचकिचाती-सी माँग कुछ दूर चलकर उलझी हुई लटों में लोप हो गई थी।

इस बार वह अपने को नहीं रोक सका। जब लड़की ने अन्तिम किताब शेल्फ़ पर रखने के लिए हाथ उठाया, तो उसने आगे बढ़कर उसके हाथ को पकड़ लिया, वहीं शेल्फ़ के ठंडे लोहे पर। लड़की के मुँह से हल्की-सी चीख़ निकल गई और वह घबरा गया। उसने जल्दी से किताबों को ठेलकर शेल्फ़ के बीच अपना सिर अड़ा दिया :

"मैं हूँ।"

लड़की ने हकबकाकर आँखें ऊपर उठाईं; वह जैसे कोई जिन हो, किताबों के बीच मुस्कराता हुआ।

"तुम?"

"हाँ!"

"कब आए?"

"कुछ देर पहले...तुम डर गईं?"

"हाँ..." लड़की ने सिर हिलाया।

वह छोटी बातों में भी झूठ नहीं बोलती थी। उसका हाथ अब भी आदमी की हथेली में भिंचा था। एप्रन के पीछे छोटा-सा वक्ष ऊपर-नीचे हो रहा था। वह सचमुच डर गई थी—वह कभी दुपहर के वक़्त दुकान में नहीं आता था।

"तुम कुछ देर के लिए छुट्टी ले सकती हो?"

"अभी?" लड़की का हाथ ठंडा-सा हो गया—उसके हाथ के भीतर।

"सिर्फ़ कुछ देर के लिए!" उसने कहा।

"कोई बात हुई है?" लड़की की आँखें उस पर फैल गईं।

"नहीं, ऐसे ही," उसने उड़ते हुए स्वर में कहा।

लड़की जिस तरह कभी झूठ नहीं बोलती थी, वह कभी सीधा सच नहीं बोल पाता था।

"तुम भीतर बैठो, मैं अभी आती हूँ।"

उसने अपना हाथ उसकी हथेली से बाहर निकाला, एक क्षण उसकी ओर देखा और फिर वह मुड़ गई, किताबों की शेल्फ़ों के पीछे छिप गई।

दुकान के पिछवाड़े एक स्टोर-रूम था, जहाँ लोग पुरानी किताबें बेचने आते थे। लड़की वहीं एक स्टूल पर बैठती थी। पीछे एक परदा लगा था, जो दुकान के मुख्य, अगले भाग को भीतरी हिस्से से अलग कर देता था। परदे के पीछे एक छोटा-सा केबिन था, जहाँ लड़की लंच-टाइम में घड़ी-दो घड़ी सुस्ताने आ बैठती थी।

वह यहाँ चला आया; कई बार यहाँ आया था; हर बार एक अजीब-सा भ्रम पकड़ लेता, मानो यह दुकान नहीं, लड़की के घर

का प्राइवेट कमरा हो! वहाँ बाहर की कोई आवाज़ नहीं आती थी : न आदमियों का शोर, न ट्रैफ़िक का कोलाहल, सिर्फ़ ट्राम की गड़गड़ाहट ज़रूर सुनाई देती थी—बहुत गूढ़ और धीमी, जैसे कहीं दूर शहर के किनारे पर बादल कड़क रहा हो!

वह बेंत की आरामकुर्सी पर बैठ गया। कमरे में अँधेरा उतना नहीं था, जितना रोशनी का अभाव : न कोई खिड़की, न रोशनदान। सिर्फ़ किताबों की बासी बू और दीवार के पीछे चूहों की सरसराहट। एक छोटी-सी मेज़ पर चाय-कॉफ़ी का सामान रखा था—पुराने सिलाबी बिस्कुट और ब्राउन रोटी की स्लाइसें हमेशा तैयार रहती थीं। कभी लड़की को भूख लगती, वह जल्दी से भीतर आकर कुछ-न-कुछ पेट में डाल आती थी।

उसने पहली बार लड़की को इसी केबिन में देखा था। वह अपनी कुछ पुरानी किताब बेचने आया था। लड़की काउंटर के पीछे स्टूल पर बैठी डबलरोटी की एक स्लाइस कुतर रही थी। गोद में ब्राउन रंग का अधबुना स्वेटर पड़ा था जिसकी ऊनी देह में दो सलाइयाँ घुपी थीं। उसकी आहट सुनकर लड़की हकबकाकर उठ खड़ी हुई—और तब पहले दिन, पहली बार उसने लड़की के चेहरे को देखा था।

वह मार्च का दिन रहा होगा और अब—अक्तूबर ख़त्म हो रहा था। इन सात महीनों में वह तकरीबन अपनी सब किताबें बेच चुका था, जिन्हें वह अपने देश नहीं ले जाना चाहता था। पुराने शब्दकोश, टूरिस्ट गाइड्स और वे सब उपन्यास, जिन्हें लड़की दुकान के लिए ख़रीद लेती थी—और ख़ाली समय में ख़ुद पढ़ती थी। उसे यह जानकर काफ़ी हैरानी हुई थी कि वह अंग्रेज़ी पढ़ लेती थी और थोड़ी-बहुत बोल भी लेती थी।

दरअसल अंग्रेज़ी को लेकर ही उनके बीच बोलचाल का सिलसिला शुरू हुआ था। एक दिन जब वह कुछ किताबें बेचने आया, वह कुछ देर तक उन्हें उलट-पलटकर देखती रही। फिर अचानक बोली, "क्या आपके देश में सब लोग अंग्रेज़ी बोलते हैं?"

"नहीं, ऐसा नहीं है।" उसने कहा, "मैं भी ठीक से नहीं बोल पाता।"

"आप बहुत अच्छा बोलते हैं," उसने बहुत उदासीन भाव से कहा। फिर उसकी ओर से आँखें मोड़कर किताबों को समेटने लगी। "मैं अभी आती हूँ।" उसने किताबों का बंडल उठाया और पार्टीशन के पीछे चली गई।

वह सोचने लगा—पता नहीं, आज कितनी किताबें चुनी जाएँगी। वहाँ कुछ ऐसा ही सिस्टम था। लड़की किताबों को मैनेजर के पास ले जाती, वह उनमें से उन्हें चुन लेता, जो ख़रीदने लायक होतीं—बाक़ी वापस लौटा देता। सारा व्यापार जुए के खेल-सा होता था। किताबों को चुनने और ठुकराने का कोई ठोस आधार रहा हो, यह उसे कभी समझ में नहीं आया। जब कभी लड़की से वह इसके बारे में पूछताछ करता, तो वह अक्सर टाल जाती थी। जब वह बहुत ज़ोर डालता (बाद के दिनों में) तो वह झुँझलाकर कहती, "हम वही किताबें पढ़ते हैं, जो हमारे लिए ठीक हैं!"

सौभाग्य की बात कहिए, उस दिन सब किताबें 'ठीक' निकलीं, तकरीबन सब—सिवा एक किताब के, जो मैनेजर ने वापस भिजवा दी—'रेक्विएम फॉर द नन'। लड़की ने कुछ कौतूहल से उसकी ओर देखा, "क्या यह कोई धार्मिक किताब है?"

"नहीं," उसने कहा, "यह एक वेश्या के बारे में है।"

वह देखना चाहता था, उस पर क्या प्रतिक्रिया होती है। धर्म और रंडीबाज़ी—दोनों ही वहाँ वर्जित थे; किन्तु लड़की के चेहरे पर कोई भाव नहीं आया; उसने चीमड़ पेपरबैक को धीरे से काउंटर के नीचे सरका लिया, जिसे 'छिपाना' भी नहीं कहा जा सकता; काउंटर के नीचेवाली दराज़ उसकी अपनी थी, जिसमें वह दिन का टिफ़िन, रूमाल-तौलिया और घर की चाभियाँ रखती थी।

पता नहीं, उसकी कितनी किताबें इस काउंटर के भीतर ग़ायब हो गई थीं।

"आज आपको काफ़ी पैसे मिलेंगे।"

उसने सरसरी निगाह से बिल को देखा, जो खट-खट करता हुआ कम्प्यूटर मशीन के बाहर निकल आया था। उसका मन हुआ, एक बार झाँककर बिल को देखे—फिर वह अपने को रोके रहा। यदि कमरे का चौथाई किराया भी निकल सके, तो बाक़ी पैसे जुटाने में ज़्यादा मुश्किल नहीं पड़ेगी।

"मालूम है, कितना है?" उसने बिल को मशीन से खींचकर उसके सामने रख दिया।

चालीस क्राउन! पहले क्षण विश्वास नहीं हो सका। पहले कभी उसे अपनी किताबों के लिए इतनी बड़ी रक़म नहीं मिली थी। लड़की उसकी ओर विजयोल्लास से मुस्करा रही थी।

"इतना कैसे?" उसने पूछा।

"ऐसे ही!" लड़की ने कहा, "ये अच्छे दिन हैं!"

अच्छे दिन? दुकान के भीतर लड़की की भाषा मोहेनजोदड़ो की लिपि जैसी होती थी—छिपे मतलब बहुत कुछ और देखो तो कुछ भी नहीं। कभी-कभी रात को नींद न आने पर, बिस्तर पर पड़े-पड़े एक कंगला वाक्य, कोई लूला लफ़्ज़ अँधेरे में चमक जाता—लड़की के साथ चिपका हुआ। अच्छे दिन, बुरे दिन, काफ़ी बुरे दिन। सबसे बुरे दिन वे होते, जब लड़की उसकी सब किताबें वापस कर देती, खेद-भरी निगाहों से उसकी ओर देखती, 'आज कुछ भी नहीं' और वह सब किताबों को अपने डफल बैग में ठूँसकर बाहर सड़क पर आ जाता। दुकान की लम्बी शीशेदार खिड़की पर एक छाया खड़ी हो जाती। वह देखती कि वह जा रहा है। वह सोचता, अगली बार कौन-सी किताबें लाऊँगा, जो ख़रीदने लायक होंगी। लड़की सोचती, कैसा आदमी है जो सिर्फ़ अंग्रेज़ी किताबों को बेचने आता है?

मैनेजर सबकुछ देखता, ऊँघने लगता। सोचता, वह किताबों के लिए नहीं, लड़की से मिलने आता है...लेकिन इस उम्र में?

लड़की भीतर आई। वह अपना लंच का टिफ़िन लेकर आई थी, वह देहरी पर ठिठक गई और उसे देखने लगी। आदमी कुर्सी के सिरहाने सिर टिकाकर आँखें मूँदें बैठा था। उसके चेहरे पर एक महीन-सी थकान थी, मानो उसकी नींद का फ़ायदा उठाकर न केवल बीते हुए वर्ष, बल्कि आनेवाली उम्र भी उसके चेहरे पर सरक आई हो। लड़की कुछ देर चुपचाप उसके चेहरे को देखती रही। कोई और दिन होता तो आदमी का इस तरह अचानक दुकान में प्रकट हो जाना उसे अच्छा लगता। लेकिन आज उसे यह अपशगुन-सा जान पड़ा। उसे प्रेतों में विश्वास नहीं था, किन्तु आज जब उसने आदमी को किताबों की शेल्फ़ के पीछे देखा—पुराने ओवरकोट के गर्दभरे कॉलर, जो काले डैनों-से उसकी गर्दन पर उठे थे, तो वह अवाक्-सी उसे देखती रही थी, जैसे आदमी के वेश में कोई दूसरा आदमी उसे ताक रहा है; दूसरा आदमी? वह धीरे से आगे बढ़ी, उसे सहलाने को मन हुआ, किन्तु फिर हाथ रोक लिया। सोने दो—उसने सोचा, अभी काफ़ी समय है।

दुपहर के समय कोई गाहक नहीं आता।

वह अपना टिफ़िनदान खोलने लगी, ब्राउन रोटी की सैंडविच, जिसके भीतर सलामी दबी थी, एक छोटी बोतल में योर्गुर्त, चीज़ के क्यूब, सिरके में भीगा खीरा—यही उसका लंच था, जो वह हर रोज़ अपने साथ लाती थी। अगर उसे मालूम होता कि वह भी आ रहा है, तो वह उसके लिए भी कुछ ले आती—उसने कितनी बार आदमी से कहा था कि उसे

घर में खाना बनाने की ज़रूरत नहीं; दुपहर का खाना वे एक साथ दुकान में खा सकते हैं। लेकिन आदमी हर बार इनकार कर देता था, जैसे दिन की रोशनी में उससे मिलना ख़तरनाक हो। दिन के समय वह उससे तभी मिलता था, जब कोई ऐसी ज़रूरत हो जिसे टाला न जा सके। लेकिन आज; आज क्या ज़रूरत है? वह कल रात ही तो उससे मिली थी।

वह कॉफ़ी के लिए पानी गर्म करने उठी तो देखा, आदमी की आँखें खुली हैं, पता नहीं, कितनी देर से वह उसकी हरकतों को देख रहा था।

"कुछ खाओगे?" लड़की ने पूछा।

आदमी ने सिर हिलाया, फिर सीधा होकर बैठ गया। आँखें सुर्ख़ थीं और शेव के बाद भी गालों पर पिछली रात की परछाईं बिछी थी। उसने आँखें मलीं और बालों को पीछे समेट लिया। याद नहीं आया, वह सो गया था—सपने की एक चिन्दी अब भी डोल रही थी, धीरे-धीरे वह ग़ायब हो गई और उसकी जगह लड़की दिखाई देने लगी।

लड़की ने अपना एप्रन उतार दिया था। अब वह हरे रंग की स्कर्ट पहने थी, जो हमेशा उसके घुटनों तक आकर रुक जाती थी। काली नॉयलन की जुराबों के पीछे उसकी टाँगों का भोलापन झाँक रहा था। कमर पर काले रंग की पेटी कसी थी—बिलकुल स्कूली लड़कियों की तरह—जिसके ऊपर भूरे रंग का ढीलाढाला कार्डीगन लटक रहा था। लड़की का चेहरा छिपा-सा जान पड़ता था, लेकिन देह हमेशा खुली और उजली दिखाई देती थी—दूसरी लड़कियों से बिलकुल उल्टी, जिनका चेहरा सार्वजनिक होता है, जबकि देह बहुत प्राइवेट जान पड़ती है।

पानी उबलने लगा था—अचानक भाप का झोंका उठा और लड़की झुक गई, दो मगों में कॉफ़ी डाली और जब मुँह उठाया तो होंठ खुल-से गए। पसीने की बूँदें माथे पर चमक रही थीं।

"घर से आ रहे हो?"

आदमी कुछ हिचका—वह घर से आ रहा था, लेकिन सीधे नहीं।

उसका हाथ जेब में गया, फिर वहीं ठिठका रहा, टेलीग्राम पर।

"इंस्टीट्यूट गया था," उसने कहा।

"पूरा कर लिया?" लड़की हमेशा यही एक प्रश्न पूछती थी।

"नहीं, एडवांस माँगने गया था," उसने कहा।

"कितने पेज करने हैं?"

"आख़िरी चैप्टर बचा है—बाक़ी सब टाइप करना है।"

"क्या वे टाइप भी नहीं करवा सकते?" लड़की ने कुछ झुँझलाकर कहा।

"एक ही अंग्रेज़ी टाइपिस्ट है और वह छुट्टी पर गया है।"

आदमी धीरे-धीरे उसका हाथ सहलाने लगा। एक-दूसरे की चिन्ताओं को ढाँपने का यही एक तरीक़ा बचा था। वे कहाँ-से-कहाँ चले जाते थे। लेकिन लड़की की देह स्थिर रहती थी—स्थिर और ठंडी। पैर सबसे ज़्यादा। जब वह उसके कमरे में आती थी तो सबसे पहले अपने पैर आग के सामने फैला देती थी। उसे काफ़ी हैरानी होती थी कि इतनी कम उम्र में लड़की के हाथ-पाँव इतने सुन्न रहते थे।

"कितने दिन में देना है?" लड़की ने पूछा।

"दस दिन...ज़्यादा-से-ज़्यादा पन्द्रह दिन, क्यों?"

"क्या मैं कर सकती हूँ?"

"तुम?" आदमी के चेहरे पर थकी-सी मुस्कराहट चली आई।

"क्यों नहीं...हर शाम किया करूँगी।"

लड़की ने हाल ही में टाइप करना सीखा था—अंग्रेज़ी टाइपराइटर पर। उसके लिए वह एक खेल-जैसा था। आदमी जितना भी अनुवाद करता, उसे डिक्टेट करवाता और उसकी अँगुलियों के नीचे से फटाफट अंग्रेज़ी शब्द फिसलते जाते। फिर दोनों बैठकर ग़लतियाँ छाँटा करते। आदमी का कहना था, इस तरह वह अंग्रेज़ी और टाइपिंग दोनों एक साथ सीख जाएगी...लेकिन उसे सीखने की चाह उतनी नहीं थी, जितना

सकून-सा मिलता था; रात की वही एक घड़ी होती थी, जब वह आदमी के पास होती थी, खिड़की के बाहर तारे दिखाई देते, टाइपराइटर के अक्षरों-से टिमटिमाते हुए—खट, खट। वह उन्हें दबाती जाती और वे आकाश से उतरकर सफ़ेद, फुल-स्केप काग़ज़ पर उतरते जाते।

केतली का पानी गुनगुना रहा था। लड़की ने स्विच बन्द कर दिया और ऊपर का रोशनदान खोल दिया, ताकि इस बार पानी की भाप बाहर जा सके।

"यह गर्म है..." लड़की ने दूसरा कप बनाने के लिए सिर झुकाया तो गले के पिछवाड़े का जूड़ा कन्धे की तरफ़ लुढ़क आया।

लड़की की देह पर ऐसी अनेक छोटी-छोटी घटनाएँ घटती थीं और वह उनसे बेख़बर रहती थी, जैसे जब वह कोई पुरानी किताब बेचने आता था, तो वह अपने थूक से अँगुली गीला करके पन्ने पलटती थी और होंठ हिलाकर पढ़ती थी। ऐसे मौकों पर वह उसे बहुत ग़ौर से देखता था, क्या यह वही लड़की है जिसकी देह को वह पिछली रातों छूता रहा था—और जो दिन में इतनी अछूती दिखाई देती थी? ऐसे क्षणों में उसे लगता, वह कहीं नीचे है, गढ़हे में, एक जानवर की तरह दुबका हुआ, बार-बार एक ही इच्छा में मथता हुआ कि जब तक लड़की उसकी ओर से बेख़बर कॉफ़ी बना रही है, वह उछलकर गढ़हे से निकल सकता है, उसकी सफ़ेद और कुँवारी गर्दन को दबोचकर एक छलाँग में दुकान से बाहर हो सकता है—दुकान से, पछतावे से, पाप से—सबसे बाहर। लेकिन जब वह आँखें ऊपर उठाती, तो उसके सब इरादे बुहर जाते। वह टकटकी लगाए उसे देखता रहता। लड़की, पता नहीं, किस ख़याल में मुस्कराने लगती। वह बँधा रहता—अपने ग़ुस्से और संताप और दिल की दलदल में।

वह नीचे झुक आया, तिपाई पर, जहाँ लड़की का हाथ केतली पर टिका था और ऐसे कहा, जैसे अभी-अभी कुछ याद आया हो, "कल रात टेलीग्राम आया था।"

"टेलीग्राम?" लड़की के हाथ में कॉफ़ी का मग हवा में ठिठक गया।

"वह बीमार है," आदमी ने कहा, "मुझे बुलाया है।"

उसने तार जेब से बाहर निकाला—लाल काग़ज़ की मुड़ी हुई, दयनीय चिन्दियाँ जिसे लड़की ने देखते ही आँखें मोड़ लीं।

"क्या बीमारी है?" उसने लापरवाही से पूछा।

"जाकर पता चलेगा," आदमी ने कहा।

"कब?"

वह चुप बैठा रहा—मेज़ पर पड़े तार को देखता रहा।

"कब जा रहे हो?" लड़की ने दोबारा पूछा, किन्तु अब उसके स्वर में लापरवाही के बदले एक अजीब-सी कोमलता भर आई थी।

"मैं पत्र की राह देखूँगा," उसने कहा।

"लेकिन अगर वह सचमुच बीमार है?" लड़की ने कहा।

"सचमुच का मतलब? तुम सोचती हो, यह बहाना है?"

"मैंने यह नहीं कहा," लड़की ने कहा, "अगर वह बीमार है, तो तुम्हें जाना चाहिए।"

"तुम्हें बहुत जल्दी है,"

"जल्दी कैसी?"

"मेरे जाने की!"

लड़की ने विस्मय से उसकी ओर देखा।

"मैं समझी नहीं?" उसने कहा।

"मुझसे ज़्यादा तुम उसकी फ़िक्र करती हो।"

यह कटाक्ष था। वह कटाक्ष से भी आगे जाना चाहता था, जहाँ क्रूरता शुरू होती है, किन्तु वहाँ सिर्फ़ कमीनापन था और वह रुक गया। आगे कुछ भी न था—सिर्फ़ एक गँदली-सी थकान और जलन थी। वह रात-भर नहीं सोया था।

"मैं अब चलता हूँ," उसने कहा।

"नहीं, ठहरो।" लड़की ने उसके घुटनों पर अपने हाथ रख दिये, "तुमने अभी क्या कहा, मैं बहुत जल्दी में हूँ?" लड़की की आँखें चुँधियाँ गई थीं, जैसे वह उसकी क्रूरता को ठीक से नहीं देख पा रही हो।

"मैं हँसी कर रहा था!" आदमी ने धीरे से अपना हाथ उसकी बाँह पर रखा।

लड़की की समूची बाँह थरथरा रही थी।

"अगर मैं कहूँ, तुम रुक जाओगे?"

"तुमने कभी कुछ नहीं कहा।"

"क्योंकि..." कोई फ़ायदा नहीं। वह जब-जब आदमी की परीक्षा लेती, आदमी का चेहरा दूर होने लगता। उसकी जगह अपना पाप दिखाई देने लगता, जो उससे वैसे ही प्रश्न पूछने लगता, जिन्हें वह आदमी से पूछती थी। यह चक्कर था—पाप का चक्कर, जिसका कोई अन्त नहीं था।

"क्या वह अक्सर बीमार रहती है?" उसने पूछा।

वह कभी उसकी पत्नी का नाम नहीं लेती थी, सिर्फ़ 'वह' कहा करती थी, मानो इतनी बड़ी दुनिया में सिर्फ़ एक 'वह' उसकी पत्नी हो सकती है। उसे ख़ुशी थी, उसने उसे कभी नहीं देखा था—वह दूसरे शहर में थी और उसने वह शहर भी कभी नहीं देखा था।

आदमी चुपचाप लड़की को देखता रहा; लड़की के पीछे खिड़की थी और खिड़की के परे छतें, जहाँ उगती धूप की सफ़ेद थिगलियाँ निकल आई थीं।

"कल रात मुझे एक सपना आया," उसने कहा।

"कैसा सपना?"

"मैंने देखा, तुम नीचे खड़ी हो। तुम ऊपर मेरे कमरे को देख रही हो। मैं तुम्हें आवाज़ देकर बुलाना चाहता था, और तुम जाने लगीं और मैं ज़ोर-ज़ोर से दरवाज़ा भड़भड़ाने लगा, नीचे आने के लिए..."

लड़की हँसने लगी, "सच?"

"फिर मेरी आँख खुल गई और मैंने सुना, कोई सचमुच दरवाज़ा खटखटा रहा है। मैंने सोचा, शायद तुम हो, लेकिन बाहर तारवाला खड़ा था।"

आदमी के चेहरे पर हँसी थी, लेकिन लड़की की हँसी बुझ गई। उसे सपने में अपशगुन-सा दिखाई दिया। वह अपशगुनों के बीच रहती थी—इसलिए गिरजे में घड़ी-दो घड़ी बैठना उसे अच्छा लगता था। उसने यह बात कभी आदमी को नहीं बताई थी, गिरजेवाली बात। यह नहीं, वह आदमी से कुछ छिपाती थी, किन्तु ईश्वर में विश्वास करना, यह उसे एक प्राइवेट क़िस्म की बीमारी जान पड़ती थी, जिससे वह आदमी को दूर रखना चाहती थी। ईश्वर के इर्द-गिर्द वैसा ही अँधेरा था, जैसा उसकी पत्नी के आसपास और वह उसकी पत्नी के बारे में उतना ही कम जानती थी, जितना आदमी उसके ईश्वर के बारे में—उन दोनों को अकेले छोड़ देना ही अच्छा था।

दरवाज़े पर घंटी खनखनाई और वे दोनों चौंक गए। एक-दूसरे से अलग हो गए। वह भागती हुई दरवाज़े के पास गई, साँकल खोलकर बाहर झाँका—कोई गाहक आया था।

"अभी लंच-टाइम है," उसने कहा और जल्दी से दरवाज़ा भेड़ दिया।

लेकिन वह मुड़ी नहीं; चौखट पर खड़ी रही, बन्द दरवाज़े के शीशे से खुलता हुआ दिन देखने लगी। अक्तूबर का दिन धुंध की परत से निकल रहा था; उसे बहुत पहले के दिन याद आए, जब वह आदमी से नहीं मिली थी; दुकान से घर अकेले जाती थी और शहर ख़ाली-सा लगता था।

जब वह आदमी की तरफ़ मुड़ी, तो मुस्करा रही थी।

"कितनी दूर है?" उसने पूछा।

"क्या?" आदमी जाने के लिए तैयार खड़ा था।

"तुम्हारी पत्नी का शहर?" इस बार उसने सचमुच 'पत्नी' कहा, जैसे वह उसकी दूर शहर की कोई सहेली हो!

आदमी व्यस्त-सा हो उठा, "एक घंटा लगता है," उसने कहा।

"कैसे जाओगे?"

"बस से, हर घंटे बाद बस चलती है।"

लड़की आदमी के पास आई, ऊपर देखा, जहाँ उसकी आँखें थीं, "मैं भी चलूँ?"

"तुम?"

"बस-स्टेशन तक चलूँगी।"

आदमी एक क्षण उसे देखता रहा; वह सुन्न सन्नाटे के बीच खड़ी थी—जहाँ टेलीग्राम पड़ा था—और पीछे किताबों की क़तार थी, जिनके भीतर जीने-मरने का ज्ञान भरा था, लेकिन जो उस क्षण न उसकी मदद कर सकता था, न लड़की की।

उसने बैग उठाया और लड़की के पास चला आया, उसके छोटे-से सिर पर अपना मुँह रख दिया। वह उससे बहुत छोटी थी और एक स्कूली लड़की की तरह सुनसान खड़ी थी; और तब उसे लगा, जैसे उसकी उम्र के चालीस साल एक गँदले नाले की तरह दुकान के बीचोबीच बह रहे हैं और बीच का पानी इतना उथला है कि वह उसमें डूबकर मर भी नहीं सकता—केवल लड़की को उसमें घसीटकर गँदला कर सकता है।

वह बाहर चला आया।

वह जल्दी से भागकर खिड़की के पास आई; आदमी दुकान से निकलकर सड़क पार कर रहा था। वह खिड़की के लम्बे शीशे से उसे छोटा होते हुए देखती रही।

दूसरे दिन लड़की उसके फ़्लैट पर गई, यूँ ही टहलते हुए, हालाँकि उसे मालूम था कि वह शहर से बाहर है और मकान ख़ाली है। वह पिछली रात को ही चला गया। फ़्लैट की डुप्लीकेट चाभी उसके पास थी, जो हमेशा उसके पास रहती थी और वह किसी भी समय उसके अपार्टमेंट में जा सकती थी।

किन्तु उस शाम वहाँ कोई न था। सीढ़ियाँ अँधेरे में डूबी थीं और चौकीदार का केबिन ख़ाली पड़ा था। भीतर जाने के बजाय वह पीछे चलती गई, ताकि दूर फ़ासले से वह आदमी का कमरा देख सके, जो तीसरी मंज़िल पर था और जिसकी एक खिड़की पार्क की तरफ़ खुलती थी।

पार्क में बच्चे खेल रहे थे।

खिड़की बन्द थी। वह जाने से पहले परदा गिराना भूल गया था। शाम की धूप खिड़की के शीशों पर चमक रही थी, जिसके भीतर सबकुछ दिखाई देता है—मेज़ पर रखा टाइपराइटर, दीवार पर टँगी कमीज़ और खिड़की के आले पर रखा गमला, जो वह बहुत दिन पहले उसके लिए लाई थी। एक बार मन भीतर जाने को हुआ, अँगुलियाँ पर्स में गईं और भीतर रखी चाभी से खेलने लगीं—लेकिन यह ख़याल कि कमरा ख़ाली पड़ा होगा, जैसे अँगुलियों को भी छू गया। वह मुड़ गई और धीमे क़दमों से घास पर चलने लगी।

पार्क के बीच पौंड था, अंग्रेज़ी ढंग का तालाब, जिस पर बतखें तैर रही थीं।

वह तालाब के साथ-साथ चलने लगी। वह सोचने लगी, लेकिन सोच का कोई ऐसा सिरा नहीं था, जिसे पकड़कर वह भीतर की गाँठ खोल सके। सारा सोच आदमी से शुरू होता था, जब वह पहली बार दुकान में आया था। वह एक साधारण-सा दिन था, लेकिन तब उसे नहीं मालूम था कि उसके साथ रिश्ता इतना असाधारण हो जाएगा कि वह दिन-रात उसके बारे में सोचा करेगी। जब वह अपनी किताबें काउंटर पर छोड़कर चला

जाता, तो वह उनके पन्ने पलटने लगती; पुरानी, भुरभुरी, अंग्रेज़ी की किताबें, जिन पर उसका नाम, उसके शहर का नाम और नीचे वह तारीख़ लिखी होगी, जब उसने वे किताबें ख़रीदी होंगी। उन तारीख़ों को देखकर उसे अजब-सी हैरानी होती कि जब वह दुनिया में नहीं आई थी, वह अपने शहर में घूमता होगा, पढ़ता होगा और जब उसका विवाह हुआ होगा, वह स्कूल में पढ़ती थी...वह मुस्कराने लगी, लोग मुझे उसकी बेटी समझते हैं, उसने सोचा। शायद इसीलिए वह दिन के उजाले में मेरे साथ चलने में कतराता है। मुझे कभी उम्र याद नहीं आती। वह जब मेरे साथ होता है, तो मुझे पता भी नहीं चलता कि वह मुझसे कितना बड़ा है। उम्र के बारे में क्या सोचना? वह रात की बर्फ़ है। सोते हुए पता भी नहीं चलता, सुबह उठो तो फाटक पर ढेर-सी जमा हो जाती है।

बर्फ़ की बात से उसे मार्च का महीना याद आया; उस शाम वह पहली बार आदमी के साथ सोई थी; साल की आख़िरी बर्फ़ गिरी थी और बाहर आई, तो सारी देह सुन्न; सारा शहर बर्फ़ में ठिठुर रहा था। आदमी ने उसे बहुत रोका, किन्तु उसके भीतर कुछ बल रहा था, जो सारे शहर को सोख सकता था। वह चलती गई, और जब उससे बरदाश्त नहीं हुआ, तो उस गिरजे में चली आई जो बहुत पुराना था और ख़ाली रहता था और जिसमें वह अक्सर जाती थी और जिसके बारे में आदमी को कुछ भी नहीं मालूम था।

वह भीतर चली आई और सबसे आगे की बेंच पर बैठ गई। कुछ देर पहले वह आदमी के बिस्तर पर थी और अब यहाँ? वह वहाँ क्या कर रही थी, यह उसे बहुत देर तक नहीं मालूम हो सका। सामने ऑल्टर पर एक आदमी टँगा था—पैरों, हाथों, छाती पर कीलों से बिंधा हुआ—और बहुत देर तक उसे यह भी पता नहीं चला कि वह आदमी वहाँ क्या कर रहा है। तब उसे अचानक लगा कि वह अकेली नहीं है; कोई उसके पास है, कोई बिलकुल पास बैठा है, जिसे उसने

अँधेरे में नहीं देखा था। एक बूढ़ी औरत, जो उसके साथ बेंच पर बैठी थी, गुनगुनाती हुई, प्रार्थना करती हुई, हवा में मोमबत्ती की लौ की तरह डोलती हुई; क्या वह कुछ माँग रही थी? वह ईश्वर से कुछ माँग रही थी और तब उसे हैरानी हुई कि इतनी लम्बी ज़िन्दगी गुज़ार देने के बाद—जब कुछ भी बचा नहीं रहता—ईश्वर से कुछ माँगा जा सकता है? वह बूढ़ी के पास सरक आई, "सुनो, क्या यह पाप है," उसने धीरे से बूढ़ी औरत के कानों में फुसफुसाया, "एक आदमी के साथ सोना, जिसकी पत्नी जीवित है?"

"कौन?" बूढ़ी ने उसके चेहरे को देखा, "कौन जीवित है?"

वह हँस रही थी। उसके सारे दाँत टूटे थे और खुले, पोपले मुँह से शराब का भभका छूट रहा था; शराब और बुढ़ापे और आँसुओं से सना उसका चेहरा ऊपर-नीचे हिल रहा था।

वह भागकर बाहर चली आई। बहुत देर तक बूढ़ी का चेहरा उसके पीछे-पीछे भागता रहा। फिर वह अचानक ग़ायब हो गया और बर्फ़ गिरना बन्द हो गई। वह मार्च का महीना था, जब वह पहली बार आदमी के साथ सोई थी।

अब वह उसके घर के सामने बैठी थी। बच्चे अपने घरों को चले गए थे और बतखें? वे पता नहीं, कहाँ डूब गई थीं! तालाब अँधेरे में सोया था। न छप, न कुछ, न कोई आवाज़। आसपास मकानों की बत्तियाँ जल रही थीं। सिर्फ़ आदमी का कमरा तीसरे तल्ले पर एक अँधेरे खोखल-सा ख़ाली पड़ा था। अब वहाँ न गमला था, न मेज़, न दीवार पर लटकती कमीज़।

वह कहीं दूसरे शहर में था। वह अपनी पत्नी के साथ लेटा था। वह न जाग रहा था, न सो रहा था। वह सोच रहा था, जब वह सात महीने पहले लड़की की दुकान में आया था—और बग़ल में उसकी पत्नी साँस ले रही थी।

वह तीन दिनों बाद लौटा था। तीन छोटे दिन और दो लम्बी रातें, जिनके बीच लड़की घर से दुकान गई थी, वापस घर लौटी थी; फिर दुकान, फिर घर। एक शाम वह बस-स्टेशन गई थी, हालाँकि उसके आने का समय उसे नहीं मालूम था; दूसरी शाम उसके घर गई थी, और पार्क में खेलते हुए बच्चों और तैरती हुई बतखों को देखती रही थी। आदमी अपनी पत्नी से मिलने पहले भी जाता था लेकिन लड़की की ज़िन्दगी में यह पहला मौक़ा था जब उसने उस अजीब चीज़ को देखा था, जो कुछ भी नहीं थी। किसी का न होना, यह भी कोई चीज़ है? लेकिन जहाँ वह जाती, वह चीज़ भी उसके साथ-साथ चलती; जब रात को लेटती, तो वह चीज़ भी उसके साथ लेट जाती है और जब वह सोने लगती, तो वह जागते हुए उसका सोना देखती रहती—और तब उसे समझ में आया था कि क्यों अकेले लोग गिरजों में जाते हैं, शराबख़ानों में, ऐसे घरों में जहाँ औरतें पेशा करती हैं और ऐसे लोग भी जो अपनी पत्नियों के साथ रहते हैं हालाँकि साथ का सुख कब का सूख चुका होता है...।

लेकिन सुख लड़की को नहीं सताता था। वह उसके बारे में सोचती भी न थी। वह सिर्फ़ यह जानना चाहती थी कि क्या वह उस चीज़ के बारे में जानता है, जो वह जाने के बाद उसके पास छोड़ जाता था? क्या वह उस चीज़ को जानता था? कभी-कभी उसे लगता था; उसे जानता है, इसीलिए उससे अलग होना चाहता था; किन्तु वह अलग होता नहीं था, एक अजीब ग़ुस्से में तना रहता था, जैसे उसकी आवाज़ फ़ोन में सुनाई दी थी—भर्राई हुई, तनी हुई।

वह फ़ोन तीसरे दिन आया था, लंच की घड़ी में, जब मैनेजर बाहर थे। वह अपने केबिन में थी और टिफ़िनदान खोल रही थी। घंटी

सुनाई दी तो उसके हाथ डिब्बे पर पड़े रहे। यह उसका फ़ोन है, उसने सोचा, हालाँकि फ़ोन की घंटी हमेशा एक जैसी ही बजती थी। वह किताबों की अलमारियों के बीच भागती हुई काउंटर पर आई, फ़ोन उठाया, आदमी की आवाज़ सुनी और जब वापस अपने केबिन में आई तो उसे खिड़की के बाहर पेड़ दिखाई दिया, सड़क दिखाई दी, सामने की दीवार पर पोस्टर दिखाई दिया, जिसका एक सिरा उखड़कर हवा में फड़फड़ा रहा था। तीन दिनों बाद वह अपने शहर को नये सिरे से देख रही थी।

फ़ोन की आवाज़ अब भी उसके भीतर थी—एक उदास नाराज़गी में दबी हुई। पता नहीं, वह क्यों तना था! उसने यह भी नहीं पूछा कि उसके ये दिन कैसे बीते। तीन दिन अपनी पत्नी के साथ रहकर उस पर ग़ुस्सा जताना, क्या वह पागल था?

उसने जल्दी-जल्दी वे किताबें बैग में डालीं, जो वह उसके लिए जमा करती थी—अंडरग्राउंड किताबें, जिन्हें न दिखाया जा सकता था, न बेचा जा सकता था, जो गोदाम में पड़ी सड़ा करती थीं। वह अपने पैसों से उन्हें ख़रीदा करती थी और गोदाम के अँधेरे कोनों में जमा करती जाती थी। वह उन्हें एक-एक करके अपने बैग में रखने लगी। फिर उसके हाथ ठिठक गए; उसे लगा, वह आदमी को देख सकती है। वह अकेला अपने कमरे में बैठा होगा। सर्दी का धुँधला दिन, टाइपराइटर और ख़ाली कोरे पन्ने, जिन्हें वह जाने से पहले ज्यों-का-त्यों मेज़ पर छोड़ गया था।

वह उकड़ूँ बैठा था। वह आग जला रहा था। वह अख़बार के काग़ज़ों को अँगीठी में झोंक रहा था, जिसका धुआँ ऊपर उठता था, चिमनी में

जाता था, खाँसने लगता था, फिर लौटकर पानी बन जाता था। आदमी बार-बार अपनी कुहनी से आँखें पोंछने लगता था।

लड़की काउच पर लेटी थी। सिरहाने पर कुशन था, कुशन के नीचे किताबों का बैग, बैग के ऊपर टिफ़िनदान, जिसके भीतर से सलामी और खट्टे दही की गन्ध आ रही थी। उसकी आँखें खुली थीं; सिर मुड़ा था; वह आदमी की पीठ देख रही थी जहाँ उसकी क़मीज़ पैंट से बाहर निकल आई थी, नीचे झूल रही थी।

आदमी ने सिर मोड़ा तो आग की लपटें भी उठने लगीं; धुएँ के पीछे लड़की का चेहरा दिखाई दिया; डबडबाती आँखों में आग और लड़की एक-दूसरे की बाँहों में तैर रहे थे। वह उठ खड़ा हुआ। वह काउच के सिरे पर आकर बैठ गया, जहाँ लड़की का सिर कुशन पर टिका था और पाँव नीचे लटक रहे थे। और तब उसे ध्यान आया कि लड़की के पाँव बहुत ठंडे रहते थे—नॉयलन जुराबों के बीच सिकुड़े हुए, लड़की इतनी स्थिर थी कि पैरों का हिलना उसे धोखा-सा जान पड़ा।

"ठंड तो नहीं लग रही?" उसने कहा।

लड़की के पैर हवा में ठिठक गए, 'नहीं'—उसने सिर हिलाया।

"बस में बहुत ठंड थी," उसने कहा, "सड़कों पर पानी जम गया था।"

"कब पहुँचे?" लड़की ने पूछा।

"दुपहर को, तभी तुम्हें फ़ोन किया था।"

"क्या बीमारी थी?" लड़की ने पूछा।

"ख़ास कुछ नहीं," आदमी ने कहा।

"कुछ भी नहीं?"

"वह मुझे देखना चाहती थी।" आदमी ने अपने चेहरे पर हाथ फेरा मानो खाल की सलवटों को सीधा कर रहा हो।

"तीन दिन तक?" लड़की ने कहा।

"क्या?"

"वह तीन दिनों तक तुम्हें देखती रही?"

आदमी ने सिर उठाया, हैरत में लड़की को देखा। उसका चेहरा आग की शुष्क गरमाई में तप रहा था। वह अजीब आँखों से उसे निहार रही थी—जैसे कुछ पूछ रही हो। आदमी ने उसका हाथ अपने हाथ में सरका लिया, सहलाने लगा; सफ़ेद कुँआरा हाथ, जिसने अभी तक केवल सेकेंड-हैंड किताबों को छुआ था, लेकिन उनके भीतर के भुरभुरे पन्नों को नहीं पढ़ा था, जिनमें लोग विवाह करते हैं, एक-दूसरे से अलग हो जाते हैं, बूढ़े हो जाते हैं, अकेले कमरों में मर जाते हैं। आदमी के भीतर एक अंधी-सी वासना उठी, जिसका उस समय लड़की की देह से कोई रिश्ता नहीं था; उसने उसे अपने पास घसीट लिया—उसकी देह को अपने चालीस सालों के भीतर दबोच लेने के लिए और वह खिंच भी आई—बिलकुल एक कबूतर की तरह उसके सीने से सट गई।

"क्या तुम उसके साथ सोए थे?" लड़की की आवाज़ इतनी धीमी थी कि आदमी को भ्रम हुआ कि जो उसने सुना है, क्या वह भी भ्रम है?

"तुमने कुछ कहा?"

"क्या तुम उसके साथ..."

आदमी ने सिर उठाया; धीरे से उसके सिर को अपने सीने से अलग कर दिया।

लड़की ने ऊपर देखा, जहाँ आदमी का चेहरा था—थकान, नींद और बीती हुई उम्र से लदा हुआ और तब उसे हैरानी हुई कि वह उससे प्यार करती है; वह जो कुछ कहेगा, उसका कोई मतलब नहीं था।

अँगीठी के कोयले अब खिलखिला रहे थे।

कुछ देर बाद लड़की काउच से उठी और कुर्सी पर बैठ गई।

टाइपराइटर में फँसे कोरे पन्ने को देखा और फिर आँखें खिड़की से बाहर ठहर गईं। पार्क अँधेरे में डूबा था और तालाब की जगह सिर्फ़ एक सफ़ेद शीट दिखाई दे रही थी; सड़क की बत्तियाँ एक लम्बी झालर-सी शहर के आर-पार लटक रही थीं। उसने कुर्सी मेज़ के पास सरका ली और टाइप करने लगी, जिसे आदमी ने अनुवाद किया था। टाइप करते हुए उसे अजीब-सा सकून मिलता था, जैसे वह दो भाषाओं के बीच फैले जंगल में अकेली निर्लिप्त और सब ख़तरों से मुक्त घूम रही है—जबकि पीछे काउच पर लेटा आदमी उसे देख रहा था।

वह उसके झुके सिर को देख रहा था—जिस पर भूरे बालों का जूड़ा शिथिल-सा होकर गर्दन पर लुढ़क आया था। वह उसके अनुवाद को पढ़ती, तो होंठ हिलने लगते, फिर उन्हीं फड़फड़ाते शब्दों को जल्दी-जल्दी काग़ज़ पर टीपने लगती। वह उसकी पत्नी को भूल गई थी। वह अब उससे अलग हो गई थी। सिर्फ़ कभी-कभी सिर उठाकर किसी शब्द का मतलब पूछ लेती थी। और वह सोचने लगता। पिछली रात वह पत्नी के साथ था और अब यहाँ; कल दुपहर के समय वह किताबों की दुकान में आएगा, लड़की से झूठ बोलेगा, पत्नी के पास जाकर लौट आएगा—इसी तरह दिन बीतेंगे। इसका कोई मतलब है?

आदमी ने हाथ आगे बढ़ाया—धीरे से लड़की की पीठ को छुआ—और वह चौंक गई, पीछे मुड़कर आदमी को देखा, पीले चेहरे पर दुबली-सी मुस्कराहट चली आई।

"कुछ चाहिए?"

"अब रहने दो; बाक़ी कल कर लेना," आदमी ने कहा।

"बस, थोड़ा-सा बचा है; तुम सो क्यों नहीं जाते?"

क्या इतनी उम्र में लड़कियाँ माँ बन जाती हैं, पत्नी होने से पहले? उसने आँखें मूँद लीं। पलकों के भीतर अँधेरे पर टाइपराइटर सिर्फ़ एक शब्द गोद रहा था—नींद, नींद, नींद और नींद कहीं न थी।

बहुत गई रात तक लड़की टाइप करती रही; वह धीरे-धीरे चैप्टर के अन्तिम अंश तक पहुँच गई थी। कहानी के काले जंगल में जब कभी वह बीच में अटक जाती तो कभी आदमी, कभी शब्दकोश उसका हाथ पकड़कर अँधेरी खाई पार करवा देते और वह अर्थ की खुली रोशनी में आ जाती, दोबारा चलने लगती। इस तरह रेंगते हुए जब वह अन्तिम पंक्ति पर पहुँची तो कुछ देर तक फ़ुलस्टॉप की काली बिन्दी पर ठिठकी रही, काग़ज़ के बाक़ी हिस्से को देखती रही जो ख़ाली पड़ा था, उन तीन दिनों की तरह ख़ाली, जब वह अपनी पत्नी के साथ था और वह अकेली शहर की सड़कों पर घूमती थी और तब उसे अजीब लगा कि ख़ालीपन का मतलब न वह आदमी से पूछ सकती है, न शब्दकोश उठाकर देख सकती है।

उसने खट से काग़ज़ बाहर निकाला, टाइपराइटर को बन्द किया, कुर्सी को पीछे धकेला और बीच कमरे में आकर खड़ी हो गई। फ़र्श पर किताबों की पोटली रखी थी और आदमी उससे बेख़बर काउच के सिरहाने लेटा था। अचानक उसे लगा कि अगर वह ज़ीना उतरकर नीचे चली जाए तो किसी को पता भी नहीं चलेगा।

फिर ध्यान भटक गया। खिड़की के शीशे पर रात का पतिंगा फँस गया था—कभी ऊपर जाता था, कभी नीचे। फ्रेम से बार-बार टकराकर एक अजीब बदहवासी में छटपटा रहा था। लड़की ने झपाट से खिड़की खोल दी, पतिंगा ऊपर उठा और एक हल्की-सी जान उसके गालों को छूती हुई बाहर अँधेरे में उड़ गई। वह कुछ देर तक खुली खिड़की से नीचे देखती रही।

अक्तूबर की धुंध पर बॉर की नियोन-लाइट एक लाल चिन्दी-सी चमक रही थी। अचानक एक आदमी बाहर निकला और लड़खड़ाते क़दमों से सड़क पार करने लगा। वह डोलता हुआ कभी एक तरफ़ जाता, कभी दूसरी तरफ़—शीशे पर पतिंगे की तरह डगमगाता हुआ। फिर न जाने क्या सोचकर फ़्लैट की दीवार से सटकर खड़ा हो गया—बिलकुल

खिड़की के नीचे, अपने पैंट के बटन खोलने लगा। लड़की ने झट से खिड़की बन्द कर दी और वापस कमरे में लौट आई। उसने बालों को खोला, क्लिपों को उतारकर मेज़ पर रख दिया; फिर अपने बैग से वेसलीन की ट्यूब निकाली, अँगुली पर रखकर उसे दबाया और उसे अपने चेहरे पर, कानों से पीछे, बाँहों पर मलने लगी। अचानक उसके हाथ ठिठक गए। उसकी पत्नी भी यह करती होगी, उसके पास जाने से पहले? उसके भीतर कुछ हिला, सारी देह को मरोड़ता हुआ; उसने उसे पहले कभी नहीं देखा था—एक मैली-सी पीड़ा—जो देह में कीड़े-सी उलट जाती है, उठने को तिलमिलाती है, नीचे धँसती जाती है। एक क्षण के लिए वह आतंकित हो गई—हलक में राख अटकने लगी; वह मुँह पर हथेली दबाकर बाथरूम में भाग आई, बेसिनी पर दोहरी होकर झुक गई, देह में जो कुछ उलट गया था, वह एक ही उलटी में बाहर निकल आया—पानी में एक पीले चकत्ते-सा तैरता हुआ।

उल्टी करने के बाद उसने मुँह धोया, आँखों पर पानी छिड़का, चेहरा पोंछने के लिए जब उसने तौलिया उठाया, तो उसकी आँखें बेसिनी के शीशे पर ठिठक गईं। वहाँ उसी बूढ़ी का पोपला चेहरा झाँक रहा था—जैसा उसने गिरजे में देखा था; लेकिन अब वह हँस नहीं रही थी; कुछ अफ़सोस के साथ उसे देख रही थी। वह उससे कुछ कहना चाह रही थी; लेकिन अब लड़की कुछ नहीं सुनना चाहती थी—न बीते हुए अपने पाप के बारे में, न आनेवाली ज़िन्दगी के बारे में। इससे पहले कि बूढ़ी अपना मुँह खोलती, लड़की उसे आईने में अकेला छोड़कर कमरे में चली आई।

वह लौट आई। वह काउच के पास चली आई, जिस पर आदमी लेटा था। उसने कमरे की बत्ती बुझा दी; किन्तु अँधेरा नहीं हुआ। आग की पीली, बुझती हुई रोशनी सब चीज़ों पर पड़ रही थी—टाइपराइटर, किताबों का बैग, कुशन पर टिका आदमी का सिर। उसने कपड़े उतारे, अलमारी से कम्बल निकाला, धीरे से उसे आदमी पर डाल दिया और

फिर कम्बल का एक सिरा उठाकर ख़ुद भी उसके नीचे लेट गई।

वह इतना निश्चल लेटा था कि कुछ देर तक उसे पता भी न चला कि वह जाग रहा है या सो रहा है। सिर्फ़ उसकी साँस सुनाई दे रही थी—छाती के भीतर घुरघुराती हुई। उसने टटोलते हुए उसे छुआ, खुली हुई क़मीज़ के बीच नंगी छाती को, जहाँ कुछ सफ़ेद बाल उग आए थे—और फिर अपना सिर वहाँ टिका दिया। आदमी सिहरने लगा; एक गर्म-सी आहट उसके लहू को खटखटाने लगी; नहीं, नहीं, नहीं, उसके भीतर कोई कह रहा था; लेकिन जब उसने आँखें खोलीं, तो लड़की का सिर उसके ऊपर था, उसके बाल एक दूसरा अँधेरा थे, कमरे के अँधेरे पर बिखरे हुए; वह हिल रही थी—और कुछ देर तक आदमी को पता भी न चला कि वह रो रही है—उसकी छाती के बालों के बीच एक गर्म-सी लकीर बह रही थी।

"सुनो," आदमी ने बहुत धीरे से कहा, "मैं मरना चाहता हूँ।"

"क्या?" लड़की ने सिर उठाया; उसकी ओर देखा।

आदमी कभी-कभी उससे अपनी भाषा में बोलने लगता था, जिसे वह बिलकुल नहीं समझ पाती थी।

"तुमने कुछ कहा?"

वह धीरे-धीरे उसके सिर को सहलाने लगा; वह माँ से बच्ची बन गई थी और आदमी उससे ऐसा सच बोल सकता था, जिसका अनुवाद वह कभी नहीं कर सकेगी।

कव्वे और काला पानी

मास्टर साहब पहले व्यक्ति थे, जिनसे मैं उस निर्जन, छोटे, उपेक्षित पहाड़ी क़स्बे में मिला था। पहले दिन ही...मैं बस से उतर ही रहा था, तो देखा, सारा शहर पानी में भीग रहा है; भुवाली में धूप, रामगढ़ पर बादल और यहाँ बारिश—हमारी बस ने तीन घंटों के दौरान तीन अलग-अलग मौसम पार कर लिये थे; और अब वह बाज़ार के बीच खड़ी थी—अपनी छत से मेरा सामान नीचे फट-फट फेंकती हुई, फटीचर सामान, जो मैं दिल्ली से ढोकर वहाँ लाया था—बाबू का एक पुराना होल्डॉल और पुराने ज़माने का टीन का ट्रंक, जिस पर पुरानी यात्राओं के लेबल मुर्दा तिलचट्टों-से चिपके थे।

मैं बीच बाज़ार में खड़ा था—पानी में चका डुब्ब; और मेरा सामान किनारे पर पड़ा था अपनी दरिद्रता में भीगता हुआ; पता नहीं कैसे—बारिश में शहर और आदमियों की समूची लुटी-पिटी फटेहाली अपनी थिगलियाँ खोल बाहर निकल आती हैं। सिर्फ़ मेरे ब्रीफकेस से लगता था कि मैं

बाबू-जाति का हूँ और मैंने भी उसे सभ्यता की अन्तिम निशानी की तरह छाती से चिपकाकर रख छोड़ा था...लेकिन सिर्फ़ इसलिए नहीं; इसलिए भी कि उस ब्रीफकेस में वह समूचा प्रयोजन छिपा था, जिसे लेकर मैं अपना शहर और घर-गृहस्थी छोड़कर उस अजनबी, पहाड़ी शहर में आया था।

हिन्दुस्तान के छोटे, क़स्बाई शहर वैसे ही त्रासदायी लगते हैं—ऊपर से बारिश, ठंड और अँधेरा; जब बस चलने लगी तो, पागल-सा विचार आया कि लपककर उसमें घुस जाऊँ और कंडक्टर से प्रार्थना करूँ कि मुझे दोबारा भुवाली और हलद्वानी और दिल्ली की तरफ़ ले जाए... अपनी ज़िन्दगी की जानी और सुरक्षित रोशनी में, जहाँ न अजनबी शहर की बारिश थी, न पहाड़ी ढाबों की गन्ध—लेकिन बस रुकी नहीं—न वह मुड़ी, उसे कहीं और आगे जाना था; मैं खड़ा-खड़ा उसके पीछे की लाल सुर्ख़ रोशनी को देखता रहा जो बारिश की धुंध में एक मैले ख़ून के धब्बे-सी दूर तक पीछे सरकती गई।

मैंने आसपास देखा; सामने एक छोटा-सा बाज़ार था—मोटर रोड से थोड़ा ऊपर उठा हुआ—जिस पर तीन-चार खोखल दिखाई देते थे—पीली लालटेनों में धुँधुआते हुए। सबसे निचली खोह में, बस-स्टेशन से लगभग चिपकी हुई एक चाय की दुकान थी, जहाँ दो-चार लोग टाट की खपरैल के नीचे बैठे थे; मैंने अब अपने ब्रीफकेस को छाते की तरह सिर पर रख लिया था, किन्तु मेरे टीन के सन्दूक और होल्डॉल की हालत बुरी थी; सड़क के किनारे बारिश में भीगते हुए वे मुझसे भी ज़्यादा दयनीय दिखाई दे रहे थे।

मैं कुछ देर इस उम्मीद में खड़ा रहा कि चाय की दुकान में बैठा कोई आदमी ज़रूर मुझ पर रहम करेगा, लेकिन अब वे शायद मुझे देख भी नहीं सकते थे; बारिश की दीवार ने मुझे जैसे अचानक अपनी ओट में बाक़ी दुनिया से अलग कर दिया था। मेरे साथ तीन-चार सवारियाँ,

जो बस से नीचे उतरी थीं, पता नहीं शहर के किसी अँधेरे कोटर में ग़ायब हो गई थीं।

अचानक मुझे अपने सामने एक छाता दिखाई दिया, वह कुछ देर तक मेरे आगे डोलता रहा, मानो तय न कर पा रहा हो कि मैं कौन हूँ—आदमी या प्रेत? फिर छाते के भीतर से एक पीला, पहाड़ी चेहरा बाहर आया, "यह आपका सामान है?" उसने मेरे ट्रंक और होल्डॉल की ओर इशारा किया।

"जी..." मैंने कहा।

"और आप?"

"मैं?"

"कहाँ जाना है?" उन्होंने पूछा।

"पास में कोई होटल है?" मैंने लगभग रिरियाते हुए पूछा।

"होटल, यहाँ?" उन्होंने मुझे कुछ ऐसे देखा, जैसे मैं जीते-जी स्वर्ग की कामना कर रहा हूँ।

"कोई भी जगह रहने के लिए," मैंने कहा।

इस बार उनके चेहरे पर हल्की-सी उत्सुकता चमक आई।

"कितने दिन के लिए?" उन्होंने पूछा।

मैं असमंजस में खड़ा उन्हें देखता रहा; जब घर से चला था, तो दिन-महीनों का कोई हिसाब नहीं जोड़ा था...मैं कुछ कह पाता, इससे पहले ही उन्होंने अपना छाता मेरे ऊपर कर दिया। पहले मैं ही भीग रहा था, अब एक छाते के नीचे हम दोनों आधा-आधा भीगने लगे।

"एक रेस्ट-हाउस है—लेकिन आपको तीन कि.मी. ऊपर चढ़ना पड़ेगा।"

"कोई कुली मिल सकता है?"

"इस वक़्त?" उन्होंने बाज़ार की तरफ़ देखा, फिर मेरी तरफ़—और तब सहसा कुछ सोचकर मेरे सन्दूक को हैंडिल से पकड़ लिया।

"चलिए, मेरे साथ आइए।"

मैंने उन्हें रोकना चाहा, किन्तु वे मेरा सन्दूक उठाकर आगे बढ़ गए थे, मेरे पास कोई चारा नहीं था, सिवा इसके कि मैं भी अपना होल्डॉल उठाकर उनके पीछे-पीछे चल पड़ूँ। मुझे कुछ हैरानी हुई कि इतना दुबला-पतला आदमी एक हाथ में छाता, दूसरे हाथ में ट्रंक पकड़कर इतनी तेज़ी से ऊपर चढ़ सकता है!

बस-स्टेशन पीछे छूट गया। बाज़ार की दुकानें बहुत नीचे ढुलक गईं—और हम ऊपर चढ़ते गए; शायद यह कहना ठीक होगा कि वे ऊपर चढ़ते गए और मैं उनके पीछे घिसटता रहा। बारिश की चहबच्चों और कीचड़ में मेरे पैर बार-बार रपट जाते थे। एक बार पीछे मुड़कर उन्होंने मुझसे कुछ कहा, जिसे मैं नहीं सुन सका। मैं सिर्फ़ अपने दिल की धुकधुकी ही सुन पा रहा था, जो हर क़दम पर तेज हो जाती थी। माथे पर बहते पानी में कितना पसीना था, कितनी बारिश, इसका पता चलाना भी असम्भव था।

उस दिन मैं अपनी यात्रा की थकान और भीतर की बेचैनी के बावजूद अन्धाधुंध कितना ऊपर चढ़ गया था, यह सोचकर हैरानी होती है। मैं उम्र में ही ऊपर चढ़ा हूँ, पहाड़ पर नहीं; पहाड़ की चढ़ाई तो दूर; घर का ज़ीना चढ़ते ही भीतर की अलार्म घड़ी रिरियाने लगती है। ज़िन्दगी में पहली बार किसी अनजानी जगह आना हुआ था—अपनी इच्छा से नहीं—अपनी इच्छा होती तो देहरी के परे पाँव नहीं रखता; कम-से-कम इस जगह नहीं लेकिन वह जगह मैंने नहीं चुनी थी; जिन्होंने चुनी थी, मैं उन्हें ही खोजने इतनी दूर चला आया था।

"आइए, भीतर चले आइए," उन्होंने दरवाज़ा खोलकर मेरी ओर देखा।

पहले क्षण कुछ दिखाई नहीं दिया; मैं देहरी पर खड़ा था, बारिश से बचता हुआ; फिर अचानक कोई चीज़ भक से जल उठी—लालटेन की रोशनी। और तब मुझे पता चला कि वे मुझे किसी होटल या धर्मशाला में नहीं, सीधे अपने घर ले आए हैं। मैं शायद कुछ देर असमंजस में वहीं खड़ा रहता, यदि बाहर से हवा का थपेड़ा मुझे धकेलकर भीतर न ले जाता।

कोई चीज़ है इच्छा? शायद वह आदमी का सबसे बड़ा माया-मोह है। इच्छा जिस लाइन पर चलती है, उससे कितनी दूर छिटककर हम घिसटते हैं। वह हमें काट जाती है और हम दो में बँट जाते हैं। मेरा एक हिस्सा घर में पीछे छूट गया था; दूसरा उस शहर में था, पानी और हवा में ठिठुरता हुआ—और शायद तीसरा हिस्सा भी था, जो बेबस-सा खड़ा हमें असंख्य हिस्सों में बँटता हुआ देखता है।

फिर ग़ुस्सा आता है—नपुंसक, बेबस और रुआँसा—जब पता चलता है कि जो हमारे साथ घट रहा है, उस पर हमारी इच्छा का कोई बस नहीं है, जैसे मास्टर साहब मुझे ऊपर ले आए थे, वैसे ही आँधी का झोंका मुझे उनके घर घसीट लाया था, "अरे, बैठिए...बाहर क्यों खड़े हैं?" उन्होंने पलंग की ओर इशारा किया; वे ख़ुद स्टूल पर बैठे थे और अपने चीकट जूतों के तस्मे खोल रहे थे।

"मैंने आपसे होटल ले जाने के लिए कहा था," मैंने कुछ खीजकर कहा।

"अरे साहब, इसे होटल ही समझ लीजिए; इस मौसम में कहाँ जाएँगे?" वे हँसने लगे।

एकबारगी इच्छा हुई, अपना सामान वहीं छोड़कर बाहर निकल जाऊँ। उनकी हँसी, लालटेन में हिलता उनका फटीचर कमरा, कीचड़ में लिथड़ी मेरी देह—इनका कोई मतलब था? हाँ, क्यों नहीं, किसी ने मेरे

भीतर कहा, तुम यहाँ आए हो, तो तुम्हें अपने पुराने मतलबों की गठरी छोड़नी होगी...और तब सचमुच मैंने अपने पीछे दरवाज़ा बन्द कर दिया। अँधेरा, बारिश, हवा सब पीछे छूट गए और मैं...मैं भीतर चला गया।

पहली नज़र में वह किसी आउटहाउस की धुँधुआती कोठरी जान पड़ती थी—बीच हवा में खुली हुई, जहाँ बादल बिना रोक-टोक के भीतर आते थे, किन्तु भीतर का धुआँ बाहर जाने में हिचकिचाता था। कमरे से सटा एक गोदाम था, जहाँ मिट्टी के तेल का स्टोव और कुछ बरतन रखे थे। वही शायद उनकी रसोई थी। कोने में पानी से भरी बाल्टी, लोटा और पटरा रखा था, जिससे पता चलता था, कि शायद वे नहाते भी रसोई में हैं—दीवार में एक चौकोर सूराख़ खुला था—जिसके पीछे एक छज्जा दिखाई देता था; वहाँ तार पर उन्होंने कपड़े सुखाने के लिए टाँग रखे थे, जो अब बारिश में भीग भी रहे थे।

वे स्टोव जला रहे थे। बार-बार पीछे मुड़कर मेरी तरफ़ देखते जाते थे, मानो उन्हें डर हो कि उनकी आँख बचाकर कहीं अचानक लोप न हो जाऊँ, लेकिन अब मैं उनके पलंग में धँस गया था, मैं कोई भारी आदमी नहीं हूँ, किन्तु मेरे बैठते ही उनके पलंग की निवाड़ धूल चाटने लगी थी...मैं पलंग पर बैठा हुआ भी फ़र्श से चिपका हुआ था।

वे चाय के दो गिलास लाए और सामने चटाई पर बैठ गए।

"आप पहली बार यहाँ आए हैं?" उन्होंने पूछा।

"जी।"

"वही तो...मैं आपको देखते ही पहचान गया।"

"कैसे?" मैंने आश्चर्य से उन्हें देखा। चाय के गर्म धुएँ में उनका लम्बा पीला चेहरा पहले कहीं देखा हो, याद नहीं आया।

"कोई मुश्किल नहीं; देखते ही पता चल जाता है, कौन यहाँ का है, कौन बाहर का। आप बस से उतरकर बारिश में खड़े हो गए; यहाँ का आदमी होता तो सीधा अपने घर की तरफ़ भागता।" वे हँसने लगे।

दाँत पीले पड़ गए थे, लेकिन गन्दे नहीं लगते थे, उनके पीले, मुरझाए चेहरे पर अपनी जगह फिट जान पड़ते थे।

"वैसे इस मौसम में यहाँ बहुत कम टूरिस्ट आते हैं।" उन्होंने मेरी ओर छलछलाती उत्सुकता से देखा, जैसे उनकी बात सुनते ही मैं उन्हें इस अजीब मौसम में आने का कारण बताऊँगा, लेकिन मैं चुप रहा, अपने को रोके रहा। एक बार उनके साथ आने में जो ग़लती की थी, अब दूसरी बार नहीं दोहराना चाहता था...।

"आप कब से यहाँ हैं?" मैंने बात बदलते हुए कहा।

"पाँच साल...नहीं छह साल।" उन्होंने चाय का गिलास नीचे रख दिया और अँगुलियों पर बीते, पुराने साल जोड़ने लगे, "जिस साल शास्त्री जी का ताशकंद में इन्तकाल हुआ, मैं यहीं था; मुझे याद है, मैंने यह दुखदाई ख़बर अस्पताल में सुनी थी।"

"आप अस्पताल में थे?" मैंने विनम्र-सी सहानुभूति दिखाई।

"जी...वैसे अल्मोड़ा में भी डॉक्टरों की कमी नहीं, लेकिन यहाँ मेरे चाचा डॉक्टर थे; उन्होंने मुझे यहीं अस्पताल में दाखिल करवा दिया। जब ठीक हुआ तो पता चला कि यहाँ हाईस्कूल में एक अंग्रेज़ी टीचर की ज़रूरत है, बस फिर यहीं टिक गया," उन्होंने कुछ मुस्कराकर मेरी ओर देखा, "बीमारी ठीक कराने आया था, यह नहीं सोचा था कि बेकारी की समस्या भी हल हो जाएगी।"

"आपका घर यहाँ नहीं है?" मैंने पूछा।

"आप इसे घर कहेंगे?" उन्होंने सरसरी निगाह अपने कमरे में डाली, मानो उसे पहली बार देख रहे हों। उस शिकायत-भरी निगाह में कुछ रहा होगा कि रसोई में रखी बाल्टी, टिमटिमाती लालटेन, चौके पर रखा स्टोव—और मंजी में धँसा मैं—सबकुछ एकाएक दयनीय-से हो गए।

"आपको सर्दी लग रही हो, तो आग जला दूँ?" उन्होंने कहा।

"नहीं, मैं बिलकुल ठीक हूँ," मैंने कहा।

मैं सचमुच ठीक था, अगर ठीक का मतलब है मन्द पड़ जाना, इतना मन्द कि थकान भी सिर मारकर पीछे मुड़ जाए। मुझे सिर्फ़ बाहर की चीज़ें दिखलाई दे रही थीं—बारिश में भीगती रात और टिपटिपाता उनका घर, और भीतर कुछ भी महसूस नहीं हो रहा था। मेरी इस रूखी उदासीनता को देखकर वे कुछ विचलित-से हो गए, मानो अपने घर लाकर उन्होंने कोई अपराध कर डाला हो।

"यहाँ एक फॉरेस्ट रेस्टहाउस है, अगर आप चाहें..." उन्होंने मेरी ओर देखा।

"वहाँ परमिट की ज़रूरत पड़ेगी—नहीं?"

"हाँ, यह तो है," उन्होंने कुछ सोचते हुए कहा, "लेकिन एक-दो दिन की बात हो, तो चौकीदार हील-हुज्जत नहीं करता...आपको कितने दिन रहना है?"

इस बार उनके स्वर में भेद लेने की उत्सुकता नहीं थी, सिर्फ़ मेरी मदद करने की इच्छा थी, वे एकटक मेरी ओर देख रहे थे।

उस क्षण शायद मैं उन्हें सबकुछ बता देता—इतनी दूर आने का कारण, वह भी इन सर्दियों में...मेरे बिना बताए भी वे भाँप गए थे कि न मैं कोई तीर्थयात्री हूँ, न सैलानी-टूरिस्ट; फिर कौन हूँ मैं? और तब एक अजीब थकान और हताशा ने मुझे जकड़ लिया; मास्टर जी को यह बताने के लिए, कि मैं वहाँ क्यों आया हूँ, मुझे अपने सारे परिवार का इतिहास बताना होगा—और उसके बाद भी क्या वे मेरे आने का कारण समझ पाएँगे?

पता नहीं, उन्होंने आधे धुँधलके में क्या देखा—मेरा चेहरा या अधेड़ उम्र की बदहवासी—कि आगे कुछ नहीं पूछा; मुझे वहीं छोड़कर वे बाहर छज्जे पर चले गए और अपने भीगे कपड़ों को समेटकर रसोई में ले आए, और एक-एक करके उन्हें निचोड़ने लगे।

मैंने चैन की साँस ली, उनका ध्यान मेरी ओर से हट गया था। मैंने अपना बिस्तर खोलकर फ़र्श पर ही बिछा लिया। लालटेन मेरे सिरहाने के पास तिपाई पर रखी थी; उसकी पीली रोशनी में मैंने ब्रीफकेस के काग़ज़ बाहर निकाले...मैं उन्हें आख़िरी बार देख लेना चाहता था—कुछ वैसे ही, जैसे कोई विद्यार्थी परीक्षा से पहले अपने नोट्स पलटता है और अचानक सब कुछ व्यर्थ और अर्थहीन जान पड़ता है—जायदाद के बासी, भुरभुरे काग़ज़ जिसे बाबू पीछे छोड़ गए और जो इस कोठरी में और भी अधिक विपन्न दिखाई दे रहे थे; उनके बीच बहुत सँभालकर तीन पत्र रखे थे—बड़े भाई और छोटी बहन की लिखावट को अलग-अलग से पहचानना मुश्किल नहीं था, किन्तु तीसरा मुड़ा-तुड़ा काग़ज़? स्टेशन जाने से पहले माँ ने सबकी आँख बचाकर वह मुझे दिया था और मैंने उसे जल्दी बिना देखे, बिना पढ़े अन्य काग़ज़ों के बीच फेंक दिया था—माँ की चिट्ठी? वह जो होंठ फड़फड़ाते हुए काग़ज़ पर अक्षर चींथा करती थीं, पता नहीं उन्होंने किस भाषा में अपना सन्देश भेजा था! मुझे उस समय भी उसे पढ़ने की इच्छा नहीं हुई; लालटेन की टिमटिमाती रोशनी में मृत पिता के काग़ज़ उतने ही मृत जान पड़ रहे थे, जितने जीवित लोगों के पत्र; यदि उन सबको मास्टर साहब के स्टोव में झोंक दूँ, तो पलभर में हमारा मकान, घर और गृहस्थी के लोग, मरे और जीवित रिश्तों का लेखा-जोखा एक लपट में भस्म हो जाएगा...सिर्फ़ एक मैं रह जाऊँगा। मैं और वे—वे जिनसे मैं इतनी दूर यहाँ मिलने आया था...।

सहसा मास्टर जी की छाया काग़ज़ों पर पड़ी; वे चौके की देहरी पर खड़े थे, हाथ गीले थे और क़मीज़ की आस्तीनें बाज़ुओं पर चढ़ी थीं।

"लगता है, आप कोई मुकदमा लड़ने आए हैं।" वे मुस्करा रहे थे।

मैंने जल्दी-जल्दी सब काग़ज़ समेटकर ब्रीफ़केस में ठूँस दिये, शायद वे ठीक कहते हैं, कल पेशी का दिन होगा; दस साल बाद... पागल-सी इच्छा हुई कि अभी घर पर उनसे मिल लूँ और कल सुबह की

बस से दिल्ली लौट जाऊँ किन्तु मास्टर जी ने मेरे पागलपन को बीच में ही तोड़ दिया, "चलिए, हाथ-मुँह धो लीजिए...पानी गर्म हो गया है।"

उस रात मैं मास्टर जी के कमरे में ही सोया। मैं अपना होल्डॉल साथ लाया था, इसलिए उन्हें कोई परेशानी नहीं हुई—हालाँकि पलंग को लेकर वे थोड़ा बिफर गए। वे ख़ुद फ़र्श पर सोना चाहते थे और मुझे पलंग देना चाहते थे; मैं उनसे कैसे कहता कि उनकी मंजी पर डोलते हुए मुझे रात-भर भूकम्प का भ्रम होता रहेगा; मुझे डर था कि खाने को लेकर एक और भूकम्प खड़ा होगा, मेरी पत्नी ने जो टिफ़िन बाँधकर दिया था, वह सिर्फ़ बस-यात्रा के लिए नहीं, जीवन-यात्रा के लिए काफ़ी था। मैंने उनसे कहा कि खाना बनाने के बजाय मेरे टिफ़िन को हल्का कर देना बेहतर होगा, ठंडे मौसम के कारण वह इतना ही ताजा था, एक सुदूर गृहस्थी की चिन्ता में रसा-बसा भोजन, जो बारह घंटे की चढ़ाई के बावजूद अपना शहरी स्वाद पहाड़ों तक खींच लाया था। मेरे खुले टिफ़िन को देखकर उनके चेहरे पर एक बीहड़-सी वीरानी उमड़ आई—पूरी, अचार, सब्जी और पुलाव—अलग-अलग कटोरियों में सजे हुए; शायद उन्हें अपनी ग़लती पर पछतावा भी महसूस हुआ कि मुझ जैसे व्यक्ति पर दया करना कोई बहुत ज़रूरी नहीं था, किन्तु उन्होंने कहा कुछ नहीं, चुपचाप स्टोव जलाकर खाना गर्म करने में जुट गए।

उनकी रसोई जितनी साफ़-सुथरी थी, कमरा उतना ही अस्त-व्यस्त था; फ़र्श पर धूल में अँटी किताबों और पुरानी पत्रिकाओं का ढेर लगा था; कोठरी की छत धुएँ की कालिख से पुती हुई थी। दीवार पर एक रंग-उड़ी अलमारी थी, जिसकी अधखुली दराज़ों से कपड़े बाहर झाँक रहे थे। कमरे में कुछ वैसी ही उजाड़ यतीमी थी, जैसी धर्मशाला के कमरों में होती है। मुझे यह सोचकर कुछ भयावह जान पड़ा कि वे यहाँ दिन-रात, गर्मी-सर्दी में अकेले रहते होंगे; शायद इसी अकेलेपन से बचने के लिए वे मुझे अपने साथ ले आए थे; उन्हें मेरे बारे में कुछ नहीं मालूम था,

इस बात पर मुझे उतना आश्चर्य नहीं था, जितना इस पर कि एक बार लाने के बाद उन्होंने मुझसे यह भी नहीं पूछा था कि मैं कौन हूँ, कहाँ से आया हूँ? तब एक अजीब-सा सन्देह मुझे कोंचने लगा, शायद उन्हें सबकुछ मालूम है। तभी तो वह बस स्टैंड पर पानी में भीगते खड़े थे; और मुझे देखते ही मेरे पास लपक आए, लेकिन किसने उन्हें यह बताया होगा? सिवा उनके, जिनसे मैं मिलने आया था; क्या किसी ने पहले से ही तो मास्टर जी को मेरे आने के बारे में सूचना नहीं दे दी थी?

"लीजिए, जल्दी खा लीजिए, नहीं तो एक मिनट में सब ठंडा हो जाएगा।"

उन्होंने मेरे टिफ़िन का खाना थाली में परोसकर सामने रख दिया।

"आप नहीं खाएँगे?"

"मैं तो खाने के बाद ही बाहर निकल जाता हूँ; जब तक कुछ देर टहल नहीं लेता, ठीक से नींद नहीं आती...आप खाइए।"

वे मेरे सामने चटाई पर बैठ गए; अकेले खाते हुए मुझे कुछ अजीब-सी वीरानी ने पकड़ लिया; पता नहीं, वे इस घड़ी क्या कर रहे होंगे; पत्नी शायद नीचे माँ के पास होगी और बच्चे अपने कमरों में स्कूल का काम कर रहे होंगे...मास्टर जी की जर्जर कोठरी और धुँधुआती रोशनी में मुझे अपने घर के लोग किसी दूसरे ग्रह के प्राणी जान पड़ते थे, यह विश्वास करना असम्भव था कि अभी बारह घंटे पहले मैं उनके साथ था...।

"देखिए, पानी रुक गया; कल सुबह तक सब साफ़ हो जाएगा।" मास्टर जी के स्वर में बच्चों का उल्लास छलक आया।

मेरे हाथ ठिठक गए; टीन की ढलुआँ छत से पानी की धार नीचे गिर रही थी, किन्तु बारिश सचमुच थम गई; छज्जे के बाहर धुंध अब भी थी, लेकिन इतनी हल्की और इकहरी—कि उसके पीछे धुले हुए तारे चमचमा रहे थे।

"आपका स्कूल कहीं पास में है?" मैंने पूछा।

"मैं आपको बताना भूल गया। आप दरअसल स्कूल में ही बैठे हैं।" वे मुस्कराने लगे।

"यह स्कूल है?" मैंने विस्मय से चारों ओर देखा।

"जी, यह स्कूल का ही हिस्सा है। मुझे अभी तक मकान नहीं मिला; इसीलिए उन्होंने स्कूल का एक कमरा मुझे दे दिया; वैसे भी छुट्टियों में सारे कमरे ख़ाली पड़े रहते हैं..."

"आप छुट्टियों में कहीं नहीं जाते?"

"एक-आध दिन के लिए अल्मोड़ा उतर जाता हूँ लेकिन वहाँ मेरा मन घुटता है; वही पुराने लोग आ घेरते हैं, जिनसे मैं बचना चाहता हूँ।"

"यहाँ अकेला नहीं लगता?"

वे कुछ देर चुप रहे, फिर कुछ सोचते हुए कहा, "यहाँ अकेला रहता हूँ तो भी वैसी ऊब नहीं होती, जैसी अल्मोड़े में—फिर जब मन करता है, तो बाबा के पास जा बैठता हूँ।"

"बाबा कौन?"

उन्होंने मेरी ओर देखा, अपनी टोहती आँखों से, फिर एक छोटी-सी मुस्कराहट उनके चेहरे पर फैल गई, "एक ही तो हैं, और कौन!"

इस बार मैं अपने को नहीं रोक पाया, "क्या उन्होंने आपसे कुछ कहा था?"

उन्होंने विस्मय से मुझे देखा, "किस बारे में?"

"मेरे यहाँ आने के..."

"क्यों, आप उनसे मिलने आए हैं?" इस बार उनकी आँखों में विस्मय था।

"सुना है, बहुत दूर-दूर से लोग उनके दर्शन करने आते हैं," मैंने कहा।

"हाँ, लेकिन इस मौसम में?" वे फैली आँखों से मुझे निहार रहे थे।

"मैं यहाँ छुट्टी पर आया था; सोचा, उनके दर्शन भी कर लूँ। क्या बहुत दूर रहते हैं?"

वे कुछ सोचते हुए चुप बैठे रहे, फिर अनमने भाव से बोले, "ज़्यादा दूर नहीं...एक-डेढ़ कि.मी. की चढ़ाई होगी।"

मुझे लगा, वे मुझसे कुछ नाराज़ हैं; शायद उन्होंने मुझ पर विश्वास भी नहीं किया; कौन ऐसा पागल है जो सर्दियों में अपना घर-बार छोड़कर इतनी दूर आता है—और वह भी एक अज्ञात पहाड़ी शहर के लोकल महात्मा से मिलने?

वे उठ खड़े हुए और मेरे बरतन बटोरने लगे। कुछ देर तक रसोई में लोटे-बाल्टी की खनखनाहट के अलावा कुछ सुनाई नहीं दिया।

फिर उस रात उनके बारे में कोई चर्चा नहीं हुई।

सोने की तैयारी भी चुपचाप हुई; उन्होंने दोबारा और अन्तिम बार ज़रूर आग्रह किया कि मैं उनके पलंग पर सो जाऊँ, लेकिन मैं पहले से फ़र्श पर अपना होल्डॉल बिछा चुका था और फिर वे चुप ही रहे, सिर्फ़ इतना पूछा कि क्या वे लालटेन जलाकर पढ़ सकते हैं और वे देर तक कोई अंग्रेज़ी का उपन्यास पढ़ते रहे, जिसके लेखक का नाम मैंने कहीं पढ़ा-सुना नहीं था।

मैं ब्रीफ़केस को सिरहाने रखकर लेट गया, लेकिन नींद देर तक नहीं आई। इतनी लम्बी ज़िन्दगी में यह पहला मौक़ा था कि किसी अजनबी के घर मैंने रात काटी हो, और वह सचमुच रात को 'काटना' था, जहाँ एक तरफ़ मैं था, दूसरी तरफ़ मेरा घर-बार, नौकरी, गृहस्थी, जिसे मैं पहली बार छोड़कर अकेला बाहर आया था। मेरी पत्नी को पता चलता कि घर छोड़ते ही मैं पहला पड़ाव किसी स्कूल-मास्टर की कोठरी में डालूँगा, तो उसे सचमुच हैरानी होती; वह मुझे हमेशा घर-घीसू कहती थी और उसे हमेशा यही सदमा सताता था कि इतनी लम्बी विवाहित ज़िन्दगी में मैं कहीं उसके साथ यात्रा पर नहीं गया;

कामचलाऊ सफ़र बहुत किये, किन्तु छुट्टी लेकर किसी तीर्थस्थान या पहाड़ी स्टेशन जाना नहीं हुआ।

और अब यह जगह? पहाड़, लेकिन हिल-स्टेशन नहीं और तीर्थस्थान के नाम पर पशुओं का अस्पताल; एक शिव का मन्दिर, जहाँ वह रहते थे...क्यों—अब भी रहते हैं। मुझे अजीब-सा लगा कि दिल्ली की आदत अब भी मेरे साथ चिपकी थी, जहाँ सब लोग उन्हें 'अतीत' में याद करते थे। ज्योंही कोई व्यक्ति हमें छोड़कर चला जाता है, हम उसे 'अतीत' में फेंककर बदला चुका लेते हैं, बिना यह जाने कि वह अब भी मौजूद है, जीवित है, अपने वर्तमान में जी रहा है, लेकिन हमारे समय से बाहर है।

उस रात मुझे देर तक नींद नहीं आई। हवा के थपेड़ों से कोठरी की छत और दीवारें थरथराने लगती थीं, नीचे मोटर-रोड पर कोई बस या लारी गुज़रती, तो उसकी हेडलाइट्स में फँसे पेड़ और झाड़ियाँ दीवार पर सरकते हुए निकल जाते। पहियों की घुरघुराहट देर तक पहाड़ियों के बीच गूँजती रहती।

कभी किसी बस के गुज़रने के बाद मास्टर साहब किताब से सिर उठाकर घड़ी को देखते और लम्बी साँस खींचकर कहते, "यह भुवाली की बस है," या कुछ देर बाद जब दोबारा बस की पों-पों बजती, तो कहते, "यह रामनगर जा रही है।"

मैं आँखें मूँदे सोने का बहाना किये पड़ा रहा, फिर न जाने कब यह बहाना किसी नींद के सपने में उलझकर दूर तक घिसटता गया। आधी रात को आँख खुली, तो लालटेन बुझ गई थी और मास्टर साहब करवट लेकर सो रहे थे; समूची कोठरी में अँधेरा था; एक लम्बे क्षण तक मुझे याद नहीं आया कि पास पलंग पर कौन सो रहा है और मैं वहाँ क्या कर रहा हूँ!

सुबह उठा तो धूप का चकत्ता बिस्तर पर बैठा था। ठंडी, धुली हुई रोशनी कोठरी में फैली थी। मास्टर जी की मंजी ख़ाली पड़ी थी—

रसोई में पानी की बाल्टी और लोटा रखे थे। चूल्हे के पास चाय का सामान था; बाहर हवा में थपथपाती खट-खट की आवाज़ आ रही थी—शायद उसकी आवाज़ सुनकर ही मैं जाग गया था।

घड़ी देखी, तो अचरज हुआ—दस बजे थे; शायद ही कभी मैं इतनी देर तक सोता हूँ। जल्दी-जल्दी हाथ-मुँह धोया; थर्मस और गिलास थैले में रखे, ब्रीफ़केस को खोलकर चिट्ठियाँ बाहर निकालीं, जिनमें पोस्टकार्ड भी था, जो उन्होंने पन्द्रह दिन पहले भेजा था; उन सबको समेटकर कोट की अन्दरूनी जेब में रखा। मास्टर जी को देखने बाहर आया तो आँखें जिस चीज़ पर पड़ीं, वह पहाड़ था।

पहली बार ज्ञान हुआ कि यह पहाड़ है; सड़क पर चलता पहाड़ नहीं, जो कल बस की खिड़की से देखा था—लेकिन एक जगह ठहरा हुआ, बाज़ार के ऊपर, शहर को छाँह देता हुआ; कल अँधेरे और बारिश में उसे नहीं देखा था। अब पहली बार विश्वास हुआ कि मैं घर के बाहर हूँ; यह महज़ यात्रा का स्टेशन नहीं, पूरी जगह है; एक अलग-थलग दुनिया, वह एकान्त जंगल नहीं था, जैसा मैं दिल्ली में सोचा करता था, वह एक पूरी बस्ती थी; जहाँ बाज़ार था, बस का स्टेशन, अस्पताल, एक मन्दिर, एक स्कूल...।

स्कूल मैदान में था, बाज़ार के ऊपर और नीचे पेड़ों का पीला झुरमुट था। और वहीं टहनियों के बीच अकस्मात् दिखाई दिये मास्टर जी...और तब मुझे उस खट-खट का रहस्य समझ में आया; वह कुल्हाड़ी से पेड़ों की शाख़ें काटते जाते थे और टहनियाँ छपाछप करती हुई नीचे गिर जाती थीं...।

मैं उसी पगडंडी से नीचे उतरने लगा, जिसके सहारे कल ऊपर चढ़ा था। धीरे-धीरे बाज़ार की छतें दिखाई देने लगीं—साँवले, सलेटी पत्थरों से ढकी धूप में चमचमाती हुई; लोगों का शोर और दुकानों का धुआँ एक साथ ऊपर उठ रहे थे। बाज़ार के नाम पर कुछ भिनभिनाते

ढाबे थे; वहीं मैं एक बेंच पर खुली हवा में बैठ गया; धूप सिर्फ़ माया थी, असली ब्रह्म सर्दी में व्याप रहा था; मैंने एक चाय माँगी, तो दूसरी बेंच पर दो आँखें ऊपर उठीं—केसर-सी लाल और मस्ती में धुत्त, "साह जी, बस एक ही?"

नंग-धड़ंग महात्मा मेरी ओर निहार रहे थे।

मैंने दूसरी चाय मँगवाई, तो वे मुस्कराए, दाँतों के बीच लाल मसूढ़े दाढ़ की कटी फाँक से खुल गए।

"कल ही पधारे हो?"

"जी।"

अब तक वह दूसरे ढाबे की बेंच पर बैठे थे, मेरे 'जी' कहते ही वह अपनी मेज़ का मोह त्यागकर मेरी बेंच पर आ विराजे, "क्यों, हमारे मास्टर के यहाँ ठहरे हो?"

वे अन्तर्यामी जान पड़े। मुझे लगा, उनके सामने 'जी' कहने के अलावा मैं और कुछ नहीं कह सकूँगा। उसके बाद अगर वे यह बताते कि मैं दो बच्चों का बाप हूँ और दिल्ली से आया हूँ तो भी मुझे कोई आश्चर्य नहीं होता। किन्तु उसके बाद वे एकदम चुप्पी साध गए; चाय पीने में ऐसे मगन हो गए, जैसे सिर्फ़ उसी को पाने के लिए उन्होंने परिचय बाँधा था।

"आप कहाँ से आ रहे हैं?" कुछ देर बाद मैंने ही पूछा।

चाय के गिलास को बेंच पर रखकर उन्होंने कुहनी से अपनी दाढ़ी पोंछी।

"यह पूछिए, कहाँ जा रहा हूँ। यहाँ तो सिर्फ़ कुछ दिनों के लिए ठहरा हूँ।" उनकी सुर्ख आँखों में एक रूखी-सी लापरवाही झलक आई।

"कहाँ डेरा लगाया है बाबा ने?"

उन्होंने अँगुली से ऊपर इशारा किया; पहले मैं 'ऊपर' का मतलब ईश्वर समझा, लेकिन सौभाग्य से उनकी अँगुली ईश्वर से कुछ नीचे बैठी, बाज़ार के पीछे पहाड़ी गोमड़ पर, जो धुंध और धूप के झिलमिले से बाहर निकल रहा था।

"शिव के मन्दिर में?" पहली बार मेरे भीतर एक जिज्ञासु उत्सुकता जागी।

"शिव नहीं, महाकाल का मन्दिर कहिए," उन्होंने हल्की हिकारत से मुझे देखा, "कभी वहाँ नहीं गए?"

"मैं पहली बार आया हूँ।"

"पहली बार?" वे हँस पड़े, "आपको कैसे मालूम, आप पहली बार आ रहे हैं...पहली बार कुछ नहीं होता..."

"मैंने आपको भी पहली बार देखा है," मैंने कहा।

"सचमुच?" उन्होंने मेरी ओर देखा, "और इसको," उन्होंने पाइन की ओर इशारा किया जो सड़क के किनारे नीचे खड्ड से ऊपर उठा था, हवा में डोल रहा था।

"पेड़?" मैंने जिज्ञासा से उन्हें देखा, "इसमें क्या है?"

"और मैं?" उन्होंने लँगोट से बीड़ी निकाली और भट्ठी के सुलगते हुए कोयले पर उसे लगा दिया, "मुझमें क्या है?"

बीड़ी सुलग रही थी और धुएँ की तीखी लट ऊपर उठ रही थी।

मैंने उनकी नंगी देह को देखा, एक-एक हड्डी सर्दी की सफ़ेद धूप में चमक रही थी—ठिठुरती, कृशकाय देह नहीं, बल्कि ऐसा पिंजर जो देह को अपनी ठठरी-गठरी में गरमाए रखता है...नहीं, मैंने उन्हें पहले नहीं देखा था, लेकिन उन्हें देखते हुए मुझे अचानक अपने पिता की अस्थियाँ याद हो आईं, जिन्हें गठरी में बाँधकर मैं दिल्ली से कनखल ले गया था—जैसे अगर रेल की खड़खड़ाहट में उनकी अस्थियाँ जुड़ जातीं,

तो वे सामनेवाली देह की तरह एक बार फिर उठकर खड़ी होती...और तब मुझे लगा, चेहरा पहले न भी देखा हो, किसी का होना उसकी याद दिला सकता है, जो पहले कभी जीवित था और अब नहीं है।

"घूमने आए हो?" उनकी तरेरती आँखें मुझ पर टिकी थीं। मुझे चुप देखकर वे कुछ आगे सरक आए, "बाबा के दर्शन करने आए हो—क्यों, ठीक कहा?"

"जी?" मैंने उनकी ओर देखा।

"रास्ता मालूम है?" उन्होंने पूछा। इस बार उनके स्वर में न खीज थी, न चिड़चिड़ाहट, सिर्फ़ एक मुलायम-सी नम्रता थी।

"मन्दिर के रास्ते पर है," उन्होंने कहा, "सीढ़ियाँ छोड़कर पगडंडी पकड़ लेना; सीधी वहीं जाती है।"

"इस समय दर्शन देंगे?" मैंने पूछा।

"देख आओ, अगर बाहर बैठे हुए तो दर्शन होंगे ही लेकिन भीतर हुए तो रहने देना...आजकल थोड़ा बीमार चलते हैं।"

"बीमारी कैसी?"

मेरे स्वर में कुछ रहा होगा कि वे झुँझला उठे। अधबुझी बीड़ी को फेंक दिया, "बीमारी क्या, अन्दर की अवस्था है, बनती-बिगड़ती रहती है।"

उनके स्वर में कुछ ऐसा नहीं था, जो मुझे चिन्तित करता; किन्तु थोड़ी-सी हैरानी ज़रूर हुई; अपनी चिट्ठी में उन्होंने बीमारी के बारे में एक शब्द भी नहीं लिखा था; क्या उन्हें डर था कि मैं अपने साथ माँ को घसीट लाऊँगा; मुझे उनके डर पर हँसी आने लगी...वे जो घर की सीढ़ियाँ नहीं चढ़ सकतीं, बस में धक्के खाते हुए 2100 कि.मी. ऊँचाई पर आएँगी?

उसके बाद मैंने उनसे कुछ नहीं पूछा। बेंच से उठ खड़ा हुआ; अघोर बाबा ने कुछ आश्चर्य से मुझे देखा, "क्या अभी जा रहे हो?"

"जी...ऊपर पहुँचने में कितनी देर लगेगी?"

"पूरी उम्र!" वे हँसने लगे, "लेकिन तुम भटके नहीं तो आधे घंटे में पहुँच जाओगे!"

मैंने दुकान से अपने थर्मस में पानी भरवाया। जब चाय के पैसे देने के लिए बटुआ निकाला तो सहसा उनकी आवाज़ सुनाई दी, "तीन गिलासों के, मैं एक और लूँगा।" मैंने पीछे मुड़कर भी नहीं देखा, पैसे दिये और ऊपर चढ़ने लगा।

चढ़ाई खड़ी हथेली की तरह उठी थी; चारों तरफ़ जंगल थे, लेकिन सड़क पर एक पेड़ नहीं जो छाया दे सके। पहाड़ी पसीना परनालों की तरह देह पर बह सकता है, ऐसा कभी सोचा भी न था। मुझे अपने ब्लडप्रेशर का डर था और दिल की धुकधुकी अलग से छाती को खटखटा रही थी।

बाज़ार बहुत नीचे छूट गया था, लेकिन उसकी आवाज़ें और बसों के हॉर्न अब भी एक उनींदी गुनगुनाहट की तरह सुनाई दे जाते थे। कुछ देर बाद वे आवाज़ें भी गुम हो गईं...और मुझे लगा, जैसे वहाँ मेरे अलावा कोई नहीं है—न जानवर, न हवा, न आदमी। अगर मैं कई कि.मी. इसी तरह चलता जाऊँ तो न मैं ख़त्म होऊँगा, न रास्ता ख़त्म होगा। मैं इसी तरह ऊपर चढ़ता रहूँगा पसीने में नहाया हुआ, न कुछ देखता हुआ, न सोचता हुआ—लेकिन तभी पाँव ठिठक गए, जैसे मुझसे कह रहे हों, अगर तुम निढाल हो तो हमें कोई परवाह नहीं।

आगे एक तिराहा था, उठी हुई हथेली पर तीन अँगुलियों की तरह खुला हुआ; दाईं पगडंडी पर काला बोर्ड दिखाई दिया, जिसपर सफ़ेद खड़िया से एक तीर बना था और तीर की नोक से बिंधे चार अक्षर मेरी तरफ़ ताक रहे थे—टु द फॉरेस्ट रेस्ट हाउस। और तब मुझे अघोरी बाबा की अँगुली याद आई—ईश्वर की तरफ़ उठी हुई, जहाँ महाकाल का मन्दिर था, अगर नीचे की पगडंडी फॉरेस्ट हाउस की तरफ़ जाती है,

तो बीच की सड़क ज़रूर मन्दिर की ओर चढ़ती होगी...मैंने वही बीच का रास्ता पकड़ लिया। वह रास्ता भी नहीं था, सिर्फ़ एक उठान थी।

शायद बहुत पहले वहाँ सीढ़ियाँ रही होंगी, लेकिन अब वहाँ सिर्फ़ पत्थर थे, काई और घास में लिथड़े हुए, उन पर पाँव रखते ही जूते फिसलने लगते। हर पत्थर पर साँस अटकने लगती। एक रस्सी की तरह मेरे पैरों को ऊपर खींचती और जब मैं दूसरा क़दम उठाता तो लगता, जैसे मैं अपने पीछे सारी उम्र का बोझ घसीट रहा हूँ। लेकिन वह बोझ उसके सामने कुछ भी नहीं था, जो मैं लादकर अपने साथ लाया था—घर के काग़ज़ और घरवालों के सन्देशे। उन्हें ढोता हुआ मैं ख़ुद अपनी यात्रा का लदा-फदा सन्देशा जान पड़ता था, मुझे तब एक अजीब-सा ख़याल आया, अगर उन तक सन्देश पहुँचाना है तो मेरा जाना क्यों ज़रूरी है? मैं यदि सारे काग़ज़-पत्तर, चिट्ठी-सन्देशे मास्टर साहब को सौंपकर शाम की बस से लौट जाऊँ, तो कोई भी अन्तर नहीं पड़ेगा। वे उन्हें सुरक्षित उनके पास पहुँचा देंगे—फिर वे जैसा चाहें, करें। लेकिन इतने पास पहुँचकर ऐसे ही रूखे-सूखे लौट जाना? वे दस साल से यहाँ रह रहे हैं और मैं पहले ही दिन इतना हताश हो गया? वे भी तो पहले दिन ऐसे ही ऊपर चढ़े होंगे, लेकिन उनकी उम्र तब काफ़ी कम रही होगी, मुझे अब भी उनका फ़ोटो याद है, जो पिताजी ने (तब वे जीवित थे) अख़बारों में दिया था—एक हँसता हुआ चेहरा, जिसे अंग्रेज़ी में चियरफुल कहा जाता है...और फ़ोटो के नीचे बाबू के हाथ का लिखा टेक्स्ट—'प्लीज़, कम...' लेकिन न वे आए, न अपना पता भेजा और तब स्टेशन और अस्पतालों के चक्कर शुरू हुए...पुलिस के साथ मार्चुअरी में जाते मुर्दों की कतार में उन्हें पहचानने की कोशिश करते, जो एक दिन सहसा पहचान के परे चले गए थे...।

अचानक, बीच रास्ते में मैं ठिठक गया। क्या अब मैं उन्हें पहचान सकूँगा?

सिर का पसीना माथे पर बहता हुआ आँखों पर चिर-चिर चूने लगा, वह जैसे पानी का पर्दा था, जिसके पीछे सारा जंगल झिलमिला रहा था। आख़िर वह मन्दिर दिखाई दिया—सफ़ेद और शीतल—और उसकी शीतलता मेरी थकान को सींचने लगी। हवा में पसीना सूखने लगा—मैं वहीं, सीढ़ियों पर बैठ गया। आसपास बिलकुल सन्नाटा था—न कोई भक्त, न पुजारी, न कोई साधु-संन्यासी—सिर्फ़ मन्दिर की बग़ल में बांज के डोलते बाजू पर एक लंगूर बैठा था, अपनी मीटर-भर लम्बी पूँछ को हिलाता हुआ, उसने एक क्षण मेरी ओर घूरा और फिर छपाक् से मन्दिर की छत पर कूद गया। एक छपाक् और, पेड़ की झर-झर और कुछ भी नहीं, जंगल की अथाह नीरवता में जैसे मैं और वह लंगूर एक साथ उस महाकाल के शरणार्थी हों, कभी-कभी जानवर देवताओं की तरह अचानक हमारी दुनिया में प्रकट होकर हमारी सब दुविधाओं को झाड़ देते हैं—उस लंगूर ने भी जैसे अपनी पूँछ से मेरे सब संशयों को बुहार दिया—और जब मैं आगे बढ़ा, तो सहसा मेरे पैर हल्के हो गए थे।

उसके बाद ज़्यादा नहीं चलना पड़ा, चढ़ाई ख़त्म हो गई थी और पेड़ों के बीच एक साफ़-सुथरी, समतल पगडंडी चलने लगी थी। आगे-पीछे चीड़ों का हरा समन्दर लहरें खाता था—झर-झर सुइयाँ नीचे गिरती थीं, और एक ख़ुश्क, नशीली गन्ध ऊपर उठती थी। अघोरी बाबा की बात सच निकली, सौ मीटर चलने के बाद मैं एक खुली, सपाट जगह पर चला आया जो घने जंगल में अचानक खुल जाती है—एक खुला, ख़ाली-सा आँगन—जहाँ सिर्फ़ घास और पत्थर थे; मैं कुछ आगे बढ़ा ही था कि बाईं तरफ़ एक चट्टान दिखाई दी...किन्तु दूसरे क्षण ही अपनी ग़लती पता चली और मेरे पाँव अपने-आप ठिठक गए।

वह चट्टान नहीं, एक पथरीला ठठ्ठर था, जिसकी ढलुआँ छत नीचे झुकी थी, एक गुफ़ा की तरह, जिसका ऊपरी खंड पहाड़ी से चिपका था और निचला हिस्सा धरती में धँसा था, बीच में तीन पत्थर एक-दूसरे के ऊपर रखे थे, ऊपर काठ का दरवाज़ा था। एक चित्र-पहेली की तरह पहली नज़र में जो चट्टान जान पड़ी थी—अब वह एक कोठरी दिखाई दे रही थी; काठ, मिट्टी और पत्थर की इमारत, जिसे देखकर पता नहीं चलता था कि उसका कौन-सा हिस्सा आदमी ने बनाया है और कितना सिर्फ़ प्रकृति का अंग है...क्या यह सम्भव है कि वहाँ कोई रहता होगा?

मैं पास आया, सफ़ेद पत्थरों की सीढ़ियों पर चढ़ता हुआ दरवाज़े के आगे ठहर गया, लकड़ी के दो पल्लों पर खुली साँकल लटक रही थी, भीतर कोई आहट, कोई हलचल नहीं थी, दरवाज़े के भीतर सँकरे सूराख़ से मैंने भीतर झाँका—पहले क्षण कुछ भी दिखाई नहीं दिया, अँधेरे पर सिर्फ़ एक सफ़ेद झाईं-सी गिर रही थी, वह कहीं बाहर से आ रही थी—लेकिन भीतर कोई खिड़की दिखाई नहीं दी और तब मुझे पता चला कि जिस सूराख़ से मैं झाँक रहा हूँ, वहीं से रोशनी भी आ रही है—धूप का मैला धब्बा—जिसे सूरज वहाँ फेंक गया था और फिर उठाना भूल गया था...।

वे शायद सो रहे थे, या सिर्फ़ बीमार थे और कहीं नीचे लेटे थे; सम्भव है, उन्हें मेरी चिट्ठी भी न मिली हो; उन्हें शायद यह भी नहीं मालूम कि मैं यहाँ हूँ। वे शायद कल शाम से मेरी प्रतीक्षा कर रहे हों और अब सोच लिया हो कि किसी कारण मेरा आना टल गया...यह सोचना था कि मेरा हाथ साँकल पर चला गया—गर्म काठ के दरवाज़े पर साँकल हिल रही थी, मेरे अनजाने छूने से या भीतर दरवाज़े के खुलने से, यह सोचना भी व्यर्थ था, क्योंकि दूसरे क्षण ही फटाक् से दरवाज़ा खुल गया—वे खड़े थे मुझसे बहुत ऊपर और मैं एक सीढ़ी नीचे उतर आया,

जैसे आख़िरी क्षण मैं उनसे बचना चाहता था, लेकिन यह भी सम्भव है कि डर की जगह केवल उत्सुकता थी, जो मुझे एक सीढ़ी नीचे घसीट लाई थी, ताकि मैं उन्हें पूरा देख सकूँ, जैसे कुछ पीछे हटकर दीवार पर टँगी तसवीर को पूरा-का-पूरा देखना चाहता हूँ। लेकिन इस बीच उन्होंने मेरे हाथ को पकड़ लिया और मुझे लगा, वे मुझे ऊपर खींच रहे हों, जबकि मैं नीचे जा रहा था और इस खींचतान में मेरा ब्रीफ़केस हाथ से छूट गया, सीढ़ियों पर लुढ़कता हुआ ठक् से नीचे आ गिरा, और गिरते ही उसने एक हिचकी में अपने भीतर के बोझ को बाहर उगल दिया। काग़ज़, चिट्ठियाँ, मकान के दस्तावेज़—सब एक-एक करके बाहर निकल आए और हवा में उड़ने लगे। शर्म में बौखलाया अपने को कोसता हुआ मैं सीढ़ी पर ही बैठ गया और जल्दी-जल्दी उन्हें बीनने लगा। वे भी मेरे साथ नीचे बैठ गए थे और काग़ज़ों को चुन-चुनकर मुझे दे रहे थे और मैं जल्दी-जल्दी उन्हें ब्रीफ़केस में ठूँस रहा था, बिना कुछ देखे, मैली-सी बदहवासी में, जबकि उन्होंने अपना हाथ मेरे उठे हुए घुटने पर रख दिया, जो पता नहीं कब से काँप रहा था।

सहसा मैंने देखा; उनका चेहरा नहीं, सिर्फ़ उनके हाथ, दस वर्ष बाद पहली बार उनके हाथ दिखाई दिये।

कितनी देर हम ऐसे बैठे रहे? धीरे-धीरे सिर उठाया, तो वे दिखाई दिये! वही चेहरा—मुझे निहारती आँखें—मैं यह भी भूल गया कि उन्हें दाढ़ी में पहले कभी नहीं देखा था; सफ़ेद-काली छितरी हुई लटों में वे संन्यासी और भाई के बीच कोई पहचाने-से अजनबी जान पड़ते थे।

लेकिन घुटने पर रखा उनका हाथ? उसमें बीता हुआ घर था, और समूचा जमा हुआ अतीत—जो ज़रा-सा छूने पर बूँद-बूँद बहने लगता है।

वे थोड़ा-सा नीचे झुके, सीढ़ी पर रखे ब्रीफ़केस को उठा लिया, "आओ, भीतर बैठेंगे!"

मैं उनके पीछे कोठरी के भीतर चला आया।

"बैठो," उन्होंने धीरे से मेरे कन्धे को छुआ। मैंने असमंजस में उन्हें देखा।

"इधर," उन्होंने दरी की ओर इशारा किया और स्वयं दीवार के सहारे बैठ गए। कुछ मिनट इसी तरह बीत गए। वे मेरे सामने थे, मैं उनकी कुटिया में था—इन सबके रहते भी मुझे विश्वास नहीं हो रहा था कि मेरी यात्रा का अन्त आ पहुँचा है।

"आपको मेरा कार्ड मिल गया था?"

"हाँ, लेकिन तुम्हें तो कल आना था।"

"मैं कल ही आया था—बस तीन घंटे लेट थी।"

"कहाँ ठहरे हो?"

"मास्टर जी के यहाँ, वे ही मुझे अपने साथ घर ले आए।"

इच्छा हुई, उनसे पूछूँ, क्या उन्होंने ही मास्टर जी को बस-स्टेशन पर भेजा था? लेकिन उनके नीरव, निर्व्यक्त चेहरे को देखकर चुप रह गया। उनके आसपास एक घेरा था; मैं उतना ही पास आ सकता था, जितना वे आने देते थे—कुछ देर पहले देहरी पर उनकी छुअन से जो कुछ भीतर पिघला था, वह सिर्फ़ एक सतह थी—नीचे की सारी परतें सूखी पड़ी थीं। शायद इस सूखे से बचने के लिए ही उन्होंने मौन तोड़ा।

"यहाँ आने में कोई मुश्किल तो नहीं पड़ी?"

"नहीं, सीधा चला आया। बाज़ार में चाय पीने बैठा, तो एक बाबा मिल गए। उन्होंने सबकुछ बता दिया।"

"सबकुछ?" उनके चेहरे पर हल्की-सी जिज्ञासा चमक आई, "और क्या कहते थे?"

"कुछ और नहीं..." मैंने एक क्षण उनकी ओर देखा, "क्या आप इन दिनों कुछ बीमार रहते हैं?"

"उन्होंने बताया होगा? कुछ ख़ास नहीं...वही पुरानी साँस की तकलीफ़ है, इन दिनों कुछ ज़्यादा बढ़ जाती है।"

उन्होंने कुछ ऐसे कहा, जैसे बीमारी का कष्ट कुछ भी हो, उसके बारे में बताना ज़्यादा कष्टमय हो।

"इतनी ऊँचाई पर रहने के कारण तो नहीं है?"

उन्होंने सिर हिलाया, "तुम्हें याद होगा, जब घर में था, तब भी बराबर रहती थी।"

घर का नाम पहली बार आया था। हमारे बीच आकर चुपचाप बैठ गया था। कुछ देर उनकी आँखें मिची रहीं, बाहर एक तिनका भी गिरता तो उसकी आहट भीतर सुनाई दे जाती थी।

"सब वहाँ ठीक है?" एक रूखी साँस में उनका स्वर निकला, घर को न छूता हुआ, फिर भी आसपास मँडराता हुआ...।

"जी हाँ," मैंने कहा।

"अब तो नीचे की मंज़िल ख़ाली होगी?"

"क्यों, ख़ाली कैसे?" मैं तुरन्त उनका मतलब नहीं समझ सका, "माँ रहती हैं।"

वे कुछ देर हैरत से मुझे देखते रहे।

"अकेले ही?" उन्होंने कहा।

"जी।"

"वे ऊपर तुम्हारे पास नहीं रहतीं?"

"जी नहीं...वे नीचे ही रहती हैं।"

वे मेरी तरफ़ इस तरह देखने लगे, जैसे पिछले दस साल में जो गुज़रा-बदला है, वे उसे नहीं जानते...हालाँकि मैंने चिट्ठी में उन्हें सबकुछ लिख दिया था। किन्तु उन्होंने अपनी आँखों से कुछ नहीं देखा था,

और मैं जो सबकुछ जानता था, पहली बार उनकी नज़रों से अपने घर को देखने लगा और तब मुझे उनका आश्चर्य समझ में आने लगा—जिस औरत के तीन लड़के हों, वह मकान के अलग, अकेले कोने में पड़ी रहे, एक अजनबी के लिए इससे ज़्यादा आश्चर्य की बात क्या हो सकती है?

बाहर पेड़ों के बीच झनझनाहट हुई, कोई छत पर कूदा और खटाखट दौड़ता चला गया। फ़र्श पर मिट्टी झरने लगी। वे उठ खड़े हुए और दरवाज़े के बाहर चले गए। कुछ देर में उनकी आवाज़ सुनाई दी—एक बार, दो बार। पहाड़ी सन्नाटे में वह ऊपर उठती थी और फिर अपनी ही गूँज को सहलाती-सी गुम हो जाती थी।

वे भीतर आए तो मैंने पूछा, "कौन था?"

"लंगूर," वे मुस्करा रहे थे, "मन्दिर से उतरकर यहाँ धूप सेंकने आते हैं...तुम अभी मन्दिर तो नहीं गए?"

"नहीं...सुना है, बहुत पुराना है?"

"मन्दिर तो बहुत पुराना नहीं है किन्तु उसमें रखी शिव की मूर्ति को काफ़ी पुराना माना जाता है। वह यहीं पहाड़ी पर ज़मीन में धँसी हुई मिली थी। अब तुम यहाँ हो तो, किसी दिन देखने चलेंगे। चाय पियोगे?"

"आप बनाएँगे?"

"और कौन?" वे हँसने लगे, "अभी बन जाती है।"

वे पर्दा उठाकर नीचे चले गए। नीचे शायद एक दूसरी कोठरी थी, जिसे मैंने सिर्फ़ बाहर से देखा था; बाहर से जो चट्टान दिखाई देती थी, उसे ही दो हिस्सों में काट दिया गया था; ऊपर की कोठरी में शायद उनके मेहमान बैठते होंगे, वहाँ सिर्फ़ दो चटाइयाँ एक दरी और एक आसन के अलावा कुछ भी नहीं था—कोठरी आधी से ज़्यादा नंगी दिखाई देती थी, चौकी के पास ही एक सुराही और पीतल के दो गिलास रखे थे—साफ़-सुथरे, धुले हुए, खिड़की के नाम पर दीवार में एक खोखल था—जिसके बाहर पेड़ की कुछ शाख़ाएँ दिखाई देती थीं...

उसके परे पहाड़ी का एक भूरा खंड और आकाश दिखाई देता—और कुछ भी नहीं। सिर्फ़ सन्नाटा सुनाई देता था—और कभी-कभी हवा की सरसराहट, एक अजीब विचार आया कि वे बारह महीने इस अकेली कोठरी में रहते होंगे, दिन, रात, सर्दी, गर्मी—बिलकुल अकेले। लेकिन वह महज़ विचार था, उसकी नंगी वास्तविकता नहीं। जब हम किसी मृत व्यक्ति को देखते हैं, तो मृत्यु के बारे में सोचते हैं, या व्यक्ति के, किन्तु स्वयं मृत व्यक्ति की वास्तविकता के बारे में एकसाथ नहीं सोच पाते...किन्तु मृत्यु क्यों? वे जीवित थे, मैं उनकी कोठरी में बैठा था, हालाँकि मुझे अब तक भरोसा नहीं हो पाया था कि क्या ये वही आदमी थे, जिनसे मिलने मैं आया था?

पर्दा हिला और वे भीतर आए। उनके हाथ में ताँबे की थाली थी, जिस पर चाय के दो गिलास थे। एक तश्तरी में कुछ नमकीन शकरपारे रखे थे।

"इस तरफ़ बैठ जाओ, दरवाज़े से हवा आती होगी।" उन्होंने थाली चौकी पर रख दी।

मैं चाय का गिलास लेकर दीवार से सटकर बैठ गया। कुछ देर तक हम दोनों ही चुप रहे, बीच-बीच में दरवाज़ा हुड़क उठता था। कुछ ऐसा लगता था, जैसे हम दोनों दुनिया के अन्तिम छोर पर बैठे थे—जहाँ हवा और पेड़ों की सरसराहट के अलावा कुछ भी सुनाई नहीं देता था।

"चाय ठीक है? यहाँ लकड़ियों की बास आती है।" उन्होंने मेरी ओर देखा।

"आपके पास स्टोव नहीं है?" मैंने पूछा।

"तेल की झंझट पड़ती है, यहाँ आसानी से नहीं मिलता। सुबह टहलने निकलता हूँ तो लकड़ियाँ चुन लाता हूँ। सर्दियों में बहुत काम आती हैं। शकरपारे लो, तुम्हें तो नमकीन अच्छा लगता है।"

मैं खाने लगा; इतने बरसों बाद भी उन्हें मेरी पसन्द-नापसन्द याद रह गई थी, हालाँकि जब वे घर में थे, तो शायद ही उन्हें कभी हमारे बारे में पता चलता हो। वे निचली मंज़िल में माँ के पास रहते थे और बहुत कम ऊपर आते थे। कभी-कभी मेरे बच्चे नीचे दालान में खेलने चले जाते थे, तभी उनसे हँस-बोल लेते थे। मुझे कुछ अजीब लगा, कि अभी तक उन्होंने घर के बारे में मुझसे कुछ भी नहीं पूछा था...किन्तु शायद यह ठीक ही था। दस साल की हिस्ट्री—वे कहाँ से पूछते और मैं कहाँ से शुरू करता? हमारे बीच जो समय था, वह ही ठीक था, वह बीत रहा था। दोपहर ख़त्म हो चली थी और कोठरी के आगे पहाड़ों पर छाया उतरने लगी थी।

वही छाया हम दोनों के बीच भी सरक आई; कोठरी को दो हिस्सों में बाँटती हुई—एक, जहाँ वे बैठे थे—पीले, क्लान्त अँधेरे में; दूसरे, जहाँ मैं था, शाम की सँकरी, म्लान रोशनी में, जो हौले से देहरी तक खिसक आती थी। कुछ देर तक हम दोपहर की उस सुन्न, ठिठकी घड़ी में बैठे रहे।

"बच्चे कैसे हैं?" आख़िर उनकी आवाज़ सुनाई दी।

"ठीक," मैंने कहा। मैंने सोचा, वह कुछ और पूछेंगे, लेकिन जब वे चुप रहे, तो मैंने कहा, "मुन्नी अब कॉलेज जाती है।"

"और छोटी?"

"वह काफ़ी बड़ी हो गई है...यहाँ मेरे साथ आना चाहती थी," मैंने थोड़ा हँसकर कहा।

"यहाँ?" उन्होंने मेरी ओर देखा।

"उसने पहाड़ कभी नहीं देखे। कहती थी, ताया जी वहाँ कैसे रहते हैं?"

"लेकिन उन दिनों तो वह बहुत छोटी थी, जब..."

"जब आपने घर छोड़ा था?" मैंने उनके वाक्य को पूरा करना चाहा, किन्तु वह अधूरा ही हवा में लटकता रहा—दर्द की उस गुठली

के इर्द-गिर्द, जो बरसों पहले मुरझा गई थी, मरी हुई पीड़ा के नीचे दबी हुई...शायद हर पीड़ा इसी तरह घिसटती रहती है।

बच्चों की बात बीच में छूट गई; वे उठ खड़े हुए और जूठे बर्तन समेटने लगे। "तुम बैठो, मैं अभी आता हूँ।" वे पर्दा उठाकर नीचेवाली कोठरी में चले गए।

मैं कोठरी की मटियाली रोशनी में बैठा रहा। बाहर अब भी उजाला था। खुले दरवाज़े से सब खुला दिखाई देता था...पहाड़ का निचला हिस्सा अँधेरे में डूबा था, लेकिन ऊपर पीठ पर अब भी धूप रेंग रही थी। कोठरी के नीचे कव्वों की काली कतार उतर रही थी—अपनी कर्कश चीख़ों से समूचे वायुमंडल को थरथराती हुई।

वे निचली कोठरी से ऊपर आए, तो हाथ में लालटेन थी। उसे चौकी पर रखकर उन्होंने मेरी ओर देखा। एक क्षण के लिए लगा, वे मुझसे कुछ कहना चाहते हैं, कुछ बहुत महत्त्वपूर्ण, लेकिन वे हिचकिचाहट में चुप बैठे रहे।

उनका सिर चौकी पर झुका था—सोचता हुआ। टिमटिमाती रोशनी में उनका सिर, सफ़ेद होते बाल, पीछे की गर्दन और कन्धों का उभार; अचानक मुझे लगा, जैसे मैं उन्हें नहीं—बाबू को देख रहा हूँ, जब मैं बहुत छोटा था और वे सलेट पर मेरे सवाल हल करते थे और मैं गणित को भूलकर उनकी गर्दन को देखा करता था...।

"क्या वे घर आते हैं?"

"कौन?" मैं कुछ सहम गया।

बाबू? दूसरे क्षण अपनी ग़लती पता चली; वे बड़े भाई की बात कर रहे थे, जो जीवित थे, और दूसरे घर में रहते थे।

"जी...आते हैं। उन्होंने ही मुझे यहाँ आने के लिए कहा था।"

"तुम्हें? किसलिए?"

"वे मकान बेचना चाहते हैं; काग़ज़ों पर आपके दस्तख़त कराने ही मैं आया था।" मैं हल्का-सा हो गया।

जिस काम के लिए इतनी दूर आया था, वह इतनी आसानी से उनसे कह दूँगा, यह मुझे चमत्कार-सा जान पड़ा।

उन्होंने चौकी से सिर उठाया, एक क्षण के लिए मेरे ब्रीफ़केस को देखा, जो अभी तक उपेक्षित फ़र्श पर पड़ा था। पहली बार उन्हें उन काग़ज़ों का मतलब समझ में आया, जो कुछ देर पहले उनकी सीढ़ियों पर हवा में उड़ रहे थे।

"और माँ?" उन्होंने मेरी ओर आँखें उठाईं, जिनमें एक अजीब-सी थकान छलक आई थी, "वे कहाँ रहेंगी?"

"कहीं भी...जैसा वे ठीक समझेंगी।"

"और तुम?"

"मैंने किराए की एक जगह देख ली है।"

"फिर मुझसे पूछने की क्या ज़रूरत थी?"

"आपका भी तो मकान में हिस्सा है..." मैंने कहा।

वे धीरे से हँस पड़े, "मैं यहाँ हूँ, मेरा हिस्सा पीछे कैसे छूट गया?"

मैं चुप उन्हें देखता रहा।

"मकान बेचना क्या बहुत ज़रूरी है?" उन्होंने आँखें खोलकर मुझे देखा।

"नहीं...ज़रूरी नहीं है; लेकिन बड़े देहरादून में ज़मीन ख़रीदना चाहते हैं, उसके लिए पैसा कहाँ से आएगा?"

"मकान बेचकर?" उनके स्वर में हल्का-सा व्यंग्य उभर आया।

"और कैसे?"

"लेकिन उसे बाबू ने ख़रीदा था; उसमें अपनी सारी पेंशन के पैसे लगाए थे।"

"हाँ, मुझे मालूम है...लेकिन बाबू अब नहीं हैं।"

"जो आदमी नहीं रहता, क्या उसकी चीज़ें हमारी हो जाती हैं?"

मैंने विस्मय से उन्हें देखा। मन में आया, कहूँ, आप तो सबकुछ छोड़कर चले गए थे—अब मकान रहता है या बिकता है, इसकी चिन्ता क्यों?

सहसा वे चौकी के आगे झुक आए, एक अजीब मुस्कराहट में उनके होंठ खुल गए, "जानते हो, जब बाबू ने वह मकान ख़रीदा था, तुम एम.ए. का फ़ाइनल कर रहे थे; उन दिनों उस इलाक़े में बिजली नहीं आई थी और तुम ऊपर बरसाती में लालटेन जलाकर पढ़ते थे।"

"जी, याद है।"

"तुम्हारा विवाह नीचे के आँगन में हुआ था।"

बरसाती, छत, आँगन, पता नहीं, वे मुझसे यह सब क्यों पूछ रहे थे?

नहीं, मकान नहीं...वे शायद कुछ और बात कहना चाह रहे थे और मैं अपने ग़ुस्से की उमठन में कुछ भी नहीं समझ पा रहा था...।

अचानक रोशनदान के ख़ाली खोखल में कुछ चमका, जैसे कोई बनैला जानवर अपनी चमकीली आँख से भीतर झाँककर अँधेरे में ग़ायब हो जाए। मैंने कुछ भयभीत-सा होकर उन्हें देखा, "क्या है?"

"कुछ नहीं, बिजली चमकी है।"

मुझे किसी नई आशंका ने पकड़ लिया था। "अब चलता हूँ, बारिश आई तो नीचे उतरना मुश्किल होगा।"

"तुम्हें जल्दी है?" उन्होंने मेरी ओर देखा।

"मास्टर जी परेशान होंगे। मैं उनसे बिना कुछ कहे चला आया था।"

"उन्हें मालूम होगा कि तुम यहाँ हो।" वे एक क्षण ठहरे और फिर कुछ झिझकते हुए कहा, "आज रात यहाँ क्यों नहीं रुक जाते?"

मुझे इसी का डर था, मैं तैयार होकर आया था।

"मुझे ब्लड-प्रेशर है...इतनी ऊँचाई पर रहना ठीक नहीं होगा।"

यह मूर्खतापूर्ण बहाना था। एक बार पहाड़ पर आकर ऊँच-नीच क्या देखना? किन्तु उनके साथ रात-भर रहना, यह मेरे लिए असह्य था। हम रात उसी के साथ बिताते हैं, जो बहुत आत्मीय हो, या बिलकुल अजनबी; मेरा उनके साथ बीच का रिश्ता था—न इधर, न उधर। क्या इसीलिए घरवालों ने मुझे उनके पास भेजा था?

मैं झोला लेकर उठ खड़ा हुआ।

"ठहरो, मैं अभी आता हूँ।" वे नीचेवाली कोठरी में गए और जब ऊपर आए तो उनके एक हाथ में छतरी और दूसरे में टॉर्च थी, "इसे रख लो," उन्होंने छतरी मुझे दे दी, "मैं तुम्हारे साथ मन्दिर तक आता हूँ।"

वे कोठरी की सीढ़ियाँ उतरे, फिर टॉर्च आगे करके मेरा हाथ पकड़कर नीचे उतार दिया। वे आगे-आगे चलने लगे, लेकिन मैं कुछ क्षण अँधेरे में खड़ा रहा; उनके हाथों की छुअन मेरी देह में घूमने लगी, एक शिकारी की तरह मेरी शिराओं में किसी दुबकी हुई याद को टोहती हुई—बीता हुआ स्नेह अँधेरे में जगमगा-सा उठा...क्या वे वही हैं, जिन्होंने घर छोड़ा था?

वे ठिठक गए। पीछे मुड़कर मेरी ओर देखा, हँसने लगे, "मैंने सोचा, तुम पीछे आ रहे हो?"

मैं चलने लगा। चारों तरफ़ साफ़ धुला हुआ अँधेरा फैला था। तारे बिलकुल सिर पर थे, एक-दूसरे के इतना पास सटे हुए कि आकाश में कहीं भी ख़ाली जगह दिखाई नहीं देती थी। मुझे अचम्भा हुआ कि इतनी स्वच्छ रात में बिजली कहाँ से कड़की होगी?

वे टॉर्च जलाकर सधे पैरों से चल रहे थे—रोशनी के गोले में पेड़, झाड़ियाँ, चट्टानें, धीरे-धीरे पीछे सरकते जाते थे। कभी-कभी कोई पक्षी अँधेरे में चीख़ता हुआ ऊपर से उड़ जाता और फिर झाड़ी में खटखटाहट सुनाई देती—जो शायद भ्रम था—झाड़ी पहले खटकती थी और पक्षी की उड़ान बाद में सुनाई देती थी, मेरे थैले में टिफ़िन का कटोरदान बार-बार मेरी थर्मस से टकराता था और तब अचानक मुझे याद आया।

"मेरा ब्रीफ़केस?"

"क्या?" वे भी ठहर गए।

"मैं उसे आपकी कोठरी में ही भूल आया।"

"कोई बात नहीं...कल ले लेना।" फिर बहुत ही सहज स्वर में पूछा, "क्या उसमें कोई तुम्हारी लिखी चीज़ है?"

पहली बार उन्होंने लिखने के बारे में पूछा था; मैं समझा था, वे अरसा पहले की मेरी इस अवैध, गोपनीय बीमारी को भूल चुके होंगे।

"नहीं, उसमें सिर्फ़ जायदाद के काग़ज़ हैं...आपके लिए कुछ पत्र हैं, उन्हें देख लीजिएगा।"

कुछ देर तक हम अँधेरे में चलते रहे, पगडंडी पर टॉर्च की रोशनी के अलावा कुछ भी दिखाई नहीं देता था।

"बहुत दिनों से तुम्हारी कोई चीज़ नहीं देखी।"

"लिखा नहीं, अख़बार में बहुत काम रहता है। आपके यहाँ पत्रिकाएँ मिल जाती हैं?"

"मास्टर जी स्कूल की लाइब्रेरी से कभी कोई चीज़ ले आते हैं... बहुत पहले शायद तुम्हारी कोई कहानी देखी थी।"

मैं धड़कते दिल को दबोचे अँधेरे में चलता रहा, एक गिलगिलाती शर्म में डूबा हुआ; बरसों पहले एक कहानी तो लिखी थी, दुर्भाग्यवश वह छपी भी थी, बल्कि छपाने के लिए ही उसे लिखा था; वह उनके बारे में उतनी नहीं थी, जो एक दिन अचानक घर छोड़कर चले गए थे, बल्कि उन लोगों को लेकर थी, जो पीछे छूट गए थे। माँ और बाबू सोचते थे (माँ से ज़्यादा बाबू आशावान थे, तब वे जीवित थे) कि उसे पढ़ते ही वे लौट आएँगे...लौटना तो दूर रहा, उन्होंने बीस पैसे का एक कार्ड भी नहीं भेजा। मुझे ख़ुशी हुई कि वे अँधेरे में न मुझे देख सकते हैं, न मेरी शर्म को, लेकिन बरसों पहले की चोट मेरे भीतर के सब भटकावों को भेदकर सिर उठाने लगी, "आप?" मैंने कहा, "आपने ख़बर तक नहीं की?"

यह कहते ही मेरा गला रुँध गया—यह दोहरी शर्म थी—दिल्ली से आते समय मैंने प्रण किया था कि उनसे यह प्रश्न कभी नहीं पूछूँगा और अब वह हम दोनों के बीच में था—बियाबान जंगल के बीच टॉर्च की गोल बिन्दी पर अटका हुआ।

"इसका कोई फायदा नहीं था," उन्होंने कहा।

"आपको मालूम है, हम आपको कहाँ-कहाँ ढूँढ़ते फिरे?"

नहीं, फायदा कुछ भी नहीं था, इस पहाड़ की शान्त चोटी से क्या वे तलहटी के तिलचट्टों की बदहवासी समझ पाएँगे...अस्पतालों और स्टेशनों के चक्कर, पुलिस थानों की लिस्टों पर गुमनाम लोगों के नाम, मुर्दाघर की शिनाख़्त, अख़बारों में इश्तिहार—प्लीज़ कम, मदर इज़ इल...

"फ़ायदा?"

"एक लाइन यह तो लिख सकते थे कि आप कहीं जीवित हैं?"

"अगर तुम्हें मालूम होता कि मैं जीवित हूँ, तो क्या तुम्हारी तकलीफ़ कम हो जाती?"

"मैं तकलीफ़ की बात नहीं कर रहा।"

"फिर?"

मैंने अपने भीतर टटोला और कुछ भी हाथ नहीं आया—न तकलीफ़, न माँ का बुढ़ापा, न अपनी असफलताएँ—सबकुछ ऐसा ही होता, जैसा होना था।

"फिर इतने दिनों बाद चिट्ठी भेजने का क्या फ़ायदा था?" मैंने पूछा।

वे कुछ देर चुप खड़े रहे। "हाँ, शायद नहीं भेजनी चाहिए थी लेकिन..." उन्होंने अँधेरे में एक लम्बी साँस ली।

"मुझे दस साल लगे कि तुम्हें कुछ लिख सकूँ; मैंने सोचा, अब तुम्हें कोई फ़र्क़ नहीं पड़ेगा कि मैं जीवित हूँ या नहीं..."

उनके स्वर में कुछ ऐसी उदास निस्संगता थी, जो हमें आदमियों में नहीं—पेड़ और पत्थरों और पानी में मिलती—जो रिश्तों की लहूलुहान

पीड़ा से बाहर जान पड़ती है—क्या यह निस्संगता उन्होंने पिछले वर्षों के अकेलेपन में अर्जित की थी?

मैं चौंक गया। अँधेरे में कहीं नीचे एक हल्की-सी गड़गड़ाहट सुनाई दी, जैसे कोई भारी पत्थर ऊपर से लुढ़कता नीचे की ओर जा रहा हो।

"यह कैसी आवाज़ है?" मैंने उनकी ओर देखा।

"पहाड़ी झरना है, मैं यहीं से पानी लाता हूँ।"

"काफ़ी नीचे जाना होता होगा?"

"नहीं...मेरी कोठरी के नीचे ही बहता है; कल आओगे तो देखने चलेंगे।"

वे ख़ुद पानी लाते हैं? पता नहीं कैसे—उस क्षण मेरी शर्म और थकान और पिछले वर्षों की जमी नाराज़गी घुल-सी गई, हम ठिठके हुए सन्नाटे में पानी का बहना सुनते रहे, कहीं ऊपर से मन्दिर की घंटियाँ सुनाई दे रही थीं—शाम की आरती शुरू हो गई थी।

"अब आप लौटिए...मैं चला जाऊँगा।"

"अच्छा," उन्होंने कहा, पर वे गए नहीं और मैं उनके साथ बँधा खड़ा रहा।

"मैं कल आऊँगा," मैंने कुछ ऐसे कहा, मानो जो तसल्ली उन्होंने मुझे अब तक दी थी, अब उन्हें अकेला देखकर वापस लौटा रहा हूँ।

"तुम्हें कोई तकलीफ़ तो नहीं है?"

"कैसी तकलीफ़?" मैंने उन्हें देखा।

"मास्टर जी का घर काफ़ी छोटा है...तुम रेस्टहाउस में क्यों नहीं आ जाते?"

"नहीं, मैं ठीक हूँ, एक-दो दिन की ही तो बात है।"

'एक-दो दिन...' मेरे मुँह से निकल गया। हवा और मन्दिर की घंटियों में ये शब्द पता नहीं कितनी देर तक झूलते रहे।

इस बार मैं रुका नहीं, सीधा मन्दिर की ढलान पर नीचे उतरता गया। आख़िरी मोड़ पर पीछे मुड़ा तो देखा, वे वहीं वैसे ही खड़े थे, जैसा मैं उन्हें छोड़ गया था—अविचलित और एक ही जगह।

नीचे मोटर-रोड की रोशनियाँ एक क़तार में चमकीली झालर-सी टिमटिमा रही थीं। बीच में वह पहाड़ी शहर सफ़ेद धुंध में लिपटा सो रहा था। क्या वे भी सो रहे होंगे? या अकेले अपनी कोठरी में बैठे होंगे? तुम पूरे दस साल बाद उनसे मिलने आए थे—और एक रात भी उनके साथ नहीं रह पाए? तुम लिखते हो, लेकिन जब कोई अभूतपूर्व सच्चाई रास्ते में मिल जाती है तो तुम किनारा करके भाग निकलते हो, जैसे जीने का सच्चाई से और सच्चाई का लिखने से कोई नाता नहीं है। तीनों चीज़ें मरे मुर्दों की तरह अलग-अलग फाँसियों पर झूलती रहती हैं, और अगर भागना ही था—तो एक रात भी क्यों ठहरे? मकान के काग़ज़ों पर दस्तख़त कराते और अगली बस से वापस लौट जाते? क्या मतलब था रुकने का, अगर एक ही रात और शहर में अलग-अलग छतों के नीचे सोना था? हमारा परिवार और भाई-बहन; आख़िरी मौक़े पर पहुँचकर क्यों हम सब रूखे डंठल-से सूख जाते थे—सारा प्रेम कहीं राख और रेत में दब जाता था—और हम एक-दूसरे को अपनी हालत पर छोड़कर अलग हो जाते थे; क्या यह उदासीनता अपने में पाप नहीं थी? क्या इसी पाप से आतंकित होकर उन्होंने घर नहीं छोड़ा था?

उस रात मैं नीचे उतरता गया, गड़हे में जाकर अपनी शर्म और लांछना के कीचड़ में लिपटकर सोना—शायद वह उतना ही सुख देता है, जितना पहाड़ की स्वच्छ चोटी पर रहना। लेकिन गड़हा मेरे भीतर था और जब मैं मास्टर साहब के घर पहुँचा तो सिर्फ़ एक इच्छा सुलग रही थी—उनकी आँखों से ग़ायब होकर एक अदृश्य प्राणी की तरह अपने बिस्तर पर जा लेटूँ और सारी रात वहीं काटकर दूसरे दिन दिल्ली रवाना हो जाऊँ।

मास्टर जी शायद रसोई में थे। उन्हें पता भी न चला कि मैं कब दरवाज़ा खोलकर भीतर आ गया हूँ। उस क्षण मुझमें मास्टर जी का सामना करने की न शक्ति थी, न इच्छा; मैं जल्दी से कपड़े बदलकर बिस्तर में छिप जाना चाहता था। कमरे में आग बलबल सुलग रही थी; जब मैं अँगीठी के पास आया, मुझे अपने भीतर की ठंड और थकन का बोध हुआ; इसके साथ ही अपने भीतर के तपते बुख़ार का ख़याल आया—कहीं देह के भीतर मन का बुख़ार और मन के भीतर देह की ठिठुरन साथ-साथ एक-दूसरे को सता और सहला रहे थे, जिसमें मेरा साझा कहीं न था। यह अच्छा ही था। हम गृहस्थ लोगों के लिए यही सबसे बड़ी सान्त्वना है; साधु-संन्यासियों की तरह हम संसार का त्याग भले ही न कर सकें, लेकिन कुछ देर के लिए अपने मन और शरीर से छुटकारा पा सकते हैं—अलग हो सकते हैं, थोड़ा-सा हल्के हो सकते हैं; किन्तु उस रात मेरे भाग्य में यह नहीं बदा था। कपड़े बदलकर मैं बिस्तर पर लेटा ही था कि रसोई में हल्की-सी आहट सुनाई दी; मैं चौंककर उठ बैठा; चौके की देहरी पर मास्टर जी खड़े थे। वे मुझे ऐसे घूर रहे थे, जैसे मैं रँगे हाथों पकड़ा गया हूँ, "आप कब आए?"

"अभी कुछ देर पहले...मेरी तबीयत कुछ ठीक नहीं है।" मैंने अपने को बचाते हुए कहा।

वे कुछ ढीले पड़े; मेरे बिस्तर के पास आए, "मैंने आपसे पलंग पर सोने के लिए कहा था। इन दिनों फ़र्श पर सीलन रहती है।" उन्होंने मेरे माथे पर हाथ रखा, फिर नाड़ी को परखा, "बुख़ार तो नहीं है... थोड़ी-सी थकन होगी। मेरे पास ब्रांडी रखी है—थोड़ी-सी लीजिए, हाथ-पाँव में गरमाई आ जाएगी।"

उन्होंने अलमारी से एक छोटी-सी क्वार्टर बोतल निकाली और चौके से दो गिलास ले आए। मैं बिस्तर पर उठकर बैठ गया; कमरे की आग के सामने हम दोनों कुछ ऐसे जान पड़ रहे थे, जैसे पीने के लिए नहीं—किसी पहाड़ी देवता की पूजा के निमित्त बैठे हैं; बाहर अँधेरे में किसी पक्षी की अजब, आग्रह-भरी आवाज़ सुनाई दे जाती थी—जंगल की ख़ामोशी को अपनी चोंच से छितराती हुई।

"निनीरा है; इसे सुनकर बच्चों को नींद आ जाती है।" उन्होंने ब्रांडी का घूँट लिया और मेरी ओर देखा, "गर्म पानी चाहिए?"

"नहीं, ऐसे ठीक है...आपको यहाँ मिल जाती है?"

"नहीं, यहाँ कहाँ मिलेगी? कभी-कभी अल्मोड़ा या भुवाली से मँगवा लेता हूँ, बस के ड्राइवर ले आते हैं।"

आग की गरमाई रही होगी या ब्रांडी का असर, मुझे लगा, मेरी देह की गाँठें धीरे-धीरे खुल रही हैं; कुछ देर पहले मन्दिर के नीचे जो विषाद और विक्षोभ की भावना आई थी, वह कहीं अलग न झूलती हुई मेरी आत्मा के चौखटे में फिट हो गई थी; सहसा मुझे लगा, इस दुनिया में कुछ भी बुरा नहीं है...मास्टर जी का एकटक मेरी तरफ़ घूरना भी नहीं। वे अजीब उत्सुकता में मुझे ताक रहे थे।

"मिल आए बाबा से?"

पहले क्षण मैं कुछ भी नहीं समझा, "कौन-से बाबा?"

वे हँसने लगे, "आप भी खूब हैं, जैसे यहाँ बाबाओं की भीड़ लगी है।"

मैं उनके खुले जबड़े और पीले दाँतों को देखता रहा। जिन्हें वे 'बाबा' कह रहे थे, उनका मुझसे कोई रिश्ता हो सकता है, यह उन्हें नहीं मालूम था; साधु-संन्यासियों का घर-परिवार हो सकता है, इसके बारे में कोई कभी सोचता भी नहीं, और यह बात मुझे पहली बार काफ़ी विचित्र जान पड़ी।

"वे क्या अपनी कुटिया में ही थे?"

"जी...भला और कहाँ जाएँगे?" मैंने कुछ हैरानी से उन्हें देखा।

"हर जगह...पहले तो वे हर जगह घूमते थे; अपना सौदा-सुलुफ लेने भी ख़ुद बाज़ार में नीचे आते थे।"

कहीं मेरे भीतर हल्की-सी उत्सुकता जागी।

"अब कहीं नहीं जाते?"

"कभी-कभी महीनों गुज़र जाते हैं और उनके दर्शन नहीं होते; पहले मैं हाल-चाल पूछने उनकी कुटिया में चला जाता था—लेकिन उनका व्यवहार कुछ ऐसा अजीब दिखाई पड़ा कि मैंने भी जाना छोड़ दिया।"

"कैसा व्यवहार?"

वे आग की रोशनी में अपनी हथेली को ऐसे देख रहे थे, जैसे मेरी बात का उत्तर वहाँ लिखा हो; फिर उन्होंने ब्रांडी का छोटा-सा घूँट लिया और मेरी ओर देखा, "पिछली सर्दियों में मैं उनके लिए पानी लाता था; वे बहुत मना करते थे, लेकिन मेरी छुट्टियाँ थीं और मैं हर सुबह उनकी कुटिया में पहुँच जाता था। एक सुबह मैं झरने से पानी भरकर ला रहा था कि वे मुझे रास्ते में मिल गए; मुझे रोककर बोले, 'क्या मैं उनके लिए लकड़ियाँ भी चुनकर ला सकता हूँ?'...'क्यों नहीं,' मैंने कहा। वे कुछ देर तक मुझे देखते रहे, फिर मुस्कराकर कहा, 'और रोटी? क्या उनके लिए खाना भी बना सकता हूँ,' मैंने कहा, 'नो प्राब्लम...' दिन में एक बार खाते हैं; भला उनकी रोटी बनाने में कितनी देर लगेगी? 'और

मैं?' उन्होंने पूछा, 'मैं क्या करूँगा?' मैंने कहा, 'बाबा, आप ईश्वर का ध्यान कीजिए, इसीलिए तो आप सबकुछ त्यागकर यहाँ आए हैं...' जानते हो, उन्होंने क्या कहा?"

मास्टर जी रुककर आग की लपटों को देखते रहे; कुछ देर तक जलती हुई लकड़ियों की झिर-झिर के अलावा कुछ भी सुनाई नहीं देता था।

"क्या कहा उन्होंने?" मैंने उनकी ओर देखा।

कहने लगे, "जिसके बारे में कुछ मालूम नहीं, उसका ध्यान कैसे हो सकता है?"

"यह उन्होंने कहा?"

"मैंने पूछा, अगर ऐसी बात है, तो घर-बार छोड़कर यहाँ जंगल में आने की ज़रूरत क्यों? जानते हैं, उन्होंने क्या कहा? कहने लगे, मैंने कुछ भी नहीं छोड़ा—मैं सिर्फ़ यहाँ रहता हूँ। आप मेरा सब काम करेंगे, तो मैं क्या करूँगा? मैंने पानी की बाल्टी रास्ते में ही छोड़ दी...जो आदमी अपनी सेवा नहीं कराना जानता, वह 'उसकी' क्या सेवा करेगा?"

वे कुछ देर चुप बैठे रहे, फिर एक लम्बी साँस ली।

"मैं यहाँ अकेला रहता हूँ—नौकरी के लिए—लेकिन वे यहाँ क्यों रहते हैं, यह कभी समझ में नहीं आया। न ध्यान-ज्ञान, न पूजा-पाठ... लोग उनसे मिलने आते हैं, तो चुपचाप बैठे रहते हैं—मैंने कभी उन्हें उपदेश का एक शब्द कहते नहीं सुना..."

"फिर भी लोग उनके पास आते हैं?" मैंने पूछा।

"क्यों नहीं...आप भी तो आख़िर इतनी दूर से आए हैं।"

"नाम सुना था..." मैंने कहा।

"कोई मनोकामना लेकर आए हैं—या सिर्फ़ जिज्ञासा?"

मास्टर जी की टोहती आँखें मुझ पर टिकी थीं; मैंने भीतर झाँका—पुराने जालों के बीच जो चीज़ टँगी थी, वह न मनोकामना थी, न जिज्ञासा—हवा में डोलता सिर्फ़ एक टूटे रिश्ते का धागा था—

जो कभी मास्टर जी से टकराता था, कभी मुझसे—लेकिन जिसको न वे समझ पाते थे, न मैं हटा पाता था...।

"खाना लगाऊँ, बहुत देर हो गई है।"

मास्टर जी रसोई में चले गए, लेकिन मैं अपने बिस्तर पर बैठा रहा। बाहर झींगुरों का स्वर एक तान में बज रहा था। ब्रांडी लेने के बाद एक मन्द आँच मेरे भीतर भी जलने लगी थी; अपने घर में था, तो गृहस्थी के बीच पता नहीं चलता था कि अरसे से मेरे भीतर कितनी ठंड और थकन जमा होती गई है।

"आप सो गए?"

मैं चौंककर उठ बैठा। आग की हल्की गरमाई में मैं ऊँघने लगा था। उन्होंने दो थालियाँ फ़र्श पर रख दीं। दाल-सब्ज़ी, मोटी गर्म रोटियाँ... अकेले ही उन्होंने सब बनाया था; उस क्षण मुझे मास्टर जी के जीवन से अद्भुत ईर्ष्या हुई; मैं दो दिन से उनके घर में मेहमान बना बैठा था, जबकि उन्हें मेरे बारे में कुछ भी मालूम नहीं था। एकबारगी इच्छा हुई कि उन्हें सब बता दूँ, कह दूँ; उनके सहजी बाबा और कोई नहीं—मेरे भाई हैं, जिनसे मैं मिलने आया हूँ...लेकिन दूसरे ही क्षण कुछ भी कहने की इच्छा मर गई; मेरी बात सुनकर वे अजीब संकोच में फँस जाएँगे और फ़ायदा कुछ भी नहीं होगा...कुछ सत्य बिलकुल अनावश्यक होते हैं, उन्हें कहने, न कहने से कोई अन्तर नहीं पड़ता।

"अभी तो आप कुछ दिन यहाँ रहेंगे?" उनके स्वर में कुछ अजीब-सी आतुरता थी।

"मुझे कल ही जाना है," मैंने कुछ झिझकते हुए कहा, "मैं सिर्फ़ दो दिन की छुट्टी लेकर आया था।"

"कहाँ काम करते हैं आप?"

उन्होंने पहली बार मुझसे मेरी नीचेवाली ज़िन्दगी के बारे में पूछा था—उनके स्वर में एक लगाव-भरी चिन्ता थी, जिसके कारण मैं उनका

कृतज्ञ-सा हो आया। मैंने उन्हें अपनी अख़बार की नौकरी के बारे में बताया—अपने बच्चों, गृहस्थी और घर के बारे में, वे चुपचाप सुनते रहे। जब मैं अपनी बात ख़त्म कर चुका और उनकी ओर से फिर भी कोई उत्तर नहीं आया, तो मुझे थोड़ा-सा सन्देह हुआ—कहीं वे सो तो नहीं रहे? सिर उठाकर उन्हें देखा—कमरे की पीली चाँदनी में उनकी आँखें मुझ पर टिकी थीं; मुझे एक अजीब-सा खटका हुआ—पता नहीं, वे क्या सोच रहे थे!

"एक बात कहूँ—आप घर-गृहस्थी छोड़कर इतनी दूर आए हैं, कुछ दिन रुक क्यों नहीं जाते?"

"उससे क्या होगा?"

"बाबा का साथ रहेगा और क्या! वे भी इन दिनों कोठरी में अकेले पड़े रहते हैं।"

"आप भी तो यहाँ रहते हैं...फिर भी उनके पास नहीं जाते।"

"मुझे समझ में नहीं आता, उनसे क्या बात करूँ—पहले उनका थोड़ा-बहुत काम करने चला जाता था—अब उन्हें उसकी भी ज़रूरत नहीं पड़ती...पता नहीं, दिन रात अकेले क्या करते हैं?"

"देखिए—उन्होंने घर-बार अपनी इच्छा से छोड़ा होगा—और अकेले रहना इतना बड़ा संताप भी नहीं है...आप भी तो यहाँ बिलकुल अकेले रहते हैं?" मैंने कहा।

"मेरी बात बिलकुल अलग है...मैं महीने में एक-दो बार अल्मोड़ा का चक्कर लगा आता हूँ, अगर यहाँ कोई ढंग का मकान मिल जाता, तो फैमिली को भी यहाँ ले आता..." वे एक क्षण रुके, मेरी ओर एक अजीब अर्थ-भरी दृष्टि से देखा, धीरे से कहा, "एक बात मुझे समझ में नहीं आती, बाबा को यहाँ आए इतने वर्ष बीत गए, लेकिन उनके घर-परिवार का कोई आदमी उनसे नहीं मिलने आया?"

मुझे अजीब-सा सन्देह हुआ कि उन्हें मेरे बारे में सबकुछ मालूम है।

शायद पहले दिन से ही उन्हें मालूम था, जब वह बस-स्टेशन पर मिले थे...किन्तु उनके चेहरे से कुछ पता नहीं चलता था।

"सम्भव है, उनके घरवालों को मालूम ही न हो कि वे यहाँ हैं!"

"इतने वर्षों में भी?" उन्होंने कुछ अविश्वास से मुझे देखा।

"शायद कोशिश की हो...इतना बड़ा देश है, कोई कहाँ तक छानता फिरेगा!" मैंने कहा।

वे कुछ देर अँधेरे में बाहर देखते रहे, फिर कुछ सोचते हुए कहा, "मुमकिन है, उनका कोई न हो! कुछ लोग तो अपने अकेलेपन से घबराकर ही संन्यास ले लेते हैं।"

"आपने कभी उनसे नहीं पूछा?"

"अपने बारे में वे इतना ही कहते हैं जितना...ईश्वर के बारे में; कभी-कभी तो मुझे उनके संन्यासी होने पर भी शक़ होने लगता है।"

संन्यासी नहीं, तो और क्या हैं? दस साल पहले सबको रुलाकर घर छोड़ा था—अब ईश्वर को छोड़ कहाँ जाएँगे? किन्तु उस रात इसका उत्तर कहीं न था...मास्टर जी अपनी मंजी पर लेट गए और मैं अपने बिस्तर पर—बिलकुल पिछली रात की तरह।

लेकिन पिछली रात की तरह कमरे में पूरा अँधेरा नहीं हुआ। चौके की खिड़की पर चाँद भीतर झाँक रहा था और कमरे की हर चीज़ एक महीन, पीले चूरे में चमकती जान पड़ती थी; देर तक मुझे नींद नहीं आई; घर की याद आती थी तो लगता था, वह कोई दूसरी दुनिया हो—और जब भाई की अकेली कोठरी के बारे में सोचता, तो लगता कि वह कोई तीसरी दुनिया है—और ये सब दुनियाएँ धरती पर अलग-अलग बिखरी हैं—दिखती पास-पास हैं, किन्तु असल में एक-दूसरे से लाखों कि.मी. दूर हैं...क्या इनका आपस में कोई सम्बन्ध नहीं? यह विचार ही मुझे भयंकर जान पड़ा; मैंने करवट ली ताकि इस प्रश्न को उठने से पहले ही बाज़ू में दबाकर सो सकूँ।

ऊपर कव्वे उड़ रहे थे। लश्कर-के-लश्कर; चीख़ते हुए वे नीचे उतरते और जहाँ थाह मिलती, वहाँ पसर जाते—पेड़, चट्टान, डगर, डाली; उनकी काँव-काँव से बाज़ार और मन्दिर के बीच का आकाश थर्राने लगता था।

मैं बाज़ार में ही था—बस-स्टैंड के शेड के नीचे एक छोटी-सी भीड़ जमा थी; ढाबों के आगे कुत्ते और कुली ऊँघ रहे थे। मास्टर जी सबको धकियाते हुए आगे बढ़ गए और टिकट की खिड़की के आगे खड़े हो गए; खिड़की बन्द थी...मास्टर जी ने दो-तीन बार उसे अपने घूँसों से खटखटाया, अचानक एक सिर बाहर आया और मास्टर जी उससे बतियाने लगे, कुछ देर बाद वे मेरे पास आए।

"एडवांस बुकिंग नहीं होती—आपको बस में ही टिकट मिल जाएगा।"

"आपने टाइम पूछा?"

"शाम को एक ही बस दिल्ली जाती है—छह बजे। दूसरी बस आठ बजे, वह डायरेक्ट नहीं जाती—भुवाली से दूसरी बस लेनी गड़ती है।"

छह बजे। समय काफ़ी था। घर से निकलने से पहले मैं अपना सामान बाँध चुका था...मास्टर जी की सलाह पर उसे बाज़ार में उनकी जान-पहचान के हलवाई की दुकान में रखवा दिया था, ताकि शाम को लौटने पर उसे लेने दोबारा घर न जाना पड़े। मेरे हाथ में सिर्फ़ अपना थैला था—और 'उनका' छाता।

"आइए, एक-एक चाय और हो जाए...आपको पूरी चढ़ाई पार करनी है," मास्टर जी ने कहा।

सुबह की चाय हम उनके घर में ही ले चुके थे—लेकिन ठंड कुछ इतनी ज़्यादा थी कि मैं ढाबे में कुछ देर भट्ठी के आगे बैठने का लालच नहीं रोक सका।

सुबह से ही मास्टर जी चुप थे; एक-दो बार मुझसे रुकने का आग्रह किया था, किन्तु जब मैंने उन्हें बताया कि अगले दिन ही मुझे अख़बार में अपना कॉलम लिखना है, तो उन्होंने ज़ोर नहीं डाला; न सहजी बाबा के बारे में एक शब्द कहा; पिछली रात के बाद हमारे बीच एक मूक समझौता-सा हो गया था कि हम उनके बारे में चुप ही रहेंगे...न उन्होंने उनकी चर्चा छेड़ी, न मैंने कुछ कहा; हमारे बीच वे कुछ वैसे ही अदृश्य हो गए थे, जैसे ऊँचाई पर उनकी कुटिया...वह बादलों में छिप गई थी; न मन्दिर दिखाई देता था, न फॉरेस्ट रेस्टहाउस; वह कुछ वैसा ही पहाड़ी दिन था, जब बारिश नहीं होती, लेकिन धूप भी दिखाई नहीं देती—सिर्फ़ बादलों की कनात ऊपर से नीचे तनी रहती है।

"ये सब भुवाली से आते हैं," मास्टर जी ने बादलों को देखते हुए कहा, "बाक़ी सब रानीखेत-नैनीताल की तरफ़ उड़ जाते हैं...बची-खुची खुरचन यहाँ आती है...इनके लिए यह जगह काले पानी की सज़ा है और क्या..."

मैं चाय पीता हुआ रुक गया, "इसके आगे नहीं जाते?"

वे हँसने लगे, "इसके आगे कव्वे जाते हैं...देखते नहीं इनके लश्कर?"

वे चारों तरफ़ थे...मन्दिर की पहाड़ी पर, बाज़ार के ऊपर छतों और पेड़ों पर चक्कर काटते हुए।

"आप सोचेंगे, इतना छोटा शहर और इतने कव्वे? कहते हैं, इस शहर पर एक शाप पड़ा था कि यहाँ के सब निवासी मृत्यु के बाद कव्वे की योनि प्राप्त करते हैं।"

"फिर भी लोग यहाँ रहते हैं?" मैंने कहा।

"हाँ, रहते हैं—क्योंकि एक विश्वास यह भी है कि ये सब कव्वे मरने पर मोक्ष प्राप्त करते हैं," मास्टर जी ने कुछ गम्भीरता से कहा, "यह शहर एक तरह का ट्रांजिट स्टेशन है—कव्वे की योनि और निर्वाण के बीच।"

इस बार वे मुस्कराए नहीं...अपनी सूनी निगाहों से धुंध में डूबे शहर और उसके ऊपर फड़फड़ाते काले डैनों को देखते रहे...काले पानी का शहर...मुझे यह सोचकर कुछ अजीब-सा लगा कि भुवाली के बादल यहाँ आते हैं, आगे नहीं जाते...जैसे यह दुनिया का अन्तिम छोर हो—मृतात्माओं और कव्वों का प्रदेश!

मैं आगे कुछ भी नहीं सोच सका; मास्टर जी ने भी जैसे अपनी मज़ाक़-भरी कथा को आगे नहीं बढ़ाया—शायद वे भी अपनी ज़िन्दगी के बारे में सोचने लगे, जो आधी से ज़्यादा इसी शहर में बीत चुकी थी...।

उन्होंने मुझे चाय के पैसे भी नहीं चुकाने दिये...।

"मैं शाम को इसी ढाबे के सामने रहूँगा...आप ज़रा जल्दी आ जाइएगा—और..." वे एक क्षण झिझके, "उनसे मेरा प्रणाम कहिएगा।"

"आप भी मेरे साथ चलिए...वे बहुत ख़ुश होंगे," मैंने आग्रह किया। मैं इस बार उनके पास अकेले नहीं जाना चाहता था।

मेरी बात सुनकर वे एकदम घबरा-से गए, "नहीं...नहीं, मैं तो यहीं रहता हूँ—किसी भी दिन चला जाऊँगा...आप कोई रोज़ थोड़े ही आते हैं।"

वे जल्दी से मुड़ गए, बाज़ार की भीड़ में खो गए।

चढ़ाई पर कीचड़ थी; बूँदा-बाँदी ऊपर से। दोपहर के बीच ही अँधेरा-सा घिरने लगा था। मैंने उनकी छतरी खोल ली और तेज क़दमों से ऊपर चढ़ने लगा। मन्दिर की सीढ़ियों तक पहुँचते-पहुँचते मेरी साँस फूल आई। एक बार इच्छा हुई, कुछ देर वहीं बैठकर स्वस्थ हो लूँ, उनके पास इस तरह लस्तम-पस्तम जाना ठीक नहीं होगा; फिर ख़याल आया,

अगर शाम की बस पकड़नी है, तो जितना समय उनके पास बिता सकूँ, वही अच्छा है। दो-चार मिनट सीढ़ियों पर सुस्ताकर मैं दोबारा ऊपर चढ़ने लगा।

पगडंडी के नीचे सुन्दर पहाड़ी कॉटेज थीं, अंग्रेज़ों के ज़माने की... एक क्षण विश्वास नहीं हुआ कि वहाँ सम्भ्रान्त लोग रहते होंगे—जिनका अघोरी बाबा के नंगेपन, भाई की कुटिया और मास्टर जी के अकेलेपन से कोई लेना-देना नहीं, कभी किसी खुले दरवाज़े से भीतर की झलक मिल जाती—सुलगती हुई फ़ायरप्लेस...कहीं गलियारे में लड़कियों की हँसती आवाज़ें...रेडियो का संगीत; यह वही दुनिया थी, जिसकी सुरक्षित चहारदीवारी के बीच मैंने अपने चालीस वर्ष गुज़ारे थे—किन्तु बाहर धुंध में ठिठुरते हुए वह दुनिया कितनी बेगानी जान पड़ती थी; सहसा एक रिरियाते से डर ने मुझे पकड़ लिया—अगर कोई मुझे अचानक इस सुन्दर और सुरक्षित दुनिया से बाहर फेंक दे तो मेरा क्या हाल होगा... मैं उस टिड्डे की तरह अँधेरे में चक्कर लगाऊँगा जिसे एक अँगुली से पकड़कर ड्राइंगरूम की खिड़की के बाहर फेंक दिया जाता है...और जो कभी दोबारा भीतर आने का रास्ता नहीं ढूँढ़ पाता; किन्तु अगले क्षण ही मुझे अपने डर पर हँसी आने लगी—मैंने अपने कोट के भीतर हाथ डाला, वहाँ मेरे बैंक की पासबुक थी; गले में लिपटे मफ़लर को छुआ, जो पिछली वर्षगाँठ पर मेरी पत्नी ने मुझे भेंट की थी, मेरे चमड़े के वैलेट में मेरे दोनों बच्चों की तसवीरें थीं, दिल्ली में मकान था, किताबें थीं, जिन पर मेरा नाम लिखा था—सब ठोस पक्की चीज़ें, जिनसे मेरा इस धरती पर होना साबित होता था। मैं वही था, जो चालीस साल पहले इस दुनिया में आया था—एक पीस में जड़ा हुआ जीव, एक निरन्तर प्राणी, जिसके बीच कोई काट-फाँक नहीं थी; यह असम्भव लगा कि यह जीव मुझे एक दिन अनाथ पतंगे की तरह अँधेरे में छोड़कर ग़ायब हो जाएगा। मैं जल्दी-जल्दी उनकी कुटिया की तरफ़ बढ़ने लगा;

एक अजीब ख़ुशी ने मुझे पकड़ लिया। कुछ घंटों बाद शाम की बस से मैं अपनी जानी-पहचानी दुनिया में लौट जाऊँगा...डर का कोई कारण नहीं था।

मैंने धीरज की साँस ली। जब देखा, उनकी कोठरी में उजाला है—ज़्यादा नहीं—उतना ही, जितना एक धुँधली दोपहर में लालटेन से बाहर आता है; मेरे लिए उतना ही काफ़ी था। लगभग दौड़ते हुए मैं कुटिया की तीन सीढ़ियाँ चढ़ गया; साँकल खटखटाने के लिए हाथ बढ़ाया, तो बीच में ही ठिठक गया। क्या उनके साथ कोई भीतर है? उनकी आवाज़ सुनाई दी—ऐसी आवाज़—जो न अकेली होती है, न किसी के साथ होती है, जैसे कोई नींद या बुख़ार में बुड़बुड़ाता है, आधे शब्द सुनाई देते हैं, आधे ऊपर से निकल जाते हैं—क्या वे प्रार्थना कर रहे थे, या अपने से ही बोल रहे थे? लेकिन तभी वे दिखाई दिये—दरवाज़े के पल्लों के बीच वे मेरी नज़र के घेरे में आ गए; वे रोशनदान के आगे खड़े थे...।

मैं आज भी वह दृश्य नहीं भूल पाता; उसे 'दृश्य' भी कहना ग़लत होगा—दरवाज़े के बीच सूराख़ से जो दिखाई दिया, वहाँ न सहजी बाबा थे, न मेरे भाई थे—वहाँ एक ऐसे आदमी खड़े थे, जो दीन-दुनिया से बेख़बर अपने से बात कर रहे थे और बीच-बीच में ख़ुद ही हँसने लगते थे...। दरवाज़े से चिपटा, लुटा-पिटा मैं उन्हें देखता रहा—एक सम्मोहित पशु-सा, जो भय और मोह के बीच जड़ पुतले-सा खड़ा रहता है... लेकिन मेरा दूसरा हिस्सा मुझसे छिटककर उनसे जा चिपटा था, हैरत में चीख़ रहा था—यह आप क्या कर रहे हैं? किससे बातें कर रहे हैं? किस पर हँस रहे हैं?

कहते हैं, जब आत्मा गूँगी पड़ जाती है, तब देह की आवाज़ सुनाई देती है; सन्नाटे में ख़ून सनसनाता है और तब हम होश में आ जाते हैं, अपने दिल की धड़कन को पहली बार सुनते हैं; ऐसा ही मेरे साथ हुआ; मुझे पता भी न चला, कब मैंने साँकल खटखटाई, कब उन्होंने दरवाज़ा खोला—मुझे अपने कन्धे पर उनका हाथ और उनके शब्द एक साथ सुनाई दिये, "कहाँ रहे? मैं सुबह से तुम्हारे इन्तज़ार में बैठा था।"

उनका स्वर इतना सहज और शान्त था कि अनायास मैंने ऊपर देखा—वे मुस्करा रहे थे; क्या ये वही आदमी थे, जो कुछ मिनट पहले अकेले में हँस रहे थे?

"आप...?" मैंने कहा; फिर मैंने अपना वाक्य अधूरा छोड़ दिया; किसी ने मेरे भीतर की साँकल लगा दी; मैंने अपने विगत जीवन में आँख मूँदकर इतने दरवाज़े बन्द किये हैं—एक यह भी सही।

"आपका हाथ बहुत गर्म है," मैंने कहा, "तबीयत ठीक है?"

उन्होंने धीरे से अपना हाथ मेरे कन्धे से अलग कर दिया, फिर ऐसे कहा, जैसे मेरी बात को सुना भी न हो, "बाहर सर्दी है—भीतर चले आओ।"

मैंने उनकी छतरी कोने में रख दी; जूते उतार दिये; भीतर उतनी ही सर्दी थी, जितनी बाहर; नंगे कमरे में लालटेन की रोशनी और भी अधिक ठंडी और मैली जान पड़ती थी।

"इतनी देर कहाँ रहे?" उन्होंने पूछा।

"मास्टर जी के साथ बाज़ार आया था...बस में सीट बुक करवानी थी।"

वे चुप रहे; लालटेन के दायरे में उनका सफ़ेद चेहरा, सलेटी दाढ़ी और घनी काली भँवें एक निष्प्रभ आकार में सिमट गई थीं... एक तपता चेहरा—जो न सौम्य था, न कठोर—सिर्फ़ निर्विकार-सा मुझे ताक रहा था।

"आज सुबह टहलता हुआ मैं फ़ॉरेस्ट रेस्टहाउस गया था... उसके मैनेजर मुझे जानते हैं...वे आसानी से एक कमरा तुम्हारे लिए बुक करवा सकते हैं।"

"उससे क्या होगा?"

"तुम कुछ दिन यहाँ आराम से रह सकते हो...इतनी जल्दी क्या है?"

उनके स्वर में थोड़ा-सा आग्रह था, हल्का-सा सूखा स्नेह...जो ढुरकता नहीं था इसलिए उसे झेल पाना और भी दुखद और दुश्वार जान पड़ता था।

"आपको अच्छा लगेगा?" मैंने कहा।

वे धीरे से हँस पड़े, "तुम सिर्फ़ मेरे लिए ही रुकना चाहोगे?"

"और यहाँ कौन है? मैं आपसे मिलने आया था।"

"नहीं...मैंने सोचा, शायद तुम कुछ दिन यहाँ रुकना चाहो... दिल्ली में तो रहना ही है।"

"आप सचमुच यह चाहते हैं?" मैंने कहा।

"मेरे चाहने की बात नहीं..." वे कुछ देर चुप बैठे रहे, फिर धीरे से कहा, "अरसे से तुमने छुट्टी नहीं ली...तुम छुट्टी मानकर ही यहाँ रह सकते हो।"

"वे सोचेंगे, मैं भी आपके साथ मिल गया हूँ। घर में क्या एक संन्यासी काफ़ी नहीं है?"

वे मुस्कराने लगे, "क्या वे मुझे संन्यासी समझते हैं? मैं तो यहाँ वैसे ही रहता हूँ, जैसे घर में रहता था...सिर्फ़ जगह बदल जाती है।"

"और आप? आप बिलकुल नहीं बदले?" मैंने कुछ कौतूहल से उन्हें देखा।

"तुम क्या सोचते हो?" उनकी आँखों में एक अजीब शरारती-सी चमक तैर रही थी।

"मैंने कभी नहीं सोचा था कि आपको इस ज़िन्दगी में देखना सम्भव हो पाएगा।"

"इस ज़िन्दगी में?" उन्होंने विस्मय से मुझे देखा, "इसके अलावा दूसरी ज़िन्दगी कौन-सी है?"

क्या वे मेरे साथ खिलवाड़ कर रहे हैं? लेकिन उनकी आँखें स्थिर थीं और चेहरे पर एक उदास-सी निमग्नता घिर आई थी।

"अगर एक ही ज़िन्दगी है, तो फिर जगह बदलने का भी क्या मतलब है—जैसे यहाँ वैसे वहाँ?" मैंने कहा।

"अन्तर है...वहाँ दूसरों के लिए मेरा कोई मतलब नहीं था।"

"और यहाँ?"

"यहाँ दूसरे नहीं हैं..." वे मुस्कराने लगे, "इसीलिए अपने मतलब के बारे में ही सोचना पड़ता है..."

"क्या यह सम्भव है—दूसरों को बिलकुल छोड़ देना?"

वे कुछ सोचने लगे; दोपहर के मलिन आलोक में उनका सिर चौकी पर रुक आया था, सिर्फ़ बालों की सफ़ेद लटें दिखाई देती थीं—कुछ देर पहले जिस चेहरे को हँसते देखा था, वह अब एक अँधेरी बावड़ी पर ठिठकी छाया-सा दिखाई देता था।

"नहीं...सम्भव नहीं है," उन्होंने कहा, "तभी तो मैंने तुम्हें चिट्ठी भेजी थी। संन्यासी होने के लिए सिर्फ़ छोड़ना ही काफ़ी नहीं है..."

वे दीवार पर पीठ लगाए थोड़ा-सा झुक आए थे; आँखें मुँदी थीं; दरवाज़े का पल्ला धीरे-धीरे हिल रहा था। हवा उठती थी, और बाहर की धूल और पत्तियाँ भीतर ले आती थी।

उन्होंने अचानक आँखें खोल दीं।

'कोई आया था?" उन्होंने कुछ हैरत से मुझे देखा।

"नहीं," मैंने कहा, लेकिन तभी बाहर पैरों की आहट सुनाई दी; कुछ लोग सीढ़ियों के नीचे खड़े थे।

"ज़रा देखो, कौन है?" उन्होंने मेरी ओर देखा।

मैं उठकर देहरी के पास आया; दरवाज़ा पूरी तरह खोल दिया; नीचे तीन-चार सम्भ्रान्त-से दिखनेवाले व्यक्ति खड़े थे...साथ में दो महिलाएँ भी थीं। मुझे देखकर एक सज्जन आगे बढ़े, "क्या बाबा भीतर हैं?"

मैं कुछ कह पाता कि मुझे अपने पीछे उनकी आवाज़ सुनाई दी, "आप बाहर बैठिए, मैं आता हूँ।"

उनका स्वर सुनते ही सबके हाथ जुड़ गए। मैं अलग हट गया। वह नीचे सीढ़ियों पर आए तो हर व्यक्ति आगे बढ़कर उनके पैर छू लेता था। सबसे बाद में एक बहुत कम उम्र की महिला आईं, काली शॉल में लिपटी हुई—एक क्षण बाबा को देखा...और फिर बहुत देर तक उनके पैरों के पास सिर टिकाकर बैठी रहीं।

वे निश्चल खड़े थे; न एक शब्द कहा, न हाथ उठाकर कोई आशीर्वाद दिया। कुछ देर बाद वे मेरी तरफ़ मुड़े, "तुम बैठो, मैं अभी आता हूँ।"

उनके चेहरे पर अजीब-सा संकोच था; मैं निढाल-सा खड़ा रहा, क्या इन लोगों के सामने उन्हें मुझसे शर्म-सी आ रही थी?

मैं भीतर आया और लालटेन की बत्ती धीमी कर दी...सिर्फ़ इतनी रोशनी रहने दी कि बाहर का हल्का उजाला भीतर आता रहे; वे कुटिया के बाहर बांज के नीचे एक सफ़ेद चबूतरे पर बैठे थे; कभी-कभी उनमें से किसी की आवाज़ भीतर आ जाती थी, अलग-अलग टुकड़ों में बाबा से कुछ कहती हुई, लेकिन उनका स्वर एक बार भी सुनाई नहीं दिया—और तब मुझे अपने प्रश्न पर ही शर्म आने लगी, जो मैंने उनसे पूछा था...दूसरे लोग? उन्होंने हमें छोड़ दिया था, लेकिन ये लोग? उन्हें इनसे क्या मिलता होगा, जो यहाँ आते हैं? कुछ ज़रूर होगा, जिसके बारे में मुझे कुछ भी नहीं मालूम। क्या मैं अपने भाई के रूप में एक अजनबी से मिल रहा था, उनसे वह सब पूछ रहा था, जिसका इस जगह कोई मतलब नहीं था? और तब मुझे बरसों पहले की घटना याद हो आई,

जब मैं उन्हें ढूँढ़ने अस्पताल के मुर्दाघर में गया था। मुझे लगा, चबूतरे के आगे जो लोग उनके दर्शन करने आए हैं, मैं भी उन्हीं की लाइन में खड़ा हो गया हूँ, किन्तु वह कोई दूसरी जगह थी, दूसरा समय—वहाँ सफ़ेद चबूतरे की जगह बर्फ़ की सिलें रखी थीं, जिन पर लोगों की लाशें मछलियों-सी रखी थीं। मैं हर सिल के आगे रुक जाता था—क्या यह वे हैं? लेकिन हर बार जब मैं रुकता, मुर्दाघर का अटेंडेंट मुझे पीछे से धक्का दे देता था, 'जल्दी कीजिए, आपके ही नहीं दूसरों के मुर्दे भी पड़े हैं, पहचानिए और आगे बढ़िए...'

दूसरों के मुर्दे? मैं धक्के खाता हुआ आगे बढ़ गया—दस साल आगे...और अचानक समझ नहीं पाया कि मैं बर्फ़ की सिल पर लेटा हुआ उन्हें देख रहा हूँ या वे ऊपर से झुककर मुझे निहार रहे हैं...।

"छोटे!"

एक धीमी-सी आवाज़ सुनाई दी; मेरे ऊपर लालटेन थी और वे मुझे बुला रहे थे। दस साल बाद उनके मुँह से अपना घर का नाम सुनकर मैं हड़बड़ाकर उठ बैठा। लगा, मैं अपने घर में हूँ; आँखें फाड़ते हुए उन्हें देखने लगा जो ऊपर से मुझे देख रहे थे।

"तुम सो गए थे?" उन्होंने धीरे से कहा।

मैंने देखा, मेरे ऊपर उनका कम्बल बिछा है, मेरी देह में गरमाया हुआ।

"वे लोग चले गए?" मैं हड़बड़ाकर उठ बैठा।

"बहुत पहले के..."

"आप यह कम्बल कब दे गए?"

"जब मैं भीतर आया, तुम ऐसे ठिठुर रहे थे, जैसे बर्फ़ पर लेटे हो," उन्होंने मुस्कराते हुए कहा।

बर्फ़ पर? मुझे लगा, मैं किसी दस साल पुराने सपने से बाहर निकल आया हूँ; कोठरी में हल्की पीली-सी रोशनी फैली थी;

डूबने से पहले सूरज बाहर निकल आया था; एक पीली-सी चमक पहाड़ों पर उतर आई थी।

वे मेरे पास झुक आए, बहुत कोमल स्वर में कहा, "थोड़ा आराम कर लो, अभी चाय बना लाता हूँ।"

मैंने उन्हें देखा—वही शान्त चेहरा और छोटी-सी मुस्कराहट, जैसे वे भी अभी-अभी बर्फ़ की सिल से उठकर बाहर आए हों! बाहर उजाले में, जहाँ उनकी दुनिया मेरे अतीत से मिल गई थी; शाम की उस घड़ी में मेरा उन्हें देखना और उनका चुप रहना एक तरह की तैयारी थी, जहाँ—पिछले वर्षों का गूँगा रेगिस्तान एक क्षण में नाप लिया जाता है...शायद इसीलिए उन्होंने मुझे बुलाया था...वे शायद अन्तिम बार मुझसे—घर से—छुटकारा पा लेना चाहते थे।

मैं धीरे से उठा, उनका कम्बल तहाकर कोने में रख दिया। फिर देहरी पर आया, अपने जूते पहने और थैला उठाकर उन्हें देखा; वे अब भी लालटेन लेकर खड़े थे, हालाँकि अब उजाले में उसकी कोई ज़रूरत नहीं थी।

"मैं चलूँगा—बस जाती होगी।"

वे चुप खड़े रहे। फिर धीरे से कहा, "ठहरो, अभी आता हूँ।"

वे नीचे कमरे में गए। जब ऊपर आए तो उनके हाथ में लालटेन नहीं थी।

"तुम इसे फिर भूल गए," उन्होंने मेरा ब्रीफ़केस मुझे लौटाते हुए कहा, "पत्र मैंने रख लिये हैं और..." वे एक क्षण रुके, फिर धीमे से कहा, "तुम देख लेना, काग़ज़ों पर दस्तख़त मैंने कर दिये हैं।"

मैंने उन्हें देखा; वे थोड़ा-सा मुड़ गए थे; बाहर पेड़ों से छनती धूप उनके पैरों पर गिर रही थी। मैं भी झुक गया, कुछ देर झुका रहा...और मुझे लगा, जैसे कोई मेरे सिर को सहला रहा है—एक गर्म तपती-सी छुअन जो धीरे-धीरे मेरी देह को ताप रही थी...।

सिर उठाया, तो कोठरी में कोई नहीं था। रोशनदान से बांज के पेड़ की छाया नीचे ढुरक आई थी और जहाँ वे खड़े थे, वहाँ धूप का एक चकत्ता चुपचाप सरक आया था। मेरी यात्रा का अन्त शायद ऐसे ही होना था।

मैंने ब्रीफ़केस उठाया और बाहर चला आया।

उसके बाद कुछ नहीं है; मैं पेड़ों के बीच धूप में धुली पगडंडी उतरने लगा—वह कितना नीचे उतरती थी। दिल्ली शहर और दोस्त, अख़बार का दफ़्तर, गर्मी की सनसनाती लू-भरी दोपहरें और मेरी सच्ची-झूठी कहानियाँ—मैं धीरे-धीरे उस ऊँचाई को भूल गया, जहाँ उनसे, मास्टर जी से, अघोरी बाबा से मिला था। वे दोनों ही मुझे बस-अड्डे पर छोड़ने आए थे। उनके चेहरे समय के साथ धुँधले पड़ गए हैं, लेकिन कभी-कभी अकेले क्षणों में सहसा मास्टर जी का प्रश्न उमग आता है। बस की खिड़की से सटकर उन्होंने असीम जिज्ञासा से पूछा था, "आप जो मनोकामना लेकर उनके पास गए थे, वह क्या पूरी हो गई?"

इससे पहले मैं कोई उत्तर सोच पाता, बस चल पड़ी; मास्टर जी कुछ दूर बस के साथ-साथ भागते आए, लेकिन अघोरी बाबा मुझसे उदासीन ऊपर देख रहे थे...पेड़ों के ऊपर हवा में फड़फड़ाता हुआ एक काला बवंडर उठ रहा था; हज़ारों कव्वे जंगल पर चक्कर काटते हुए मन्दिर की तरफ़ उड़ रहे थे।

एक दिन का मेहमान

उसने अपना सूटकेस दरवाज़े के आगे रख दिया। घंटी का बटन दबाया और प्रतीक्षा करने लगा। मकान चुप था। कोई हलचल नहीं—एक क्षण के लिए भ्रम हुआ कि घर में कोई नहीं है और वह ख़ाली मकान के आगे खड़ा है। उसने रूमाल निकालकर पसीना पोंछा, अपना एयर-बैग सूटकेस पर रख दिया। दोबारा बटन दबाया और दरवाज़े से कान सटाकर सुनने लगा, बरामदे के पीछे कोई खुली खिड़की हवा में हिचकोले खा रही थी।

वह पीछे हटकर ऊपर देखने लगा। वह दुमंज़िला मकान था—लेन के अन्य मकानों की तरह—काली छत, अंग्रेज़ी 'वी' की शक्ल में दोनों तरफ़ से ढलुआँ, और बीच में सफ़ेद पत्थर की दीवार, जिसके माथे पर मकान का नम्बर एक काली बिन्दी-सा टिमक रहा था। ऊपर की खिड़कियाँ बन्द थीं और परदे गिरे थे। कहाँ जा सकते हैं इस वक़्त?

वह मकान के पिछवाड़े गया—वही लॉन, फेंस और झाड़ियाँ थीं, जो उसने दो साल पहले देखी थीं। बीच में विलो अपनी टहनियाँ झुकाए

एक काले, बूढ़े रीछ की तरह ऊँघ रहा था। लेकिन गैराज खुला और ख़ाली पड़ा था; वे कहीं कार लेकर गए थे, सम्भव है, उन्होंने सारी सुबह उसकी प्रतीक्षा की हो और अब किसी काम से बाहर चले गए हों। लेकिन दरवाज़े पर उसके लिए एक चिट तो छोड़ ही सकते थे?

वह दोबारा सामने के दरवाज़े पर लौट आया। अगस्त की चुनचुनाती धूप उनकी आँखों पर पड़ रही थी। सारा शरीर चू रहा था। वह बरामदे में ही अपने सूटकेस पर बैठ गया। अचानक उसे लगा, सड़क के पार मकानों की खिड़कियों से कुछ चेहरे बाहर झाँक रहे हैं, उसे देख रहे हैं। उसने सुना था, अंग्रेज़ लोग दूसरों की निजी चिन्ताओं में दखल नहीं देते, लेकिन वह मकान के बाहर बरामदे में बैठा था, जहाँ प्राइवेसी का कोई मतलब नहीं था; इसलिए वे निस्संकोच, नंगी उन्मुक्तता से उसे घूर रहे थे। लेकिन शायद उनके कौतूहल का एक दूसरा कारण था; उस छोटे, अंग्रेज़ी क़स्बाती शहर में लगभग सब एक-दूसरे को पहचानते थे और वह न केवल अपनी शक्ल-सूरत में, बल्कि झूलते-झालते हिन्दुस्तानी सूट में काफ़ी अद्‌भुत प्राणी दिखाई दे रहा होगा। उसकी तुड़ी-मुड़ी वेशभूषा और गर्द और पसीने में लथपथ चेहरे से कोई यह अनुमान भी नहीं लगा सकता था कि अभी तीन दिन पहले फ्रेंकफर्ट की कान्फ्रेंस में उसने पेपर पढ़ा था। 'मैं एक लुटा-पिटा एशियन इमीग्रेंट दिखाई दे रहा हूँगा'...उसने सोचा और अचानक खड़ा हो गया—मानो खड़ा होकर प्रतीक्षा करना ज़्यादा आसान हो। इस बार बिना सोचे-समझे उसने दरवाज़ा ज़ोर से खटखटाया और तत्काल हकबकाकर पीछे हट गया—हाथ लगते ही दरवाज़ा खट-से खुल गया। जीने पर पैरों की आवाज़ सुनाई दी—और दूसरे क्षण वह चौखट पर उसके सामने खड़ी थी।

वह भागते हुए सीढ़ियाँ उतरकर नीचे आई थी, और उससे चिपट गई थी। इससे पहले वह पूछता, क्या तुम भीतर थीं? और वह पूछती, तुम बाहर खड़े थे?—उसने अपने धूल-भरे लस्तम-पस्तम हाथों से उसके

दुबले कन्धों को पकड़ लिया और लड़की का सिर नीचे झुक आया और उसने अपना मुँह उसके बालों पर रख दिया।

पड़ोसियों ने एक-एक करके अपनी खिड़कियाँ बन्द कर दीं।

लड़की ने धीरे से उसे अपने से अलग कर दिया, "बाहर कब से खड़े थे?"

"पिछले दो साल से।"

"वाह!" लड़की हँसने लगी। उसे अपने बाप की ऐसी ही बातें बौड़म जान पड़ती थीं।

"मैंने दो बार घंटी बजाई—तुम लोग कहाँ थे?"

"घंटी खराब है, इसलिए मैंने दरवाज़ा खुला छोड़ दिया था।"

"तुम्हें मुझे फ़ोन पर बताना चाहिए था—मैं पिछले एक घंटे से आगे-पीछे दौड़ रहा था।"

"मैं तुम्हें बतानेवाली थी, लेकिन बीच में लाइन कट गई...तुमने और पैसे क्यों नहीं डाले?"

"मेरे पास सिर्फ़ दस पैसे थे...वह औरत काफ़ी चुड़ैल थी।"

"कौन औरत?" लड़की ने उसका बैग उठाया।

"वही, जिसने हमें बीच में काट दिया।"

आदमी अपना सूटकेस बीच ड्राइंगरूम में घसीट लाया। लड़की उत्सुकता से बैग के भीतर झाँक रही थी—सिगरेट के पैकेट, स्कॉच की लम्बी बोतल, चॉकलेट के बंडल—वे सारी चीज़ें, जो उसने इतनी हड़बड़ी में फ्रेंकफर्ट के एयरपोर्ट पर ड्यूटी-फ्री दुकान से ख़रीदी थीं, अब बैग से ऊपर झाँक रही थीं।

"तुमने अपने बाल कटवा लिये?" आदमी ने पहली बार चैन से लड़की का चेहरा देखा।

"हाँ, सिर्फ़ छुट्टियों के लिए। कैसे लगते हैं?"

"अगर तुम मेरी बेटी नहीं होतीं तो मैं समझता, कोई लफंगा घर में घुस आया है।"

"ओह, पापा!" लड़की ने हँसते हुए बैग से चाकलेट निकाली, रैपर खोला, फिर उसके आगे बढ़ा दी।

"स्विस चाकलेट," उसने उसे हवा में डुलाते हुए कहा।

"मेरे लिए एक गिलास पानी ला सकती हो?"

"ठहरो, मैं चाय बनाती हूँ।"

"चाय बाद में..." वह अपने कोट की अन्दरूनी जेब में कुछ टटोलने लगा—नोटबुक, वालेट, पासपोर्ट—सब चीज़ें बाहर निकल आईं, अन्त में उसे टेबलेट्स की डिब्बी मिली, जिसे वह ढूँढ़ रहा था।

लड़की पानी का गिलास लेकर आई तो उससे पूछा, "कैसी दवाई है?"

"जर्मन," उसने कहा, "बहुत असर करती है।" उसने टेबलेट पानी के साथ निगल ली, फिर सोफ़े पर बैठ गया। सब कुछ वैसा ही था, जैसा उसने सोचा था। वही कमरा, शीशे का दरवाज़ा, खुले हुए परदों के बीच वही चौकोर, हरे रूमाल-जैसा लॉन, टी.वी. के स्क्रीन पर उड़ती पक्षियों की छाया, जो बाहर उड़ते थे और भीतर होने का भ्रम देते थे...।

वह किचन की देहरी पर आया। गैस के चूल्हों के पीछे लड़की की पीठ दिखाई दे रही थी। कार्डराय की काली जीन्स और सफ़ेद क़मीज़, जिसकी मुड़ी स्लीव्स बाँहों की कुहनियों पर झूल रही थीं। वह बहुत हल्की और छुई-मुई-सी दिखाई दे रही थी।

"मामा कहाँ हैं?" उसने पूछा। शायद उसकी आवाज़ इतनी धीमी थी कि लड़की ने उसे नहीं सुना, किन्तु उसे लगा, जैसे लड़की की गर्दन कुछ ऊपर उठी थी। "मामा क्या ऊपर हैं?" उसने दोबारा कहा और लड़की वैसे ही निश्चल खड़ी रही और तब उसे लगा, उसने पहली बार भी उसके प्रश्न को सुन लिया था। "क्या वह बाहर गई हैं?" उसने पूछा।

लड़की ने बहुत धीरे, धुँधले ढंग से सिर हिलाया, जिसका मतलब कुछ भी हो सकता था।

"तुम पापा, कुछ मेरी मदद करोगे?"

वह लपककर किचन में चला आया, "बताओ, क्या काम है?"

"तुम चाय की केतली लेकर भीतर जाओ, मैं अभी आती हूँ।"

"बस!" उसने निराश स्वर में कहा।

"अच्छा, प्याले और प्लेटें भी लेते जाओ।"

वह सब चीज़ें लेकर भीतर कमरे में चला आया। वह दोबारा किचन में जाना चाहता था, लेकिन लड़की के डर से वह वहीं सोफ़ा पर बैठा रहा। किचन से कुछ तलने की ख़ुशबू आ रही थी। लड़की उसके लिए कुछ बना रही थी—और वह उसकी कोई भी मदद नहीं कर पा रहा था। एक बार इच्छा हुई, किचन में जाकर उसे मना कर आए कि वह कुछ नहीं खाएगा—किन्तु दूसरे क्षण भूख ने उसे पकड़ लिया। सुबह से उसने कुछ नहीं खाया था। यूस्टन स्टेशन के कैफ़ेटेरिया में इतनी लम्बी 'क्यू' लगी थी कि वह टिकट लेकर सीधा ट्रेन में घुस गया था। सोचा था, वह डायनिंग-कार में कुछ पेट में डाल लेगा, किन्तु वह दुपहर से पहले नहीं खुलती थी। सच पूछा जाए, तो उसने अन्तिम खाना कल शाम फ्रेंकफ़र्ट की एयरपोर्ट में खाया था और जब रात को लन्दन पहुँचा था, तो अपने होटल की बॉर में पीता रहा था। तीसरे गिलास के बाद उसने जेब से नोटबुक निकाली, नम्बर देखा और बॉर के टेलीफ़ोन बूथ में जाकर फ़ोन मिलाया था...। पहली बार में पता नहीं चला, उसकी पत्नी की आवाज़ है या बच्ची की। उसकी पत्नी ने फ़ोन उठाया होगा, क्योंकि कुछ देर तक फ़ोन का सन्नाटा उसके कान में झनझनाता रहा, फिर उसने सुना, वह ऊपर से बच्ची को बुला रही है। और तब उसने घड़ी देखी; उसे अचानक ध्यान आया, इस समय वह सो रही होगी, और वह फ़ोन नीचे रखना चाहता था, किन्तु उसी समय उसे बच्ची का

स्वर सुनाई दिया; वह आधी नींद में थी। उसे कुछ देर तक पता ही नहीं चला कि वह इंडिया से बोल रहा है या फ्रेंकफ़र्ट से या लन्दन से... वह उसे अपनी स्थिति समझा ही रहा था कि तीन मिनट ख़त्म हो गए और उसके पास इतनी 'चेंज' भी नहीं थी कि वह लाइन को कटने से बचा सके, तसल्ली सिर्फ़ इतनी थी कि वह नींद, घबराहट और नशे के बीच यह बताने में सफल हो गया कि वह कल उनके शहर पहुँच रहा है...कल यानी आज।

वे अच्छे क्षण थे। बाहर इंग्लैंड की पीली और मुलायम धूप फैली थी। वह घर के भीतर था। उसके भीतर गरमाई की लहरें उठने लगी थीं। हवाई अड्डों की भाग-दौड़, होटलों की हील-हुज्जत, ट्रेन-टैक्सियों की हड़बड़ाहट—वह सबसे परे हो गया था। वह घर के भीतर था; उसका अपना घर न सही, फिर भी एक घर—कुर्सियाँ, परदे, सोफ़ा, टी.वी.। वह अर्से से इन चीज़ों के बीच रहा था और हर चीज़ के इतिहास को जानता था। हर दो-तीन साल बाद जब वह आता था, तो सोचता था—बच्ची कितनी बड़ी हो गई होगी और पत्नी? वह कितनी बदल गई होगी! लेकिन ये चीज़ें उस दिन से एक जगह ठहरी थीं, जिस दिन उसने घर छोड़ा था; वे उसके साथ जाती थीं, उसके साथ लौट आती थीं...।

"पापा, तुमने चाय नहीं डाली?" वह किचन से दो प्लेटें लेकर आई, एक में टोस्ट और मक्खन थे, दूसरे में तले हुए सॉसेज़।

"मैं तुम्हारा इन्तज़ार कर रहा था।"

"चाय डालो, नहीं तो बिलकुल ठंडी हो जाएगी।"

वह उसके साथ सोफ़ा पर बैठ गई। "टी.वी. खोल दूँ...देखोगे?"

"अभी नहीं...सुनो, तुम्हें मेरे स्टैंप्स मिल गए थे?"

"हाँ, पापा, थैंक्स!" वह टोस्ट्स पर मक्खन लगा रही थी।

"लेकिन तुमने चिट्ठी एक भी नहीं लिखी!"

"मैंने एक लिखी थी, लेकिन जब तुम्हारा टेलीग्राम आया, तो मैंने सोचा, अब तुम आ रहे हो तो चिट्ठी भेजने की क्या ज़रूरत?"

"तुम सचमुच गागा हो।"

लड़की ने उसकी ओर देखा और हँसने लगी। यह उसका चिढ़ाऊ नाम था, जो बाप ने बरसों पहले उसे दिया था, जब वह उसके साथ घर में रहता था, वह बहुत छोटी थी और उसने हिन्दुस्तान का नाम भी नहीं सुना था।

बच्ची की हँसी का फ़ायदा उठाते हुए वह उसके पास झुक आया, जैसे कोई चंचल चिड़िया हो, जिसे केवल सुरक्षा के भ्रामक क्षण में ही पकड़ा जा सकता है, "ममी कब लौटेंगी?"

प्रश्न इतना अचानक था कि लड़की झूठ नहीं बोल सकी, "वह ऊपर अपने कमरे में हैं।"

"ऊपर? लेकिन तुमने तो कहा था..."

किरच, किरच, किरच—वह चाकू से जले हुए टोस्ट को कुरेद रही थी मानो उसके साथ-साथ वह उसके प्रश्न को भी काट डालना चाहती हो। हँसी अब भी थी, लेकिन अब वह बर्फ़ में जमे कीड़े की तरह उसके होंठों पर चिपकी थी।

"क्या उन्हें मालूम है कि मैं यहाँ हूँ?"

लड़की ने टोस्ट पर मक्खन लगाया, फिर जैम—फिर उसके आगे प्लेट रख दी।

"हाँ, मालूम है," उसने कहा।

"क्या वह नीचे आकर हमारे साथ चाय नहीं पिएँगी?"

लड़की दूसरी प्लेट पर सॉसेज़ सजाने लगी—फिर उसे कुछ याद आया। वह रसोई में गई और अपने साथ मस्टर्ड और कैचप की बोतलें ले आई।

"मैं ऊपर जाकर पूछ आता हूँ।" उसने लड़की की तरफ़ देखा, जैसे उससे अपनी कार्यवाही का समर्थन पाना चाहता हो। जब वह कुछ नहीं बोली, तो वह ज़ीने की तरफ़ जाने लगा।

"प्लीज़, पापा!"

उसके पाँव ठिठक गए।

"आप फिर उनसे लड़ना चाहते हैं?" लड़की ने कुछ ग़ुस्से में उसे देखा।

"लड़ना!" वह शर्म से भीगा हुआ हँसने लगा, "मैं यहाँ दो हज़ार मील उनसे लड़ने आया हूँ?"

"फिर आप मेरे पास बैठिए।" लड़की का स्वर भरा हुआ था। वह अपनी माँ के साथ थी, लेकिन बाप के प्रति क्रूर नहीं थी। वह उसे पुरचाती निगाहों से निहार रही थी, "मैं तुम्हारे पास हूँ, क्या यह काफ़ी नहीं है?"

वह खाने लगा, टोस्ट, सॉसेज़, टिन के उबले हुए मटर। उसकी भूख उड़ गई थी, लेकिन लड़की की आँखें उस पर थीं। वह उसे देख रही थी, और कुछ सोच रही थी। कभी-कभी टोस्ट का एक टुकड़ा मुँह में डाल लेती और फिर चाय पीने लगती। फिर उसकी ओर देखती और चुपचाप मुस्कराने लगती। उसे दिलासा-सी देती—सब कुछ ठीक है, तुम्हारी ज़िम्मेदारी मुझ पर है और जब तक मैं हूँ, डरने की कोई बात नहीं।

डर नहीं था। टेबलेट का असर रहा होगा, या यात्रा की थकान—वह कुछ देर के लिए लड़की की निगाहों से हटना चाहता था। वह अपने को हटाना चाहता था। "मैं अभी आता हूँ," उसने कहा।

लड़की ने सशंकित आँखों से उसे देखा, "क्या बाथरूम जाएँगे?"

वह उसके साथ-साथ ग़ुसलख़ाने तक चली आई और जब उसने दरवाज़ा बन्द कर लिया, तो भी उसे लगता रहा, वह दरवाज़े के पीछे खड़ी है...।

उसने बेसिनी में अपना मुँह डाल दिया और नलका खोल दिया। पानी झर-झर उसके चेहरे पर बहने लगा—और वह सिसकने-सा लगा। आधे बने हुए शब्द उसकी छाती के खोखल से बाहर निकलने लगे, जैसे भीतर जमी हुई काई उलट रहा हो, उलटी, जो सीधी दिल से बाहर आती है—वह टेबलेट जो कुछ देर पहले खाई थी, अब पीले चूरे-सी बेसिनी के संगमरमर पर तैर रही थी। फिर उसने नल बन्द कर दिया और रूमाल निकालकर मुँह पोंछा। बाथरूम की खूँटी पर स्त्री के मैले कपड़े टँगे थे—प्लास्टिक की एक चौड़ी बाल्टी में अंडरवियर और ब्रेसियर साबुन में डूबे थे। खिड़की खुली थी और बाग़ का पिछवाड़ा धूप में चमक रहा था। कहीं किसी दूसरे बाग़ से घास कटने की उनींदी-सी घुर्र-घुर्र पास आ रही थी...।

वह जल्दी से बाथरूम का दरवाज़ा बन्द करके कमरे में चला आया। सारे घर में सन्नाटा था। वह किचन में आया, तो लड़की दिखाई नहीं दी। वह ड्राइंगरूम में लौटा, तो वह भी ख़ाली पड़ा था। उसे सन्देह हुआ कि वह ऊपरवाले कमरे में अपनी माँ के पास बैठी है। एक अजीब आतंक ने उसे पकड़ लिया। घर जितना शान्त था, उतना ही ख़तरे से अटा जान पड़ा। वह कोने में गया, जहाँ उसका सूटकेस रखा था, वह जल्दी-जल्दी उसे खोलने लगा। उसने अपने कॉन्फ्रेंस के नोट्स और काग़ज़ अलग किये, उनके नीचे से वह सारा सामान निकालने लगा, जो वह दिल्ली से अपने साथ लाया था—एम्पोरियम का राजस्थानी लहँगा (लड़की के लिए), ताँबे और पीतल के ट्रिंकेट्स, जो उसने जनपथ पर तिब्बती लामा हिप्पियों से ख़रीदे थे, पशमीने की कश्मीरी शॉल (बच्ची की माँ के लिए), एक लाल गुजराती जरीदार स्लीपर, जिसे बच्ची और

माँ, दोनों पहन सकते थे, हैंडलूम के बेडकवर, हिन्दुस्तानी टिकटों का अल्बम—और एक बहुत बड़ी सचित्र किताब 'बनारस : द एटर्नल सिटी'। फ़र्श पर धीरे-धीरे एक छोटा-सा हिन्दुस्तान जमा हो गया था जिसे वह हर बार यूरोप आते समय अपने साथ ढो लाता था।

सहसा उसके हाथ ठिठक गए। वह कुछ देर तक चीज़ों के ढेर को देखता रहा। कमरे के फ़र्श पर बिखरी हुई वे बिलकुल अनाथ और दयनीय दिखाई दे रही थीं। एक पागल-सी इच्छा हुई कि वह उन्हें कमरे में जैसे का तैसा छोड़कर भाग खड़ा हो। किसी को पता भी न चलेगा, वह कहाँ चला गया? लड़की थोड़ा-बहुत ज़रूर हैरान होगी, किन्तु बरसों से वह उससे ऐसे ही अचानक मिलती रही थी और बिना कारण बिछुड़ती रही थी, 'यू आर ए कमिंग मैन एंड ए गोइंग मैन', वह उससे कहा करती थी—पहले विषाद में और बाद में कुछ-कुछ हँसी में...। उसे कमरे में न बैठा देखकर लड़की को ज़्यादा सदमा नहीं पहुँचेगा। वह ऊपर जाएगी और माँ से कहेगी, 'अब तुम नीचे आ सकती हो; वह चले गए।' फिर वे दोनों एक-साथ नीचे आएँगी, और उन्हें राहत मिलेगी कि अब उन दोनों के अलावा घर में कोई नहीं है।

"पापा!"

वह चौंक गया, जैसे रँगे हाथों पकड़ा गया हो! खिसियानी-सी मुस्कराहट में लड़की को देखा—वह कमरे की चौखट पर खड़ी थी और खुले हुए सूटकेस को ऐसे देख रही थी, जैसे वह कोई जादू की पिटारी हो, जिसने अपने पेट से अचानक रंग-बिरंगी चीज़ों को उगल दिया हो! लेकिन उसकी आँखों में कोई ख़ुशी नहीं थी; एक शर्म-सी थी, जब बच्चे अपने बड़ों को कोई ऐसी ट्रिक करते हुए देखते हैं जिसका भेद उन्हें पहले से मालूम होता है; वे अपने संकोच को छिपाने के लिए कुछ ज़्यादा ही उत्सुक हो जाते हैं।

"इतनी चीज़ें?" वह आदमी के सामने कुर्सी पर बैठ गई, "कैसे लाने दीं? सुना है, आजकल कस्टमवाले बहुत तंग करते हैं!"

"नहीं, इस बार उन्होंने कुछ नहीं किया," आदमी ने उत्साह में आकर कहा, "शायद इसलिए कि मैं सीधे फ्रेंकफ़र्ट से आ रहा था। उन्हें सिर्फ़ एक चीज़ पर शक हुआ था।" उसने मुस्कराते हुए लड़की की ओर देखा।

"किस चीज़ पर?" लड़की ने इस बार सच्ची उत्सुकता से पूछा।

उसने अपने बैग से दालबीजी का डिब्बा निकाला और उसे खोलकर मेज़ पर रख दिया। लड़की ने झिझकते हुए दो-चार दाने उठाए और उन्हें सूँघने लगी, "क्या है यह?" उसने जिज्ञासा से आदमी को देखा।

"वे भी इसी तरह सूँघ रहे थे," वह हँसने लगा, "उन्हें डर था कि कहीं इसमें चरस-गाँजा तो नहीं है?"

"हैश?" लड़की की आँखें फैल गईं, "क्या इसमें सचमुच हैश मिली है?"

"खाकर देखो।"

लड़की ने कुछ दालमोठ मुँह में डाले और उन्हें चबाने लगी, फिर हलाट-सी होकर सी-सी करने लगी।

"मिर्चें होंगी—थूक दो!" आदमी ने कुछ घबराकर कहा।

किन्तु लड़की ने उन्हें निगल लिया और छलछलाई आँखों से बाप को देखने लगी।

"तुम भी पागल हो...सब निगल बैठीं।" आदमी ने जल्दी से उसे पानी का गिलास दिया, जो वह उसके लिए लाई थी।

"मुझे पसन्द है।" लड़की ने जल्दी से पानी पिया और अपनी क़मीज़ की मुड़ी हुई बाँहों से आँखें पोंछने लगी। फिर मुस्कराते हुए आदमी की ओर देखा, "आई लव इट।"

वह कई बातें सिर्फ़ आदमी का मन रखने के लिए करती थी।

उनके बीच बहुत कम मुहलत रहती थी और वह उसके निकट पहुँचने के लिए ऐसे शॉर्टकट लेती थी, जिसे दूसरे बच्चे महीनों में पार करते हैं।

"क्या उन्होंने भी इसे चखकर देखा था?" लड़की ने पूछा।

"नहीं, उनमें इतनी हिम्मत कहाँ थी! उन्होंने सिर्फ़ मेरा सूटकेस खोला, मेरे काग़ज़ों को उल्टा-पलटा और जब उन्हें पता चला कि मैं कान्फ्रेंस से आ रहा हूँ तो उन्होंने कहा, 'मिस्टर, यू मे गो।'"

"क्या कहा उन्होंने?" लड़की हँस रही थी।

"उन्होंने कहा, 'मिस्टर यू मे गो, लाइक एन इंडियन क्रो!' आदमी ने भेदभरी निगाहों से उसे देखा। 'क्या है यह?'"

लड़की हँसती रही—जब वह बहुत छोटी थी और आदमी के साथ पार्क में घूमने जाती थी, तो वे यह सिरफिरा खेल खेलते थे। वह पेड़ की ओर देखकर पूछता था, 'ओ डियर, इज़ देयर एनीथिंग टू सी?' और लड़की चारों तरफ़ देखकर कहती थी, 'येस डियर, देयर इज़ ए क्रो ओवर द ट्री।' आदमी विस्मय से उसकी ओर देखता, 'क्या है यह?' और वह विजयोल्लास में कहती, 'पोयम!'

ए पोयम? बढ़ती हुई उम्र में छूटते हुए बचपन की छाया सरक आई—पार्क की हवा, पेड़, हँसी। वह बाप की उँगली पकड़कर सहसा एक ऐसी जगह आ गई, जिसे वह मुद्दत पहले छोड़ चुकी थी, जो कभी-कभार रात को सोते हुए सपनों में दिखाई दे जाती थी...।

"मैं तुम्हारे लिए कुछ इंडियन सिक्के लाया था...तुमने पिछली बार कहा था न!"

"दिखाओ, कहाँ हैं?" लड़की ने कुछ ज़रूरत से ज़्यादा ही ललकते हुए पूछा।

आदमी ने सलमे-सितारों से जड़ी एक लाल थैली उठाई—जिसे हिप्पी लोग अपने पासपोर्ट के लिए ख़रीदते थे। लड़की ने उसे उसके हाथ से छीन लिया और हवा में झुलाने लगी। भीतर रखी चवन्नियाँ,

अठन्नियाँ चहचहाने लगीं, फिर उसने थैली का मुँह खोला और सारे पैसों को मेज़ पर बिखेर दिया।

"हिन्दुस्तान में क्या सब लोगों के पास ऐसे ही सिक्के होते हैं?"

वह हँसने लगा, "और क्या सबके लिए अलग-अलग बनेंगे?" उसने कहा।

"लेकिन ग़रीब लोग?" उसने आदमी को देखा, "मैंने एक रात टी.वी. में उन्हें देखा था...।" वह सिक्कों को भूल गई और कुछ असमंजस में फ़र्श पर बिखरी चीज़ों को देखने लगी।

तब पहली बार आदमी को लगा—वह लड़की जो उसके सामने बैठी है, कोई दूसरी है। पहचान का फ्रेम वही है जो उसने दो साल पहले देखा था लेकिन बीच की तसवीर बदल गई है।

किन्तु वह बदली नहीं थी, वह सिर्फ़ कहीं और चली गई थी। वे माँ-बाप, जो अपने बच्चों के साथ हमेशा नहीं रहते, उन गोपनीय मंज़िलों के बारे में कुछ नहीं जानते जो उनके अभाव की नींव पर ऊपर ही ऊपर बनती रहती हैं, लड़की अपने बचपन की बेसमेंट में जाकर ही पिता से मिल पाती थी...लेकिन कभी-कभी उसे छोड़कर दूसरे कमरों में चली जाती थी, जिसके बारे में आदमी को कुछ भी मालूम नहीं था।

"पापा!" लड़की ने उसकी ओर देखा, "क्या मैं इन चीज़ों को समेटकर रख दूँ?"

"क्यों, इतनी जल्दी क्या है?"

"नहीं, जल्दी नहीं...लेकिन मामा आकर देखेंगी तो...!" उसके स्वर में हल्की-सी घबराहट थी, जैसे वह हवा में किसी अदृश्य ख़तरे को सूँघ रही हो!

"आएँगी तो क्या?" आदमी ने कुछ विस्मय से लड़की की ओर देखा।

"पापा, धीरे बोलो...!"

लड़की ने ऊपर कमरे की तरफ़ देखा, ऊपर सन्नाटा था, जैसे घर की एक देह हो, दो में बँटी हुई, जिसका एक हिस्सा सुन्न और निस्पन्द पड़ा हो, दूसरे में वे दोनों बैठे थे।

और तब उसे भ्रम हुआ कि लड़की कोई कठपुतली का नाटक कर रही है। ऊपर के धागे से बँधी हुई, जैसे वह खिंचता है, वैसे वह हिलती है, लेकिन वह न धागे को देख सकता है, न उसे, जो उसे हिलाता है...।

वह उठ खड़ा हुआ। लड़की ने आतंकित होकर उसे देखा, "आप कहाँ जा रहे हैं?"

"वह नीचे नहीं आएँगी?" उसने पूछा।

"उन्हें मालूम है, आप यहाँ हैं।" लड़की ने कुछ खीजकर कहा।

"इसीलिए वह नहीं आना चाहतीं?"

"नहीं...।" लड़की ने कहा, "इसीलिए वह कभी भी आ सकतीं हैं।"

कैसे पागल हैं! इतनी छोटी-सी बात नहीं समझ सकते?

"आप बैठिए, मैं अभी इन सब चीज़ों को समेट लेती हूँ।"

वह फ़र्श पर उकड़ूँ बैठ गई; बड़ी सफ़ाई से हर चीज़ को उठाकर कोने में रखने लगी। मखमल की जूती, पशमीने की शॉल, गुजरात एम्पोरियम का बेडकवर।

उसकी पीठ पिता की ओर थी, किन्तु वह उसके हाथ देख सकता था—पतले और साँवले, बिलकुल अपनी माँ की तरह, वैसे ही निस्संग और ठंडे, जो उसकी लाई चीज़ों को आत्मीयता से पकड़ते नहीं थे, सिर्फ़ अनमने भाव से अलग ठेल देते थे।

वे एक ऐसी बच्ची के हाथ थे, जिसने सिर्फ़ माँ के सीमित और सुरक्षित स्नेह को छूना सीखा था—मर्द के उत्सुक और पीड़ित उन्माद को नहीं जो पिता के सेक्स की काली कन्दरा से उमड़ता हुआ बाहर आता है।

अचानक लड़की के हाथ ठिठक गए। उसे लगा, कोई दरवाज़े की घंटी बजा रहा है लेकिन दूसरे ही क्षण फ़ोन का ध्यान आया जो ज़ीने के नीचे कोटर में था और ज़ंजीर से बँधे पिल्ले की तरह ज़ोर-ज़ोर से चीख़ रहा था। लड़की ने चीज़ें वैसे ही छोड़ दीं और लपकते हुए सीढ़ियों के पास गई, फ़ोन उठाया, एक क्षण तक कुछ सुनाई नहीं दिया। फिर वह चिल्लाई :

"मामा, आपका फ़ोन!"

बच्ची बेनिस्टर के सहारे खड़ी थी, हाथ में फ़ोन झुलाती हुई। ऊपर का दरवाज़ा खुला और ज़ीना हिलने लगा। कोई नीचे आ रहा था। फिर एक सिर लड़की के चेहरे पर झुका। गुँथा हुआ जूड़ा और फ़ोन के बीच एक पूरा चेहरा उभर आया...।

"किसका है?" औरत ने अपने लटकते हुए जूड़े को पीछे धकेल दिया और लड़की के हाथ से फ़ोन खींच लिया। आदमी कुर्सी से उठा... लड़की ने उसकी ओर देखा। "हलो," औरत ने कहा। "हलो, हलो," औरत की आवाज़ ऊपर उठी और तब उसे पता चला, कि यह उस स्त्री की आवाज़ है, जो उसकी पत्नी थी; वह उसे बरसों बाद भी सैकड़ों आवाज़ों की भीड़ में पहचान सकता था ऊँची पिच पर हल्के-से काँपती हुई, हमेशा से सख़्त, आहत, परेशान, उसकी देह की एकमात्र चीज़, जो देह से परे आदमी की आत्मा पर ख़ून की खरोंच खींच जाती थी...। वह जैसे उठा था, वैसे ही बैठ गया।

लड़की मुस्करा रही थी।

वह हैंगर के आईने से आदमी का चेहरा देख रही थी—और वह चेहरा कुछ वैसा ही बेडौल दिखाई दे रहा था, जैसे उम्र के आईने से औरत की आवाज़—उल्टा, टेढ़ा, पहेली-सा रहस्यमय!

वे तीनों व्यक्ति अनजाने में चार में बँट गए थे—लड़की, उसकी माँ, वह और उसकी पत्नी...। घर जब गृहस्थी में बदलता है, तो अपने-आप फैलता जाता है...।

"तुम जेनी से बात करोगी?" औरत ने लड़की से कहा।

और बच्ची जैसे इसी क्षण की प्रतीक्षा कर रही थी। वह उछलकर ऊपरी सीढ़ी पर आई और माँ से टेलीफ़ोन ले लिया, "हलो जेनी, इट इज़ मी!"

वह दो सीढ़ियाँ नीचे उतरी; अब आदमी उसे पूरा-का-पूरा देख सकता था।

"बैठो..." आदमी कुर्सी से उठ खड़ा हुआ। उसके स्वर में एक बेबस-सा अनुनय था, मानो उसे डर हो कि कहीं उसे देखकर वह उल्टे पाँव न लौट जाए।

वह एक क्षण अनिश्चय में खड़ी रही। अब वापस मुड़ना निरर्थक था, लेकिन इस तरह उसके सामने खड़े रहने का भी कोई तुक नहीं था। वह स्टूल खींचकर टी.वी. के आगे बैठ गई।

"कब आए?" उसका स्वर इतना धीमा था कि आदमी को लगा, टेलीफ़ोन पर कोई दूसरी औरत बोल रही थी।

"काफ़ी देर हो गई...मुझे तो पता भी न था कि तुम ऊपर के कमरे में हो!"

स्त्री चुपचाप उसे देखती रही।

आदमी ने जेब से रूमाल निकाला, पसीना पोंछा, मुस्कराने की कोशिश में मुस्कराने लगा। "मैं बहुत देर तक बाहर खड़ा रहा। मुझे पता नहीं था, घंटी खराब है। गैरेज ख़ाली पड़ा था। मैंने सोचा, तुम दोनों कहीं बाहर गए हो...तुम्हारी कार?" उसे मालूम था, फिर भी उसने पूछा।

"सर्विसिंग के लिए गई है!" स्त्री ने कहा।

वह हमेशा से उसकी छोटी, बेकार की बातों से नफरत करती आई थी, जबकि आदमी के लिए वे कुछ ऐसे तिनके थे, जिन्हें पकड़कर डूबने से बचा जा सकता था। कम-से-कम कुछ देर के लिए...।

"तुम्हें मेरा टेलीग्राम मिल गया था? मैं फ्रेंकफ़र्ट आया था, उसी टिकट पर यहाँ आ गया; कुछ पौंड ज़्यादा देने पड़े। मैंने तुम्हें वहाँ से फ़ोन भी किया, लेकिन तुम दोनों कहीं बाहर थे..."

"कब?" औरत ने हल्की जिज्ञासा से उसकी ओर देखा, "हम दोनों घर में थे।"

"घंटी बज रही थी, लेकिन किसी ने उठाया नहीं। हो सकता है, ऑपरेटर मेरी अंग्रेज़ी नहीं समझ सकी और ग़लत नम्बर दे दिया हो! लेकिन सुनो।" वह हँसने लगा, "एक अजीब बात हुई। हीथ्रो पर मुझे एक औरत मिली, जो पीछे से बिलकुल तुम्हारी तरह दिखाई दे रही थी। यह तो अच्छा हुआ, मैंने उसे बुलाया नहीं...हिन्दुस्तान के बाहर हिन्दुस्तानी औरतें एक जैसी ही दिखाई देती हैं...।" वह बोले जा रहा था।

वह उस आदमी की तरह था जो आँखों पर पट्टी बाँधकर हवा में तनी हुई रस्सी पर चलता है। स्त्री कहीं बहुत नीचे थी—एक सपने में, जिसे वह बहुत पहले कभी जानता था, किन्तु अब उसे याद नहीं आ रहा था कि वह उसके सामने क्यों बैठा था?

वह चुप हो गया। उसे ख़याल आया, इतनी देर से वह सिर्फ़ अपनी आवाज़ सुन रहा है, उसके सामने बैठी स्त्री बिलकुल चुप बैठी थी। उसकी ओर बहुत ठंडी और हताश निगाहों से देख रही थी।

"क्या बात है?" आदमी ने कुछ भयभीत-सा होकर पूछा।

"मैंने तुमसे मना किया था; तुम समझते क्यों नहीं?"

"किसके लिए? तुमने किसके लिए मना किया था?"

"मैं तुमसे कुछ नहीं चाहती...मेरे घर तुम ये सब क्यों लाते हो? क्या फ़ायदा है इनका?"

पहले क्षण वह नहीं समझा, कौन-सी चीज़ें? फिर उसकी निगाहें फ़र्श पर गईं...शान्ति-निकेतन का पर्स, डाक टिकटों का अल्बम,

दालबीजी का डिब्बा—वे अब बिलकुल लुटी-पिटी दिखाई दे रही थीं—जैसे वह कुर्सी पर बैठा हुआ था, वैसी वे फ़र्श पर बिखरी हुई।

"कौन-सी ज़्यादा हैं?" उसने खिसियाते हुए कहा, "इन्हें न लाता तो आधा सूटकेस ख़ाली पड़ा रहता।"

"लेकिन मैं तुमसे कुछ नहीं चाहती...तुम क्या इतनी-सी बात नहीं समझ सकते?"

स्त्री की आवाज़ काँपती हुई ऊपर उठी, जिसके पीछे न जाने कितनी लड़ाइयों की पीड़ा, कितने नरकों का पानी भरा था, जो बाँध टूटते ही उसके पास आने लगा—एक-एक इंच आगे बढ़ता हुआ।

उसने जेब से रूमाल निकाला और अपने लथपथ चेहरे को पोंछने लगा।

"क्या तुम्हें इतनी देर के लिए आना भी बुरा लगता है?"

"हाँ...।" उसका चेहरा तन गया, फिर अजीब हताशा में वह ढीली पड़ गई, "मैं तुम्हें देखना नहीं चाहती—बस!"

क्या यह इतना आसान है? वह ज़िद्दी लड़के की तरह उसे देखने लगा, जो सवाल समझ लेने के बाद भी बहाना करता है कि उसे कुछ समझ में नहीं आया।

"वुक्कू!" उसने धीरे से कहा, "प्लीज!"

"मुझे माफ़ करो...।" औरत ने कहा।

"तुम चाहती क्या हो?"

"लीव मी अलोन...। इससे ज़्यादा मैं कुछ और नहीं चाहती।"

"मैं बच्ची से भी मिलने नहीं आ सकता?"

"इस घर में नहीं, तुम उससे कहीं बाहर मिल सकते हो।"

"बाहर?" आदमी ने हकबकाकर सिर उठाया, "बाहर कहाँ?"

उस क्षण वह भूल गया कि बाहर सारी दुनिया फैली है, पार्क, सड़कें, होटल के कमरे—उसका अपना संसार—बच्ची कहाँ-कहाँ उसके साथ घिसटेगी?

वह फ़ोन पर हँस रही थी। कुछ कह रही थी, "नहीं, आज मैं नहीं आ सकती। डैडी घर में हैं, अभी-अभी आ रहे हैं...नहीं, मुझे मालूम नहीं। मैंने पूछा नहीं...।"

क्या नहीं मालूम? शायद उसकी सहेली ने पूछा था, वह कितने दिन रहेगा? सामने बैठी स्त्री भी शायद यह जानना चाहती थी, कितना समय, कितनी घड़ियाँ, कितनी यातना अभी और उसके साथ भोगनी पड़ेगी?

शाम की आख़िरी धूप भीतर आ रही थी। टी.वी. का स्क्रीन चमक रहा था, लेकिन वह ख़ाली था और उसमें सिर्फ़ स्त्री की छाया बैठी थी, जैसे ख़बरें शुरू होने से पहले एनांउसर की छवि दिखाई देती है, पहले कमज़ोर और धुँधली, फिर धीरे-धीरे 'ब्राइट' होती हुई...। वह साँस रोके प्रतीक्षा कर रहा था कि वह कुछ कहेगी हालाँकि उसे मालूम था कि पिछले वर्षों से सिर्फ़ एक न्यूज़-रील है जो हर बार मिलने पर एक पुरानी पीड़ा का टेप खोलने लगती है, जिसका सम्बन्ध किसी दूसरी ज़िन्दगी से है...चीज़ें और आदमी कितने अलग हैं! बरसों बाद भी घर, किताबें, कमरे वैसे ही रहते हैं, जैसा तुम छोड़ गए थे; लेकिन लोग? वे उसी दिन से मरने लगते हैं, जिस दिन से अलग हो जाते हैं...। मरते नहीं, एक दूसरी ज़िन्दगी जीने लगते हैं, जो धीरे-धीरे उस ज़िन्दगी का गला घोंट देती है, जो तुमने साथ गुज़ारी थी...।

"मैं सिर्फ़ बच्ची से नहीं..." वह हकलाने लगा, "मैं तुमसे भी मिलने आया था।"

"मुझसे?" औरत के चेहरे पर हँसी, हिकारत, हैरानी एकसाथ उमड़ आईं, "तुम्हारी झूठ की आदत अभी तक नहीं गई?"

"तुमसे झूठ बोलकर अब मुझे क्या मिलेगा?"

"मालूम नहीं, तुम्हें क्या मिलेगा—मुझे जो मिला है, उसे मैं भोग रही हूँ।" उसने एक ठहरी ठंडी निगाह से बाहर देखा। "मुझे अगर तुम्हारे बारे में पहले से ही कुछ मालूम होता, तो मैं कुछ कर सकती थी।"

"क्या कर सकती थीं?" एक ठंडी-सी झुरझुरी ने आदमी को पकड़ लिया।

"कुछ भी। मैं तुम्हारी तरह अकेली नहीं रह सकती; लेकिन अब इस उम्र में...अब कोई मुझे देखता भी नहीं।"

"वुक्कू...!" उसने हाथ पकड़ लिया।

"मेरा नाम मत लो...वह सब ख़त्म हो गया।"

वह रो रही थी; बिलकुल निस्संग, जिसका गुज़रे हुए आदमी और आनेवाली उम्मीद—दोनों से कोई सरोकार नहीं थी। आँसू, जो एक कारण से नहीं, पूरा पत्थर हट जाने से आते हैं—एक ढलुआ ज़िन्दगी पर नाले की तरह बहते हुए; औरत बार-बार उन्हें अपने हाथ से झटक देती थी...।

बच्ची कब से फ़ोन के पास चुप बैठी थी। वह ज़ीने की सबसे निचली सीढ़ी पर बैठी थी और सूखी आँखों से रोती माँ को देख रही थी। उसके सब प्रयत्न निष्फल हो गए थे, किन्तु उसके चेहरे पर निराशा नहीं थी। हर परिवार के अपने दुःस्वप्न होते हैं, जो एक अनवरत पहिए में घूमते हैं; वह उसमें हाथ नहीं डालती थी। इतनी कम उम्र में वह इतना बड़ा सत्य जान गई थी कि मनुष्य के मन और बाहर की सृष्टि में एक अद्भुत समानता है—वे जब तक अपना चक्कर पूरा नहीं कर लेते, उन्हें बीच में रोकना बेमानी है...।

वह बिना आदमी को देखे माँ के पास गई; कुछ कहा, जो उसके लिए नहीं था। औरत ने उसे अपने पास बैठा लिया, बिलकुल अपने से सटाकर। काउच पर बैठी वे दोनों दो बहनों-सी लग रही थीं। वे उसे भूल गई थीं। कुछ देर पहले जो ज्वार उठा था, उसमें घर डूब गया था लेकिन अब पानी वापस लौट गया था और अब आदमी वहाँ था, जहाँ उसे होना चाहिए था—किनारे पर। उसे यह ईश्वर का वरदान जैसा जान पड़ा; वह दोनों के बीच बैठा है—अदृश्य! बरसों से उसकी यह साध रही थी कि वह माँ और बेटी के बीच अदृश्य बैठा रहे।

सिर्फ़ ईश्वर ही अपनी दया में अदृश्य होता है—यह उसे मालूम था। किन्तु जो आदमी गढ़हे की सबसे निचली सतह पर जीता है, उसे भी कोई नहीं देख सकता। माँ और बच्ची ने उसे अलग छोड़ दिया था; यह उसकी उपेक्षा नहीं थी। उसकी तरफ़ से मुँह मोड़कर उन्होंने उसे अपने पर छोड़ दिया था—ठीक वहीं—जहाँ उसने बरसों पहले घर छोड़ा था।

लड़की माँ को छोड़कर उसके पास आकर बैठ गई।

"हमारा बाग़ देखने चलोगे?" उसने कहा।

"अभी?" उसने कुछ विस्मय से लड़की को देखा। वह कुछ अधीर और उतावली-सी दिखाई दे रही थी, जैसे वह उससे कुछ कहना चाहती हो, जिसे कमरे के भीतर कहना असम्भव हो।

"चलो," आदमी ने उठते हुए कहा, "लेकिन पहले इन चीज़ों को ऊपर ले जाओ।"

"हम इन्हें बाद में समेट लेंगे।"

"बाद में कब?" आदमी ने कुछ सशंकित होकर पूछा।

"आप चलिए तो!" लड़की ने लगभग उसे घसीटते हुए कहा।

"इनसे कहो, अपना सामान सूटकेस में रख लें।" स्त्री की आवाज़ सुनाई दी।

उसे लगा, किसी ने अचानक पीछे से धक्का दिया हो। वह चमककर पीछे मुड़ा, "क्यों?"

"मुझे इनकी कोई ज़रूरत नहीं है।"

उसके भीतर एक लपलपाता अंधड़ उठने लगा, "मैं नहीं ले जाऊँगा, तुम चाहो तो इन्हें बाहर फेंक सकती हो।"

"बाहर?" स्त्री की आवाज़ थरथरा रही थी, "मैं इनके साथ तुम्हें भी बाहर फेंक सकती हूँ।" रोने के बाद उसकी आँखें चमक रही थीं; गालों का गीलापन सूखे काँच-सा जम गया था, जो पोंछे हुए नहीं, सूखे हुए आँसुओं से उभरकर आता है।

"क्या हम बाग़ देखने नहीं चलेंगे?" बच्ची ने उसका हाथ खींचा—और वह उसके साथ चलने लगा।

वह कुछ भी नहीं देख रहा था। घास, क्यारियाँ और पेड़ एक गूँगी फ़िल्म की तरह चल रहे थे। सिर्फ़ उसकी पत्नी की आवाज़ एक भुतैली कमेंट्री की तरह गूँज रही थी—बाहर, बाहर!

"आप ममी के साथ बहस क्यों करते हैं?" लड़की ने कहा।

"मैंने बहस कहाँ की?" उसने बच्ची को देखा, जैसे वह भी उसकी दुश्मन हो!

"आप करते हैं।" लड़की का स्वर अजीब-सा हठीला हो आया था।

वह अंग्रेज़ी में 'यू' कहती थी, जिसका मतलब प्यार में 'तुम' होता था और नाराज़गी में 'आप'। अंग्रेज़ी सर्वनाम की यह संदिग्धता बाप-बेटी के रिश्ते को हवा में टाँगे रहती थी—कभी बहुत पास, कभी बहुत पराया—जिसका सही अन्दाज़ उसे सिर्फ़ लड़की की टोन में टटोलना पड़ता था। एक अजीब-से भय ने आदमी को पकड़ लिया। वह एक ही समय में माँ और बच्ची, दोनों को नहीं खोना चाहता था।

"बड़ा प्यारा बाग़ है," उसने फुसलाते हुए कहा, "क्या माली आता है?"

"नहीं, माली नहीं।" लड़की ने उत्साह से कहा, "मैं शाम को पानी देती हूँ और छुट्टी के दिन ममी घास काटती हैं...इधर आओ, मैं तुम्हें एक चीज़ दिखाती हूँ।"

वह उसके पीछे-पीछे चलने लगा। लॉन बहुत छोटा था—हरा, पीला, मखमली। पीछे गैराज था और दोनों तरफ़ झाड़ियों की फेंस लगी थी। बीच में एक घना, बूढ़ा, विलो खड़ा था। लड़की पेड़ के पीछे छिप-सी गई, फिर उसकी आवाज़ सुनाई दी, "कहाँ हो तुम?"

वह चुपचाप, दबे-पाँवों से पेड़ के पीछे चला आया और हैरान-सा खड़ा रहा। विलो और फेंस के बीच काली लकड़ी का बाड़ा था,

जिसके दरवाज़े से एक ख़रगोश बाहर झाँक रहा था; दूसरा ख़रगोश लड़की की गोद में था। वह उसे ऐसे सहला रही थी, जैसे वह ऊन का गोला हो, जो कभी भी हाथ से छूटकर झाड़ियों में गुम हो जाएगा।

"ये हमने अभी पाले हैं...पहले दो थे, अब चार।"

"बाक़ी कहाँ हैं?"

"बाड़े के भीतर...वे अभी बहुत छोटे हैं।"

पहले उसका मन भी ख़रगोश को छूने के लिए हुआ, किन्तु उसका हाथ अपने-आप बच्ची के सिर पर चला गया और वह धीरे-धीरे उसके भूरे छोटे बालों से खेलने लगा। लड़की चुप खड़ी रही और ख़रगोश अपनी नाक सिकोड़ता हुआ उसकी ओर ताक रहा था।

"पापा?" लड़की ने बिना सिर उठाए धीरे से कहा, "क्या आपने डे-रिटर्न का टिकट लिया है?"

"नहीं; क्यों?"

"ऐसे ही; यहाँ वापसी का टिकट बहुत सस्ता मिल जाता है।"

क्या उसने यही पूछने के लिए उसे यहाँ बुलाया था? उसने धीरे से अपना हाथ लड़की के सिर से हटा लिया।

"आप रात को कहाँ रहेंगे?" लड़की का स्वर बिलकुल भावहीन था।

"अगर मैं यहीं रहूँ तो?"

लड़की ने धीरे से ख़रगोश को बाड़े में रख दिया और खट से दरवाज़ा बन्द कर दिया।

"मैं हँसी कर रहा था," उसने हँसकर कहा, "मैं आख़िरी ट्रेन से लौट जाऊँगा।"

लड़की ने मुड़कर उसकी ओर देखा, "यहाँ दो-तीन अच्छे होटल भी हैं...। मैं अभी फ़ोन करके पूछ लेती हूँ।"

बच्ची का स्वर बहुत कोमल हो आया। यह जानते ही कि वह रात को घर में नहीं ठहरेगा, वह माँ से हटकर आदमी के साथ हो गई;

धीरे से उसका हाथ पकड़ा, उसे वैसे ही सहलाने लगी, जैसे अभी कुछ देर पहले ख़रगोश को सहला रही थी। लेकिन आदमी का हाथ पसीने से तरबतर था।

"सुनो, मैं अगली छुट्टियों में इंडिया आऊँगी—इस बार पक्का है।"

उसे कुछ आश्चर्य हुआ कि आदमी ने कुछ नहीं कहा; सिर्फ़ बाड़े में ख़रगोशों की खटर-पटर सुनाई दे रही थी।

"पापा...तुम कुछ बोलते क्यों नहीं?"

"तुम हर साल यही कहती हो।"

"कहती हूँ...लेकिन इस बार मैं आऊँगी, डोंट यू बिलीव मी?... भीतर चलें? ममी हैरान हो रही होंगी कि हम कहाँ रह गए।"

अगस्त का अँधेरा चुपचाप चला आया था। हवा में विलो की पत्तियाँ सरसरा रही थीं। कमरों के परदे गिरा दिये गए थे, लेकिन रसोई का दरवाज़ा खुला था। लड़की भागते हुए भीतर गई और सिंक का नल खोलकर हाथ धोने लगी। वह उसके पीछे आकर खड़ा हो गया; सिंक के ऊपर आईने में उसने अपना चेहरा देखा—रूखी गर्द और बढ़ी हुई दाढ़ी और सुर्ख़ आँखों के बीच उसकी ओर हैरत में ताकता हुआ—नहीं, तुम्हारे लिए कोई उम्मीद नहीं...।

"पापा, क्या तुम अब भी अपने-आपसे बोलते हो?" लड़की ने पानी में भीगा अपना चेहरा उठाया—वह शीशे में उसे देख रही थी।

"हाँ, लेकिन अब मुझे कोई सुनता नहीं...।" उसने धीरे से बच्ची के कन्धे पर हाथ रखा, "क्या फ्रिज़ में सोडा होगा?"

"तुम भीतर चलो, मैं अभी लाती हूँ।"

कमरे में कोई न था। उसकी चीज़ें बटोर दी गई थीं। सूटकेस कोने में खड़ा था; जब वे बाग़ में थे, उसकी पत्नी ने शायद उन सब चीज़ों को देखा होगा; उन्हें छुआ होगा। वह उससे चाहे कितनी नाराज़ क्यों न हो—चीज़ों की बात अलग थी। वह उन्हें ऊपर नहीं ले गई थी,

लेकिन दुबारा सूटकेस में डालने की हिम्मत नहीं की थी...। उसने उन्हें अपने भाग्य पर छोड़ दिया था।

कुछ देर बाद जब बच्ची सोडा और गिलास लेकर आई, तो उसे सहसा पता नहीं चला कि वह कहाँ बैठा है। कमरे में अँधेरा था—पूरा अँधेरा नहीं—सिर्फ़ इतना, जिसमें कमरे में बैठा आदमी चीज़ों के बीच चीज़-जैसा दिखाई देता है, "पापा...तुमने बत्ती नहीं जलाई?"

"अभी जलाता हूँ...।" वह उठा और स्विच को ढूँढ़ने लगा।

बच्ची ने सोडा और गिलास मेज़ पर रख दिया और टेबल-लैम्प जला दिया।

"ममी कहाँ हैं?"

"वह नहा रही हैं, अभी आती होंगी।"

उसने अपने बैग से व्हिस्की निकाली, जो उसने फ्रेंकफ़र्ट के एयरपोर्ट पर ख़रीदी थी...गिलास में डालते हुए उसके हाथ ठिठक गए, "तुम्हारी जिंजर-एल कहाँ है?"

"मैं अब असली बियर पीती हूँ।" लड़की ने हँसकर उसकी ओर देखा, "तुम्हें बर्फ़ चाहिए?"

"नहीं...लेकिन तुम जा कहाँ रही हो?"

"बाड़े में खाना डालने...नहीं तो वे एक-दूसरे को मार खाएँगे।"

वह बाहर गई तो खुले दरवाज़े से बाग़ का अँधेरा दिखाई दिया—तारों की पीली तलछट में झिलमिलाता हुआ। हवा नहीं थी। बाहर का सन्नाटा घर की अदृश्य आवाज़ों के भीतर से छनकर आता था। उसे लगा, वह अपने घर में बैठा है और जो कभी बरसों पहले होता था, वह अब हो रहा है। वह शॉवर के नीचे गुनगुनाती रहती थी और जब वह बालों पर तौलिया साफ़े की तरह बाँधकर बाहर निकलती थी, तब पानी की बूँदें बाथरूम से लेकर उसके कमरे तक एक लकीर बनाती जाती थीं—पता नहीं, वह लकीर कहाँ बीच में सूख गई?

कौन-सी जगह, किस ख़ास मोड़ पर वह चीज़ हाथ से छूट गई, जिसे वह कभी दोबारा नहीं पकड़ सका?

उसने कुछ और व्हिस्की डाली; हालाँकि गिलास अभी ख़ाली नहीं हुआ था। उसे कुछ अजीब लगा कि पिछली रात भी यही घड़ी थी जब वह पी रहा था, लेकिन तब वह हवा में था। जब उसे एयर-होस्टेज़ की आवाज़ सुनाई दी कि हम चैनल पार कर रहे हैं तो उसने हवाई जहाज़ की खिड़की से नीचे देखा—कुछ भी दिखाई नहीं देता था—न समुद्र, न लाइटहाउस, सिर्फ़ अँधेरा, अँधेरे में बहता हुआ अँधेरा—फिर कुछ भी नहीं। और तब नीचे अँधेरे में झाँकते हुए उसे ख़याल आया कि वह चैनल जो नीचे कहीं दिखाई नहीं देता था, असल में कहीं भीतर है—उसकी एक ज़िन्दगी से दूसरी ज़िन्दगी तक फैला हुआ; जिसे वह हमेशा पार करता रहेगा—कभी इधर, कभी उधर, कहीं का भी नहीं, न कहीं से आता हुआ, न कहीं पहुँचता हुआ...।

"बिन्दु कहाँ है?" उसने चौंककर ऊपर देखा, वह वहाँ कब से खड़ी थी, उसे पता नहीं चला था।

"बाहर बाग़ में," उसने कहा, "ख़रगोशों को खाना देने।"

वह अलग खड़ी थी, बेनिस्टर के नीचे। नहाने के बाद उसने एक लम्बी मैक्सी पहन ली थी...। बाल खुले थे। चेहरा बहुत धुला और चमकीला-सा लग रहा था। वह मेज़ पर रखे उसके गिलास को देख रही थी। उसका चेहरा शान्त था; शॉवर ने जैसे न केवल उसके चेहरे को, बल्कि उसके संताप को भी धो डाला था।

"बर्फ़ भी रखी है," उसने कहा।

"नहीं, मैंने सोडा ले लिया; तुम्हारे लिए एक बना दूँ?"

उसने सिर हिलाया, जिसका मतलब कुछ भी था, उसे मालूम था कि गर्म पानी से नहाने के बाद उसे कुछ ठंडा पीना अच्छा लगता था। अर्से बाद भी वह उसकी आदतें नहीं भूला था, बल्कि उन आदतों के

सहारे ही दोनों के बीच पुरानी पहचान लौट आती थी। वह रसोई में गया और उसके लिए एक गिलास ले आया। उसमें थोड़ी-सी बर्फ़ डाली। जब व्हिस्की मिलाने लगा, तो उसकी आवाज़ सुनाई दी, "बस, इतनी काफ़ी है।"

वह धुली हुई आवाज़ थी, जिसमें कोई रंग नहीं था, न स्नेह का, न नाराज़गी का—एक शान्त और तटस्थ आवाज़। वह सीढ़ियों से हटकर कुर्सी के पास चली आई थी।

"तुम बैठोगी नहीं?" उसने कुछ चिन्तित होकर पूछा।

उसने अपना गिलास उठाया और वहीं स्टूल पर बैठ गई, जहाँ दुपहर को बैठी थी। टी.वी. के पास लेकिन टेबल-लैम्प से दूर—जहाँ सिर्फ़ रोशनी की एक पतली-सी झाँईं, उस तक पहुँच रही थी।

कुछ देर तक दोनों में से कोई कुछ नहीं बोला, फिर स्त्री की आवाज़ सुनाई दी, "घर में सब लोग कैसे हैं?"

"ठीक हैं...ये सब चीज़ें उन्होंने ही भेजी हैं।"

"मुझे मालूम है," औरत ने कुछ थके स्वर में कहा, "क्यों उन बेचारों को तंग करते हो? तुम ढो-ढोकर इन चीज़ों को लाते हो और वे यहाँ बेकार पड़ी रहती हैं।"

"वे यही कर सकते हैं," उसने कहा, "तुम बरसों से वहाँ गईं नहीं; वे बहुत याद करते हैं।"

"अब जाने का कोई फायदा है?" उसने गिलास से लम्बा घूँट लिया, "मेरा अब उनसे कोई रिश्ता नहीं।"

"तुम बच्ची के साथ तो आ सकती हो। उसने अभी तक हिन्दुस्तान नहीं देखा।"

वह कुछ देर चुप रही, फिर धीरे से कहा, "अगले साल वह चौदह वर्ष की हो जाएगी...क़ानून के मुताबिक़ तब वह कहीं भी जा सकती है।"

"मैं क़ानून की बात नहीं कर रहा; तुम्हारे बिना वह कहीं नहीं जाएगी।"

स्त्री ने गिलास की भीगी सतह से आदमी को देखा, "मेरा बस चले तो उसे वहाँ कभी न भेजूँ।"

"क्यों?" आदमी ने उसकी ओर देखा।

वह धीरे से हँसी, "क्या हम दो हिन्दुस्तानी उसके लिए काफ़ी नहीं हैं?"

वह बैठा रहा। कुछ देर बाद रसोई का दरवाज़ा खुला, लड़की भीतर आई, चुपचाप दोनों को देखा और फिर ज़ीने के पास चली गई जहाँ टेलीफ़ोन रखा था।

"किसे कर रही हो?" औरत ने पूछा।

लड़की चुप रही, फ़ोन का डायल घुमाने लगी।

आदमी उठा, उसकी ओर देखा, "थोड़ा-सा और लोगी?"

"नहीं...।" उसने सिर हिलाया।

आदमी धीरे-धीरे अपने गिलास में डालने लगा।

"क्या बहुत पीने लगे हो?" औरत ने कहा।

"नहीं...।" आदमी ने सिर हिलाया, "सफ़र में कुछ ज़्यादा ही हो जाता है।"

"मैंने सोचा था, अब तक तुमने घर बसा लिया होगा।"

"कैसे?" उसने स्त्री को देखा, "तुम्हें यह कैसे भ्रम हुआ?"

औरत कुछ देर तक नीरव आँखों से उसे देखती रही, "क्यों, उस लड़की का क्या हुआ? वह तुम्हारे साथ नहीं रहती?"

स्त्री के स्वर में कोई उत्तेजना नहीं थी, न क्लेश की कोई छाया थी...जैसे दो व्यक्ति मुद्दत बाद किसी ऐसी घटना की चर्चा कर रहे हों जिसने एक झटके से दोनों को अलग छोरों पर फेंक दिया था।

"मैं अकेला रहता हूँ...माँ के साथ," उसने कहा।

औरत ने तनिक विस्मय से उसे देखा, "क्या बात हुई?"

"कुछ नहीं...मैं शायद साथ रहने के क़ाबिल नहीं हूँ।" उसका स्वर असाधारण रूप से धीमा हो आया, जैसे वह उसे अपनी किसी गुप्त बीमारी के बारे में बता रहा हो, "तुम हैरान हो? लेकिन ऐसे लोग होते हैं..."

वह कुछ और कहना चाहता था, प्रेम के बारे में, वफ़ादारी के बारे में, विश्वास और धोखे के बारे में; कोई बड़ा सत्य, जो बहुत-से झूठों से मिलकर बनता है, व्हिस्की की धुंध में बिजली की तरह कौंधता है और दूसरे क्षण हमेशा के लिए अँधेरे में लोप हो जाता है...।

लड़की शायद इस क्षण की ही प्रतीक्षा कर रही थी; वह टेलीफ़ोन से उठकर आदमी के पास आई, एक बार माँ को देखा, वह टेबल-लैम्प के पीछे अँधेरे के आधे कोने में छिप गई थीं, और आदमी? वह गिलास के पीछे सिर्फ़ एक डबडबाता-सा धब्बा बनकर रह गया था।

"पापा," लड़की के हाथ में काग़ज़ का पुरज़ा था, "यह होटल का नाम है, टैक्सी तुम्हें सिर्फ़ दस मिनट में पहुँचा देगी।"

उसने लड़की को अपने पास खींच लिया और काग़ज़ जेब में रख लिया। कुछ देर तक तीनों चुप बैठे रहे, जैसे बरसों पहले यात्रा पर निकलने से पहले घर के सब प्राणी एकसाथ सिमटकर चुप बैठ जाते थे। बाहर बहुत-से तारे निकल आए थे, जिसमें बूढ़ी, विलो, झाड़ियाँ और ख़रगोशों का बाड़ा एक निस्पन्द पीले आलोक में पास-पास सरक आए थे।

उसने अपना गिलास मेज़ पर रखा, फिर धीरे से लड़की को चूमा, अपना सूटकेस उठाया और जब लड़की ने दरवाज़ा खोला, तो वह क्षणभर देहरी पर ठिठक गया, "मैं चलता हूँ," उसने कहा।

पता नहीं, यह बात उसने किससे कही थी, किन्तु जहाँ वह बैठी थी, वहाँ से कोई आवाज़ नहीं आई। वहाँ उतनी ही घनी चुप्पी थी, जितनी बाहर अँधेरे में, जहाँ वह जा रहा था।